蔡東藩 著

# 宋史演義

## 從毒死輔臣至構成冤獄

金國南侵,國破山河
鐵馬金戈驚北地,忠魂壯志鎮南疆

冤魂昭雪,千古留名
興替皆人事,莫向虛空問昊天

# 目錄

| | | |
|---|---|---|
| 第五十一回 | 巧排擠毒死輔臣　喜招徠載歸異族 | 005 |
| 第五十二回 | 通道教詭說遇天神　築離宮微行探春色 | 015 |
| 第五十三回 | 挾妓縱歡歌樓被澤　屈尊就宴相府承恩 | 023 |
| 第五十四回 | 造雄邦恃強稱帝　通遠使約金攻遼 | 031 |
| 第五十五回 | 幫源峒方臘揭竿　梁山泊宋江結寨 | 041 |
| 第五十六回 | 知海州收降及時雨　破杭城計出智多星 | 055 |
| 第五十七回 | 入深岩得擒叛首　征朔方再挫王師 | 065 |
| 第五十八回 | 誇功銘石艮岳成山　覆國喪身屭遼絕祀 | 075 |
| 第五十九回 | 啟外釁胡人南下　定內禪上皇東奔 | 085 |
| 第六十回 | 遵敵約城下乞盟　滿惡貫途中授首 | 095 |
| 第六十一回 | 議和議戰朝局紛爭　誤國誤家京城失守 | 105 |
| 第六十二回 | 墮奸謀闈宮被劫　立異姓二帝蒙塵 | 115 |
| 第六十三回 | 承遺祚藩王登極　發逆案奸賊伏誅 | 125 |
| 第六十四回 | 宗留守力疾捐軀　信王榛敗亡失跡 | 135 |

# 目錄

第六十五回　招寇侮驚馳御駕　脅禪位激動義師　　145

第六十六回　韓世忠力平首逆　金兀朮大舉南侵　　155

第六十七回　巾幗英雄枹鼓助戰　鬚眉豪氣舞劍吟詞　　165

第六十八回　趙立中炮失楚州　劉豫降虜稱齊帝　　175

第六十九回　破劇盜將帥齊驅　敗強虜弟兄著績　　185

第七十回　　岳家軍克復襄漢　韓太尉保障江淮　　195

第七十一回　入洞庭擒渠掃穴　返廬山奉櫬奔喪　　205

第七十二回　髯將軍敗敵揚威　愚參謀監軍遇害　　215

第七十三回　撤藩封偽主被繫　拒和議忠諫留名　　225

第七十四回　劉錡力捍順昌城　岳飛奏捷朱仙鎮　　235

第七十五回　傳偽詔連促班師　設毒謀構成冤獄　　245

# 第五十一回

## 巧排擠毒死輔臣　喜招徠載歸異族

## 第五十一回　巧排擠毒死輔臣　喜招徠載歸異族

卻說徽宗再相蔡京，復用京私親為龍圖閣學士，兼官侍讀，看官道是何人？乃是京長子蔡攸。攸在元符中，曾派監在京裁造院，徽宗尚在端邸，每退朝遇攸，攸必下馬拱立，當經端邸左右，稟明係蔡京長子，徽宗嘉他有禮，記憶胸中，即位後，擢為鴻臚丞，賜進士出身，進授祕書郎，歷官集賢殿修撰。此時復升任學士，父子專寵，勢益薰人。攸毫無學術，唯採獻花石禽鳥，取悅主心，京亦仍守故智，專以誘致蠻夷，捏造祥瑞，鬨動徽宗佞心。邊臣暗承京旨，或報稱某蠻內附，或奏言某夷乞降，其實統是金錢買囑，何曾是威德服人？還有什麼黃河清，什麼甘露降，什麼祥雲現，什麼靈芝瑞谷，什麼雙頭蓮，什麼連理木，什麼牛生麒麟，禽產鳳凰，外臣接連入奏，蔡京接連表賀。都是他一人主使。既而都水使者趙霆，自黃河得一異龜，身有兩首，齎呈宮廷，蔡京即入賀道：「這是齊小白所謂象罔，見者主霸，臣敢為陛下賀。」齊小白所見，乃是委蛇，並非象罔，且徽宗已撫有中國，降而為霸，亦何足賀？徽宗方喜諭道：「這也賴卿等輔導呢。」京拜謝而退。忽鄭居中入奏道：「物只一首，今忽有二，明是反常為妖，令人駭異。京乃稱為瑞物，居心殆不可問呢！」一語已足。徽宗轉喜為驚道：「如卿言，乃是不祥之物。」說至此，即命內侍道，速將兩首龜拋棄金明池，不要留置大內。內侍領旨，攜龜自去。越日，竟降旨一道，命鄭居中同知樞密院事。好官想到手了。蔡京聞悉情形，很是怏怏。

過了數月，又有人獻上玉印，長約六寸，上有篆文，係是「承天福延兆永無極」九字。龜不可欺，再用秦璽故智。徽宗賜名鎮國寶，復選良工，另鑄六印，仿合秦制天子六璽成數，與元符時所得秦璽，共稱八寶。進蔡京為太尉。至大觀二年元日，徽宗御大慶殿，祇受八寶，赦天下罪囚，文武進位一等。蔡京得晉爵太師，童貫竟加節度使，宣撫如故。未

幾，貫復奏克復洮州，詔授貫為檢校司空。宦官得授使相，以此為始。又擢京私黨林攄為中書侍郎，余深為尚書左丞。先是河南妖人張懷素，自言能知未來事，與蔡京兄弟祕密交通。至懷素謀為不軌，事發被誅，獄連蔡京兄弟，並及鄧洵武諸人。洵武坐罪免官，蔡卞亦落職，京亦非常憂慮，虧得御史中丞及開封尹林攄同治是獄，替京掩覆，京乃免坐。由是京與余、林兩人，結為死友，極力援引，遂得輔政。

　　是時尚書左丞張康國，已進知樞密院事，他本由蔡京薦引，不次超遷，及既任樞密，又與京互爭權勢，各分門戶，有時入謁徽宗，免不得詆毀蔡京。徽宗也覺京驕橫，密令康國監伺，且諭言：「卿果盡力，當代京為相。」康國喜躍得很，日伺蔡京舉動，稍有所聞，即行密報。翻手為雲覆手雨，是小人常態。蔡京也已察悉，遂引吳執中為中丞，囑令彈劾康國。哪知康國已得消息，竟爾先發制人，趁著徽宗視朝，亟趨入，跪奏道：「執中今日入對，必替京論臣，臣情願避位，免受京怨。」徽宗道：「朕自有主張，卿毋多慮！」康國退值殿廬，執中果然進見，面陳康國過失。徽宗不待詞畢，便怒目道：「你敢受人唆使，來進讒言麼？朕看你不配做中丞，與我滾出去罷！」執中撞了一鼻子灰，叩首退朝，面如土色。是夕，即有詔譴責執中，出知滁州。做蔡家狗應該如此。看官試想！這陰謀詭計的蔡京，遭此挫，怎肯干休？於是千方百計的謀害康國。康國恰也小心防備，無如明槍易躲，暗箭難防，就使凡百慎密，保不住有一疏。一日，康國入朝，退趨殿廬，不過飲茗一杯，俄覺腹中大痛，狂叫欲絕。不到半時，已是仰天吐舌，好似牛喘一般。殿廬直役的人，慌忙舁他至待漏院，甫經入室，兩眼一睜，頓覺嗚呼哀哉，大命告終。廷臣聞康國暴死，料知中毒，但也不便明言。徽宗聞報，暗暗驚異，表面上只好照例優恤，追贈開府儀同三司，且給他一個美諡，叫做文簡，算是了局，語帶雙敲，

## 第五十一回　巧排擠毒死輔臣　喜招徠載歸異族

莫非諷刺，所有康國遺缺，即命鄭居中代任，別用管師仁同知院事。

會集英殿臚唱貢士，當由中書侍郎林攄，傳報姓名，貢士中有姓甄名盎，攄卻讀甄為煙，讀盎為央。徽宗方御殿閱冊，不禁笑語道：「卿誤認了。」攄尚以為是，並不謝過。字且未識，奈何入任中書？同列在旁匿笑，攄且抗聲道：「殿上怎得失儀！」大眾聞了此言，很是不平，當由御史劾他寡學，並且倨傲不恭，失人臣禮。乃罷攄職，降為提舉洞霄宮。用余深為中書侍郎，薛昂為尚書左丞。昂亦京黨，舉家不敢言京字，倘或誤及，輒加笞責。昂自誤說，即自批頰。京喜他恭順，薦擢是職。唯鄭居中既秉權樞府，與蔡京本有夙嫌，暗地裡指使臺諫，陳京罪惡。中丞石公弼，殿中侍御史張克公等，受居中囑託，挨次劾京，連上數十本，尚未見報。又經居中賣通方士郭天信密陳日中有黑子，為宰輔欺君預兆，徽宗正寵信天信，不免驚心，乃罷京為太乙宮使，改封楚國公，朔望入朝。殿中侍御史洪彥升、毛注等，申論京罪，請立遣出都。太學生陳朝老等，又上陳京惡，共積十四款，由小子揭綱如下：

瀆上帝、罔君父、結奧援、輕爵祿、廣費用、變法度、妄製作、喜導諛、箝臺諫、熾親黨、長奔競、崇釋老、窮土木、矜遠略

結末數語，是引用《左傳》成文，有「投諸四裔，以御魑魅」等詞。徽宗只命京致仕，仍留京師，用何執中為尚書左僕射，兼門下侍郎。陳朝老又上言執中才不勝任，徽宗不從。到了大觀四年夏季，彗星出現奎婁間，徽宗援照舊例，避殿減膳，令侍從官，直陳闕失。有名無實，終歸無益。石公弼、毛注等遂極論京罪，張克公說京不軌不忠，多至數十事，因貶京為太子少保，出居杭州。余深失一黨援，心不自安，亦上疏乞罷，出知青州。

時張商英調知杭州，過闕賜對，語中頗不直蔡京，暗合帝意，遂留居

政府，命為中書侍郎。商英因將京時苛政，奏改數條，中外頗以為賢。徽宗遂進商英為尚書右僕射，可巧彗星隱沒，久旱逢雨，一班趨炎附熱的狗官，稱為天人相應，歸功君相，連徽宗亦欣慰異常，親書商霖二字，作為賜品。傳說恐未必如此。商英益懷感激，大加改革，將蔡京所立諸法，次第罷除，並勸徽宗節華侈，息土木，抑僥倖，一時推為至言。為節取計，亦應嘉許。徽宗初甚信任，後來覺得不甚適意，漸漸的討厭起來。主德之替，即誤於此。左僕射何執中，本是蔡京同黨，所有一切主張，概從京舊，偏商英硬來作梗，大違初心，遂與鄭居中互為勾結，想把商英推翻，便好由居中接任；且因王皇后崩逝，已隔二年（王后崩逝，在大觀二年秋季，此處乃是補筆）。眼見得中宮位置，是鄭貴妃接替。居中與貴妃同宗，更多一重希望，所以與執中聯同一氣，日攻商英短處。果然大觀四年十月，鄭貴妃竟受冊為后。居中以為時機已熟，稍稍著手，便好將商英捋去，穩穩的做右相了。不料鄭皇后密白徽宗言：「外戚不當預政，必欲用居中，寧可改任他職。」徽宗竟毅然下詔，罷居中為觀文殿大學士，以吳居厚知樞密院事。居中接詔大驚，明知鄭后恃寵沽名，因此改任，但為此一激，越覺遷怒商英，先令言官劾他門下客唐庚，由提舉京畿常平倉，竄知惠州，再由中丞張克公劾奏商英與郭天信往來，致觸動徽宗疑忌，竟免商英職，出知河南府，尋復貶為崇信軍節度使。天信亦安置單州。原來徽宗在潛邸時，天信曾說他當居天位，嗣因所言果驗，因得上寵。此時恐商英亦有異徵，為天信所賞識，乃將他二人相繼黜逐，免滋後患。其實統是輔臣爭寵，巧為排擠，有什麼意外情事呢！商英免職，似不甚惜，但何執中等且不若商英，豈不可嘆？

　　商英既去，何執中仍得專政，蔡京貽書執中，請他援引。執中卻也有意，但又恐蔡京入都，未免掣肘，因此躊躇未決。可巧檢校司空童貫奉命

## 第五十一回　巧排擠毒死輔臣　喜招徠載歸異族

　　使遼，帶了一個遼臣馬植，回至汴都，竟將馬植薦做大官，一面召還蔡京，復太師銜，做一個好幫手，鬧出那助金滅遼、引金亡宋的大把戲來。好筆仗。小子於遼邦情事，已有好幾回未曾談及，此處接敘宋、遼交涉，理應補敘略跡，以便前後接洽。自神宗信王安石言，割新疆地七百里界遼，遼人才無異議（應四十回）。遼主洪基，有后蕭氏，才貌超群，工詩文，好音樂，頗得主寵。偏北院樞密使耶律乙辛（一譯作耶律伊遜），專權怙勢，忌后明敏，陰與宮婢單登等定謀，誣后與伶官趙惟一私通。洪基不辨真偽，即將趙惟一繫獄，囑耶律乙辛審問。病鬼碰著閻羅王，還有什麼希望？三木交逼，屈打成招，當由乙辛冤枉定讞，將惟一置諸極刑，連家族一併駢戮。那時害得這貌賽西施、才侔道韞的蕭皇后，不明不白，無處伸訴，只好解帶自經，死於非命。可憐可恫。蕭后生子名濬，已立為太子，乙辛恐他報復，密令私黨蕭霞抹（一作蕭薩滿）進妹為后，讒間東宮。洪基正在懷疑，那護衛耶律查刺（查刺一譯作扎拉）因乙辛囑委，誣告都宮使耶律撒剌（撒剌一譯作薩喇）及忽古（一譯作和爾郭）等，密謀廢立。洪基又信為實事，廢濬為庶人，徙鎺上京。乙辛確是凶狠，待濬就道，竟遣力士行刺途中，可憐濬與妃子蕭氏同被殺死。濬子延禧未曾隨徙，幼育宮中，乙辛又欲謀害，虧得宣徽使蕭兀納（一作烏納）、夷離畢（一作伊勒希巴）、蕭陶隗（隗一作海）等，密諫洪基，請保護皇孫，為他日立嫡地步。洪基猶豫未決，會出獵黑山，見扈從官屬，多隨乙辛馬后，方有些猜忌起來，遂改任乙辛知南院大王事。乙辛入謝，洪基即令出居興中府，並逐乙辛餘黨，追諡蕭后為宣懿皇后，濬為昭懷太子，封延禧為梁王。延禧年僅六歲，洪基令甲士為衛，格外保育。後來聞乙辛私鬻禁物，擅藏兵甲，即將他削職幽禁，已而伏誅。

　　徽宗元年，遼主洪基病死，孫延禧嗣立，自稱為天祚帝，與宋仍修舊

好。延禧時已逾冠，在位荒淫，不問國事。東北有女真部，乘機崛起，勢焰日張。女真舊為靺鞨，屬通古斯族，世居混同江東部，素為小夷，與中國不通聞問。唐開元中，部酋始通譯入朝，拜為勃利州刺史。五季時，始稱女真。遼興北方，威行朔漠，女真已分南北兩部，南部屬遼，稱熟女真，北部不為遼屬，號生女真。生女真中有完顏部酋長名烏古乃（一作烏古鼐），雄鷙過人，役屬附近部落，遼欲從事羈縻，命為生女真節度使。自是始置官屬，修弓矢，備器械，漸致盛強。烏古乃死，子劾里鉢嗣（劾里鉢一譯作合理博）。劾里鉢死，弟頗剌淑嗣（頗剌淑一譯作蒲拉舒）。頗剌淑復傳弟盈哥（一譯作盈格）。盈哥勇武，兼得兄子阿骨打（一譯作阿骨達，係烏古乃次子）為輔，威聲漸震。徽宗崇寧元年，遼將蕭海里（一譯哈里）謀叛，亡入女真阿典部（阿典一譯作阿克占）。遣族人斡達剌（一譯作烏達喇）往見盈哥，約同舉兵。盈哥不從，竟將斡達剌囚住，轉報遼主。遼主延禧已遣兵追捕海里，因接盈哥來使，遂命他夾攻，勿得縱逸。盈哥乃募兵千餘人，率同阿骨打，進擊海里，既至阿典部，見海里正與遼兵交戰，遼兵紛紛退後，勢將敗走。盈哥遂語阿骨打道：「遼稱大國，為何兵士這般無用？」見笑大方。阿骨打答道：「不若令他退兵，我看取海里首如囊中物，讓我去打一仗罷！」盈哥乃登高呼道：「遼兵且退，待我軍獨擒海里。」遼兵正苦不能支，驚聞有人呼退，當即勒兵卻回。阿骨打即麾眾上前，一場廝殺，把海里部下打得七顛八倒。海里見不可敵，策馬返奔，哪知背後一聲箭響，急欲閃避，已經中頸，當時忍不住痛，翻身落馬。部下正想趨救，但見一大將躍馬過來，左手執弓，右手舞刀，刀光閃閃生芒，哪個還敢近前？大將不慌不忙，跳下了馬，把海里一刀兩段，割取首級，上馬自去。看官不必細問，便可知是阿骨打。筆亦有芒。阿骨打既殺死海里，餘眾自然潰散，當由盈哥函海里首，獻與遼主。遼主大喜，

## 第五十一回　巧排擠毒死輔臣　喜招徠載歸異族

賞賚從優。但遼兵疲弱的情形，已被女真瞧破機關，看得不值一戰了。

未幾盈哥又死，兄子烏雅束繼立（烏雅束一作烏雅舒，係烏古乃長子），東和高麗，北收諸部，漸有與遼爭衡的狀態。童貫鎮西已久，稍稍得志西羌，遂以為遼亦可圖，因表請願為遼使，借覘虛實。時徽宗又改元政和，正想出點風頭，點綴國慶，便遣端明殿學士鄭允中充賀遼主生辰使，童貫為副。兩使道出蘆溝，遇著遼人馬植，自言曾為光祿卿，因見遼勢將亡，不得不去逆效順。甘背祖國，其心可知。貫與語大悅，至入賀禮畢，即載植俱歸，令易姓名為李良嗣，登諸薦書。植本遼國大族，確是做過光祿卿，不過由他品行卑汙，且有內亂情事，因此不齒人類。貫視為奇才，即令他獻滅燕策略，謂：「遼主荒淫失道，女真恨遼人切骨，若天朝自萊登涉海，結好女真，與約攻遼，不怕遼不滅亡。」徽宗令輔臣會議，有反對的，有贊同的，彼此相持不決。乃復召植入朝，由徽宗親詢方略。植對道：「遼國必亡，陛下若代天譴責，以治攻亂，眼見得王師一出，遼人必壺漿來迎，既可拯遼民困苦，又可復中國舊疆，此機一失，恐女真得志，先行入遼，情勢便與今不同了。」徽宗很是心歡，即面授祕書丞，賜姓趙氏，都人因呼他為趙良嗣。未幾又擢為右文殿修撰，寖加寵眷。小子有詩嘆道：

無端引得敵臣來，異類寧皆杞梓材。
莫道圖燕奇策在，須知筆禍已成胎。

良嗣既用，蔡京復來，宋廷又鬧個不休，容小子至下回陳明。

徽宗即位以後，所用宰輔，除韓忠彥外，無一非小人。蔡京固小人之尤者也，何執中、張康國、鄭居中、張商英等，皆京之具體耳。何執中始終善京，固不必說，張康國、鄭居中、張商英三人，始而附京，繼而攻

京，附京者為干祿計，攻京者亦曷嘗不為干祿計耶？小人不能容君子，並且不能容小人，利慾之心一勝，雖屬同類，亦必排擊之而後快。徽宗忽信忽疑，正中小人揣摩之術，彼消則此長，彼長則此消，同室操戈，而國是已不可復問矣。童貫以刑餘腐豎，居然授之節鉞，廁列三公，藝祖以來，寧有是例？彼方沾沾然狃於小捷，侈言圖遼，而不齒人類之馬植，遂得幸進宋廷，夤緣求合。試思小人且不能容小人，而豈能用君子耶？

公相有蔡京，媼相有童貫，雖欲不亡，寧可得哉？

第五十一回　巧排擠毒死輔臣　喜招徠載歸異族

# 第五十二回
通道教詭說遇天神　築離宮微行探春色

## 第五十二回　通道教詭說遇天神　築離宮微行探春色

　　卻說童貫與蔡京，本相友善，京得入相，半出貫力，至是貫自遼歸朝，又為京極力幫忙，勸徽宗仍召京輔政。徽宗本是個隨東到東、隨西到西的人物，聽童貫言，又記念蔡京的好處，當即遣使馳召。京趲程入都，徽宗聞京至都下，即日召對，並就內苑太清樓，特賜宴飲，仍復從前所給官爵，賜第京師。京再黜再進，越覺獻媚工諛，無微不至。徽宗因大加寵眷，比前日尤為優待。且令京三日一至都堂，商議國政。京恐諫官復來攻擊，特想出一法，所有密議，概請徽宗親書詔命，稱作御筆手詔。從前詔敕下頒，必先令中書門下議定，乃命學士草制，蓋璽即行。至熙寧時，或有內降詔旨，不由中書門下共議，但亦由安石專權，從中代草。蔡京獨請御筆，一經徽宗寫定，立即特詔頒行，如有封駁等情，即坐他違制罪名。廷臣自是不敢置喙，後來至有不類御書，也只好奉行無違。煬蔽已極。貴戚近幸，又爭仿所為，各去請求。徽宗日不暇給，竟令中書楊球代書，時人號為書楊。蔡京又復生悔，但已作法自斃，無從禁制了。

　　京又欲仿行古制，改置官名，以太師、太傅、太保，古稱三公，不應稱作三師，宜仍稱三公，以真相論。司徒、司空，周時列入六卿，太尉乃秦時掌兵重官，並非三公，宜改置三少，稱為少師、少傅、少保，以次相論。左右僕射，古無此名，應改稱太宰、少宰，仍兼兩省侍郎，罷尚書令，及文武勳官，以太尉冠武階，改侍中為左輔，中書令為右弼，開封守臣為尹牧，府分六曹，士、戶、儀、兵、刑、工。縣分六案，內侍省識，悉仿機廷官號，稱作某大夫。這一條想是由童貫主議。修六尚局，尚食、尚藥、尚醞、尚衣、尚舍、尚輦。建三衛郎，親衛、勳衛、翊衛。京任太師，總治三省事，童貫進職太尉，掌握軍權。美人亦可教戰，媼相應當典兵。追封王安石為舒王，安石子雱為臨川伯，從祀孔廟。熙寧新法，一律施行。

京又恐徽宗性敏，或再燭察奸私，致遭貶斥，乃更想一蠱惑的方法，令徽宗墮入術中，愈溺愈迷。看官道是何術？乃是惝恍無憑的道教（是一件亡國禍階，不得不特筆提出）。自徽宗嗣統後，初寵郭天信，繼信魏漢津，天信被斥，漢津老死，內廷兒無方士蹤跡。可巧太僕卿王亶，薦一術士王老志，有旨召他入京。老志，濮州人，事親頗孝，初為小吏，不受賂遺，旋遇異人，自稱為鍾離先生，授丹服藥，遂棄妻拋子，結廬田間，為人決休咎，語多奇中。至奉召入都，京即邀入私第，館待甚優。老志入對，呈上密書一函，徽宗啟視，係客歲秋中，與喬、劉二妃燕好情詞，不由的暗暗稱奇，乃賜號洞微先生。老志謝退後，歸至蔡第，朝士多往問吉凶，他卻與作筆談，輒不可解。大眾似信非信，至日後，竟多奇驗。於是其門似市。京恐蹈張商英覆轍，因與老志熟商，禁絕朝士往來，但令上結主知，便不負職。老志遂創制乾坤鑑，齎獻徽宗，謂帝后他日恐有大難，請時坐鑑下，靜觀內省，借弭災變。又勸京急流勇退，毋戀權位，老志頗識玄機。京不能從。老志見時政日非，漸萌退志，留京一年，託言遇師譴責，不應溺身富貴，乃上書乞歸。徽宗不許，他即生起病來，再三請去。至奉詔允准，便霍然起床，步行甚健，即日出都，歸濮而死。徽宗賜金賻葬，追贈正議大夫。

　　唯蔡京本意，欲借王老志矇蔽主聰，偏老志獨具見解，反將清心寡慾的宗旨，作為勸導，當然與京不合。京乃捨去王老志，別薦王仔昔。仔昔籍隸洪州，嘗操儒業，自言曾遇許真人（即晉許遜），得大洞隱書豁落七元各法，出遊嵩山，能道人未來事。京得諸傳聞，遂列入薦牘。以人事君，果如是耶？徽宗又復召見，奏對稱旨，賜號沖隱處士。會宮中因旱禱雨，遣小黃門索符，日或再至。仔昔與語，道今日皇上所禱，乃替愛妃求療目疾，我且療疾要緊，你可持符入呈。言至此，即用硃砂籙符，焚符入

## 第五十二回　通道教詭說遇天神　築離宮微行探春色

湯，令黃門持去，並語道：「此湯洗目疾，可立癒。」黃門以未奉旨意，懼不敢受，仔昔笑道：「如或皇上加責，有我仔昔坐罪，你何妨直達？」黃門乃持湯返報。徽宗道：「朕早晨赴壇，曾為妃疾默禱求痊，仔昔何故得知？他既有此神奇，何妨一試。」遂命寵妃沃目。不消數刻，果見目翳盡撤，仍返秋眸，乃進封仔昔為通妙先生。想是學過祝由科，若知妃目疾，恐由內侍所傳，揣摩適合耳。嗣是徽宗益通道教，便命在福寧殿東，創造玉清和陽宮，奉安道像，日夕頂禮。

政和三年長至節，祀天圜丘，用道士百人，執杖前導，命蔡攸為執綏官。車駕出南薰門，徽宗向東眺望，不覺大聲稱異。攸問道：「陛下所見，是否為東方雲氣？」徽宗道：「朕不特見有雲氣，且隱隱有樓臺複雜，這是何故？」莫非作夢？攸即答道：「待臣仔細看來。」言畢下車，即趨向東方，擇一空曠所在，凝眺片刻，便回奏徽宗道：「臣往玉津園東面，審視雲物，果有樓殿臺閣，隱隱護著，差不多有數里迤長，且皆去地數十丈，大約是上界仙府哩。」海市耶？蜃樓耶？徽宗道：「有無人物？」攸即對道：「有若干人物，或似道流，或似童子，統持幢幡節蓋，出入雲間，眉目尚歷歷可辨。想總由帝德格天，因有此神明下降呢。」滿口說謊。徽宗大喜，待郊天禮畢，即以天神降臨，詔告百官，並就雲氣表見處，建築道宮，取名迎真，御製天真降靈示現記，刊碑勒石，豎立宮中，並敕求道教仙經於天下。越年，又創置道流官階，有先生處士等名，秩比中大夫，下至將仕郎，凡二十六級。嗣復添設道官二十六等，有諸殿侍宸校籍授經等官銜，彷彿與待制修撰直閣相似。於是黃冠羽客，相繼引進，勢且出朝臣上。王仔昔尤邀恩寵，甚至由徽宗特命，在禁中建一圓象徽調閣，畀他居住。一班卑瑣齷齪的官僚，常奔走伺候，託他代通關節，希附寵榮。

中丞王安中看不過去，上疏諫諍，略謂：「自今以後，招延術士，當

責所屬切實具保,宣召出入,必察視行徑,不得與臣庶交通。」結末,又言蔡京引用匪人,欺君害民數十事。徽宗頗為嘉納。安中再疏京罪,徽宗只答了「知道」二字,已為蔡京伺覺,令子攸泣訴帝前,說是安中誣劾。徽宗乃遷安中為翰林學士。未幾,又命為承旨。安中工駢文,妃黃儷白,無不相當,所以徽宗特別器重,不致遠斥,且因此猜疑仔昔,漸與相疏。怎奈仔昔寵衰,又來了一個仔昔第二,比仔昔還要刁狡,竟擅寵了五六年。這人姓甚名誰?乃是溫州人氏林靈素。道流也有興替,無怪朝臣。

　　靈素少入禪門,受師笞罵,苦不能堪,遂去為道士。善作妖幻,往來淮、泗間,嘗丐食僧寺。寺僧復屢加白眼,以此靈素甚嫉視僧徒。左階道徐知常,因王仔昔失寵,即薦靈素入朝。知常前引蔡京,此時又薦林靈素,名為知常,實是敗常。至召對時,靈素便大言道:「天有九霄,神霄最高。上帝總理九霄事務,以神霄為都闕,號稱天府。所有下界聖主,多係上帝子姓臨凡。現在上帝長子玉清王,降生南方,號稱長生大帝君,就是陛下。次子號青華帝君,降生東方,攝領東北。陛下能體天行道,上帝自然眷顧,寧有親為父子,不關痛癢麼?」一派胡言。徽宗不覺驚喜道:「這話可真麼?」靈素道:「臣怎敢欺誑陛下?陛下若非帝子降生,哪能貴為天子?就是臣今日得見陛下,亦有一脈相連,臣本仙府散卿,姓褚名慧,因陛下臨凡御世,所以臣亦隨降,來輔陛下宰治哩。」越發荒唐。徽宗聞了此言,即命靈素起身,賜令旁坐,又問答了一番。靈素自言,能呼風喚雨,驅鬼役神,徽宗大喜。會當盛暑,宮中奇熱,徽宗出居水殿,尚苦炎燠,乃命靈素作法祈雨。靈素道:「近日天意主旱,不能得雨,但陛下連日苦熱,待臣往叩天闇,假一甘霖,為陛下暫時致涼罷。」徽宗道:「先生既轉凡胎,難道尚能昇天麼?」靈素道:「體重不能上升,魂輕可以駕虛,臣自有法處置。」言已,即退入齋宮,小臥一時,復起身入奏道:

## 第五十二回　通道教詭說遇天神　築離宮微行探春色

「四瀆神祇，均奉上帝誥敕，一律封閉，唯黃河尚有路可通，但只可少借涓流，不能及遠。」徽宗道：「無論多少，能得微雨，也較為清涼呢。」靈素奉命，即在水殿門下，披髮仗劍，望空拜禱，口中喃喃誦咒，左手五指捏訣，裝作了一小時，果然黑雲四集，蔽日成陰，他即向空撒手，但聽得隆隆聲響，阿香車疾驅而來。震雷甫應，大雨立施，約三五刻時候，雨即停止，依然雲散天清，現出一輪紅日。唯水殿中的炎熱氣，已減去一半。最可怪的，是雨點降下，統是濁流，徽宗已是驚異，忽由中使入報，內門以外，並無雨點，赫日自若，於是徽宗愈以為神，優加賞賚，賜號通真達靈先生。史稱靈素識五雷法，大約禱雨一事，便用此訣。

先是徽宗無嗣，道士劉混康，以法籙符水，出入禁中，嘗言：「京師西北隅，地勢過低，如培築少高，當得多男之喜。」徽宗乃命工築運，疊起岡阜，高約數仞。未幾，後宮嬪御，相繼生男，皇后也生了一子一女。徽宗始信奉道教。蔡京乘勢獻媚，即陰嗾童貫、楊戩、賈詳、何訢、藍從熙等中官，導興土木。土木神仙，本是相連。遂於政和四年，改築延福宮，宮址在大內拱辰門外，由童貫等五人，分任工役，除舊增新。五人又各為制度，不相沿襲，你爭奇，我鬥巧，專務侈麗高廣，不計工財。及建築告竣，又把花石綱所辦珍品，派布宮中。這宮由五人分造，當然分別五位，東西配大內，南北稍劣，東值景龍門，西抵天波門，殿閣亭臺，連屬不絕，鑿池為海，引泉為湖，鶴莊鹿砦，及文禽、奇獸、孔雀、翡翠諸柵，數以千計，嘉葩名木，類聚成英，怪石幽巖，窮工極勝。人巧幾奪天工，塵境不殊仙闕。徽宗又自作延福宮記，鐫碑留跡。後來又置村居野店，酒肆歌樓，每歲長至節後，縱民遊觀，晝懸彩，夕放燈，自東華門以北，並不禁夜。徙市民行鋪，夾道僦居，花天酒地，一聽自由。直至上元節後，方才停罷。尋又跨舊城修築，布置與五位相同，號為延福第六位。

復跨城外浚濠作二橋，橋下疊石為固，引舟相通。橋上人物，不見橋下蹤跡，名曰景龍江。夾江皆植奇花珍木，殿宇對峙，備極輝煌。徽宗政務餘閒，輒往宮中遊玩，仰眺俯矙，均足賞心悅目，幾不啻身入廣寒，飄飄若仙，當下快慰異常，旁顧左右道：「這是蔡太師愛朕，議築此宮，童太尉等苦心構成，亦不為無功。古時秦始、隋煬盛誇建築，就使繁麗逾恆，恐未必有此佳勝哩。」左右道：「秦、隋皆亡國主，平時所愛，無非聲色犬馬，陛下鑑賞，乃是山林間棄物，無傷盛德，有益聖躬，豈秦、隋所可比擬？」一味逢君。徽宗道：「朕亦常恐擾民，只因蔡太師查核庫餘，差不多有五六千萬，所以朕命築此宮，與民同樂呢。」哪知已為蔡太師所騙。左右又諛頌一番，引得徽宗神迷心蕩，越入魔境。

　　看官聽著！人主的侈心，萬不可縱，侈心一開，不是興土木，就是好神仙，還有徵歌選色等事，無不相隨而起。徽宗宮中，除鄭皇后素得帝寵外，有王貴妃，有喬貴妃，還有大小二劉貴妃，最邀寵幸，以下便是韋妃等人。二劉貴妃俱出單微，均以姿色得幸。大劉妃生子三人，曰棫，曰模，曰榛，於政和三年病逝。徽宗傷感不已，竟仿溫成后故事（溫成事見仁宗時），追冊為后，諡曰明達。小劉妃本酒保家女，夤緣內侍，得入崇恩宮，充當侍役。崇恩宮係元符皇后所居，元符皇后劉氏自尊為太后後（見四十九回），常預外政，且有曖昧情事，為徽宗所聞，擬加廢逐。詔命未下，先飭內侍詰責，劉氏羞忿不堪，竟就簾鉤懸帶，自縊而亡。孟后尚安居瑤華，劉氏已不得其死，可見前時奪嫡，何苦乃爾？此即銷納法。宮中所有使女，盡行放還。小劉妃不願歸去，寄居宦官何訴家。可巧大劉妃逝世，徽宗失一寵嬪，憂鬱寡歡。內侍楊戩，欲解帝愁，盛稱小劉美色，不讓大劉，可以移花接木。徽宗即命楊戩召入，美人有幸，得近龍顏，天子無愁，重諧鳳侶。更兼這位小劉妃，天資警悟，善承意旨，一切

## 第五十二回　通道教詭說遇天神　築離宮微行探春色

妝抹，尤能別出心裁，不同凡俗！每戴一冠，製一服，無不出人意表，精緻絕倫。宮禁內外，競相仿效。俗語說得好：「酒不醉人人自醉，色不迷人人自迷。」況徽宗春秋鼎盛，善解溫存，驟然得此尤物，比大劉妃還要慧豔，哪有不寵愛的情理？不到一兩年，即由才人進位貴妃。嗣是六宮嬪御，罕得當夕，唯這小劉妃承歡侍宴，朝夕相親，今日倒鸞，明日顛鳳，一索再索三、四索，竟得生下三男一女。名花結果，未免減芳，那徽宗已入魔鄉，得隴又要望蜀。會值延福宮放燈，竟帶著蔡攸、王黼及內侍數人，輕乘小輦，微服往遊。寓目無非春色，觸耳盡是歡聲，草木向陽，煙雲夾道。聯步出東華門，但見百肆雜陳，萬人駢集，鬧盈盈的捲起紅塵，聲細細的傳來歌管。徽宗東瞧西望，目不暇接，突聽得窗簾一響，便舉頭仰顧，湊巧露出一個千嬌百媚的俏臉兒來，頓令徽宗目眙神馳，禁不住一齊喝采。酷似一齣《挑簾》。曾記得前人有集句一聯，可以彷彿形容，聯句云：

楊柳亭臺凝晚翠，芙蓉簾幕扇秋紅。

畢竟徽宗有何奇遇，且看下回便知。

王老志也，王仔昔也，林靈素也，三人本屬同流，而優劣卻自有別。老志所言，尚有特識，其諷徽宗也以自省，其勸蔡京也以急退，蓋頗得老氏之真傳，而不專以隱怪欺人者。迨託疾而去，翛然遠引，蓋尤有敝屣富貴之思焉。王仔昔則已出老志下矣，林靈素狡獪逾人，荒唐尤甚。禱雨一事，雖若有驗，然非小有異術，安能幸結主知？孔子謂攻乎異端，斯害也已，靈素固一異端也，奈何誤信之乎？且自神仙之說進，而土木興，土木之役繁，而聲色即緣之以起。巫風、淫風、亂風，古人所謂三風者，無一可犯，一弊起而二弊必滋，此君子所以審慎先幾也。

# 第五十三回

挾妓縱歡歌樓被澤　屈尊就宴相府承恩

## 第五十三回　挾妓縱歡歌樓被澤　屈尊就宴相府承恩

卻說延福宮左近一帶，當放燈時節，歌妓舞娃，爭來賣笑。一班墜鞭公子，走馬王孫，都去尋花問柳，逐豔評芳，就中有個露臺名妓，叫做李師師，生得妖豔絕倫，有目共賞，並且善唱謳，工酬應，至若琴棋書畫，詩詞歌賦，雖非件件精通，恰也十知四五，因此豔幟高張，喧傳都市。這日天緣湊巧，開窗閒眺，正與徽宗打個照面。徽宗低聲喝采，那蔡攸、王黼二人俱已聞知，也依著仰視，李師師瞧著王黼，恰對他一笑。原來王黼素美風姿，目光如電，曾與李師師有些認識，所以笑靨相迎。王黼即密白徽宗道：「這是名妓李師師家，陛下願去遊幸否？」蔡攸道：「這、這恐未便。」王黼道：「彼此都是皇上心腹，當不至漏洩風聲。況陛下微服出遊，有誰相識？若進去遊幸一回，亦屬無妨。」蔡攸尚知顧忌，王黼更屬好導。看官道這王黼是什麼人物？他是開封人氏，曾在崇寧年間，登進士第，外結宰輔何執中、蔡京，內交權閹童貫、梁師成，累遷至學士承旨，與蔡攸同直禁中。平素有口辯才，專務迎合，深得徽宗歡心。此時見徽宗讚美李師師，因即導徽宗入幸。徽宗獵豔心濃，巴不得立親薌澤，便語王黼道：「如卿所言，沒甚妨礙，朕就進去一遊，但須略去君臣名分，毋令他人瞧破機關。」王黼應命，便引徽宗下車，徐步入李師師門。蔡攸亦即隨入。李師師已自下樓，出來迎接，讓他三人登堂，然後向前行禮，各道萬福。徽宗仔細端詳，確是非常嬌豔。鬢鴉凝翠，髻鳳涵青，秋水為神玉為骨，芙蓉如面柳如眉。還有一抹纖腰，苗條可愛，三寸弓步，瘦窄宜人。師師奉茗肅賓，開筵宴客。徽宗坐了首座，蔡攸、王黼挨次坐下，李師師末坐相陪。席間詢及姓氏，徽宗先謅了一個假姓名，蔡攸照例說謊。輪到王黼，也捏造了兩字，李師師不禁解頤。王黼與她遞個眼色，師師畢竟心靈，已是會意，遂打起精神，伺候徽宗。酒至數巡，更振起嬌喉，唱了幾齣小曲，益覺令人心醉。徽宗目不轉睛地看那師師，師師也淺挑微

逗，眉目含情。蔡攸、王黼更在旁添入詼諧，漸漸地流至華褻。好兩個篾片朋友。尋且謔浪笑傲，毫無避忌，待到了夜靜更闌，方才罷席。徽宗尚無歸意，王黼已窺破上旨，一面密語李師師，一面又密語徽宗，兩下俱已允洽，便邀了蔡攸一同出去。徽宗見兩人已出，索性放膽留髡，便去擁了李師師同入羅幃。李師師驟承雨露，明知是皇恩下逮，樂得賣弄風情。這一夜的枕蓆歡娛，比那妃嬪當夕時，情致加倍。可惜情長宵短，轉瞬天明，蔡攸、王黼二人，即入迓徽宗，徽宗沒奈何，披衣起床，與李師師叮囑後期，才抽身告別。

及回宮後，勉勉強強地御殿視朝，朝罷入內，只惦記李師師如何繾綣，如何溫柔，不但王、喬諸妃無可與比，就是最愛的小劉貴妃，也覺遜她一籌。但因身居九重，不能每夕微行，好容易捱過數宵，幾乎寤寐徬徨，展轉反側。那先承意志的王學士，復導徽宗赴約。天臺再到，神女重逢，這番伸續前歡，居然海誓山盟，有情盡吐。徽宗竟自明真跡，李師師也願媵後宮。可奈折柳章臺，究不便移禁苑，當由徽宗再四躊躇，只許師師充個外妾，隨時臨幸。師師裝嬌撒痴，定欲入宮瞻仰。徽宗不得不允，唯諭待密旨宣召，方得往來。師師才覺欣然，至陽臺夢罷，銅漏催歸，又互申前約，反覆叮嚀。

一別數日，李師師倚門悵望，方訝官家愆約，久待不至；直到黃昏月上，忽有內侍入門，遞與密簡，展覽之下，笑逐顏開，當即淡掃蛾眉，入朝至尊，隨了內侍，經過許多重門麯院，才抵深宮。內侍也不先通報，竟引師師入室。徽宗早已待著，見了師師，好似得寶一般。及內侍退後，徹夜綢繆，自不消說。嗣是一主一妓，迭相往還，漸漸的無禁無忌。師師竟得與後宮妃嬪晉接周旋，她本是平康里中的好手，無論何種人情，均被她揣摩純熟，一經湊合，無不愜心，何況六宮嬪御，統不過一般婦女心腸，

## 第五十三回　挾妓縱歡歌樓被澤　屈尊就宴相府承恩

更容易體貼入微，日久言歡，相親相近，非但徽宗格外狎暱，連喬、劉諸貴妃等，亦愛她有說有笑，不願相離。描摹盡致。

　　時光易過，轉瞬一年，徽宗正在便殿圍爐，林靈素自外進謁，由徽宗賜他旁坐，與語仙機，談至片刻，靈素忽起趨階下道：「九華玉真安妃將到來了，臣當肅謁。」又要搗鬼。徽宗驚問道：「哪個是九華仙妃？」靈素道：「陛下且不必問，少頃自至。」語畢，拱手兀立。既而果有三五宮女，擁一環珮珊珊的麗姝進來，徽宗亦疑是仙人，不禁起座，及該姝行近，並非別人，就是寵擅專房的小劉貴妃。徽宗禁不住大笑，靈素卻恭恭敬敬的再拜殿下，至拜罷起來，又大言道：「神霄侍案夫人來了。」言甫畢，又見一麗人，輕移蓮步，帶著宮婢二三名，冉冉而至。徽宗龍目遙矚，乃是後宮的崔貴嬪。靈素復道：「這位貴人，在仙班中，與臣同列，禮不當拜。」乃鞠躬長揖，仍復上階就座。原來靈素出入宮禁，已成習慣，所有宮眷，不必避面，因此仍坐左側。劉、崔二妃，向徽宗行過了禮，自然另有座位。才經坐定，靈素忽愕視殿外道：「怪極怪極！」徽宗被他一驚，忙問何故？靈素道：「殿外奈何有妖魅氣？」一語未已，見有一美婦進來，珠翠盈頭，備極穠豔。靈素突然起座，取過御爐火管，大踏步趨至殿門，將擊該婦，虧得內侍兩旁遮攔，才得免擊，那美人兒已嚇得目瞪口呆，桃腮變白。徽宗也急喚靈素道：「先生不要誤瞧，這就是教坊中的李師師。」原來就是此人。靈素道：「她是一個妖狐，若將她殺卻，屍無狐尾，臣願坐欺君大罪，立就典刑。」徽宗正愛戀師師，哪裡肯依，便帶笑帶勸的說了數語。靈素道：「臣不慣與妖魅並列，願即告退。」李師師似妖，靈素亦未嘗非怪。言訖，拂袖徑去。

　　徽宗疑信參半，到了次日，又召見靈素，問廷臣有無仙侶？靈素答道：「蔡太師係左元仙子，王學士黼恰是神霄文華使，鄭居中、童貫等，

亦皆名廁仙班,所以仍隸帝君陛下。」誤國賊臣,豈隸仙籍?就使有點來歷,無非是混世妖魔。徽宗道:「朕已造玉清和陽宮,供奉仙像,請先生為朕齋醮!」靈素不待說畢,便接入道:「玉清和陽宮,似嫌逼仄,乞陛下另行建造,方可奉詔。」徽宗道:「這也無有不可,請先生擇地經營!」靈素奉命而出,即在延福宮東側,規度地址,鳩工建築。由內侍梁師成、楊戩等,協同監造。師成曾為太乙宮使,以善諛得寵,甚至御書號令,多出彼手,就是蔡京父子,亦奉命維謹,王黼且視他如父。此次與靈素督建醮宮,自晨暉門(即延福宮東門),至景龍門(汴京北面中門),迤長數里,密連禁署。宮中山包平地,環繞佳木清流,所築館舍臺閣,上棟下楹,概用梗楠等木,不施五采,自然成文,亭榭不可勝計。

　　宮既成,定名為上清寶籙宮,命靈素主齋醮事,王仔昔為副。且就景龍門城上,築一複道,溝通宮禁,以便徽宗親臨禱祀,且令各路統建神霄萬壽宮。靈素遂廣招徒黨,齊集都中,各請給俸。每設大齋,費緡錢數萬,甚至窮民游手,多買青布幅巾,冒稱道士,混入寶籙宮內,每日得一飽餐,並制錢三百文,稱為施捨。政和七年,設立千道會,不論何處羽流,盡令入都聽講。徽宗亦在旁設幄,恭聆教旨。開會這一日,羽流雲集,女士盈門,徽宗亦挈著劉、崔諸妃,入幄列坐。靈素戴道冠,衣法服,昂然登壇,高坐說法,先談了一回虛無杳渺的妄言,然後令人入問要訣。壇下瞻拜多人,靈素隨口荒唐,並無精義,或且雜入滑稽,間參媟語,引得上下鬨堂,嘈雜無紀,御幄內亦笑聲雜沓,體制蕩然。上恬下嬉,安得不亡?罷講後,御賜齋飯,很是豐盛。徽宗與妃嬪等,亦至齋堂內,吃過了齋,才行返駕。靈素復令吏民詣寶籙宮,授神霄祕籙,朝士求他引進,亦往往北面稱徒,靡然趨附,但得靈素首肯,無不應效如神。也可稱做接引道人。既而道籙院中,忽接得一道密詔,內云:

## 第五十三回　挾妓縱歡歌樓被澤　屈尊就宴相府承恩

朕乃上帝元子，為太霄帝君，憫中華被金狄之教（金狄二字，劉定之謂佛身若全色，故稱金狄，未知是否），遂懇上帝，願為人主，令天下歸於正道，卿等可冊朕為教主道君皇帝。

道籙院當然應諾，即上表冊徽宗為教主道君皇帝，想入非非。百官相率稱賀。唯這個皇帝加銜，止在道教章疏內應用，餘不援例。一面立道學，編道史。什麼叫做道學呢？用內經道德經為大經，莊子、列子為小經，自太學辟雍以下，概令肄習，按歲升貢，及三歲大比，必通習道學，方得進階，這是林先生說出來的。什麼叫做道史呢？彙集古今道教事，編成一部大紀志，稱為道史，這是蔡太師說出來的。可巧道法有靈，西陲一帶，屢報勝仗，徽宗尤信為神佑，越覺墮入迷途。接入西夏事，也似天衣無縫。原來太尉童貫自督造延福宮後，仍握兵權。適值夏人李訛哆（一譯作李額葉）為環州定遠軍首領，本已降服中朝，暗中卻通使夏監軍，說是窘懍待師，可亟發大兵，來襲定遠。夏監軍哆陵（一譯作多凌）遂率萬人來應。訛哆轉運使任諒，詗知訛哆詭謀，募兵潛發窖谷。至哆陵到來，訛哆已失所藏，只好率部眾歸夏。哆陵無糧可資，還兵藏底河，築城扼守。任諒馳疏上聞，有詔授童貫為陝西經略使，調兵討夏。貫至陝西，檄熙河經略使劉法率兵十五萬，出湟州，秦鳳經略使劉仲武，率兵五萬，出會州，自率中軍駐蘭州，為兩路聲援。仲武至清水河，築城屯守而還。法與夏右廂軍相遇，在古骨龍地方，鏖鬥一場，大敗夏人，斬首三千級。童貫即露布奏捷，詔令貫領六路邊事。永興、鄜延、環慶、秦鳳、涇原、熙河。貫復遣王厚、劉仲武等，合涇原、鄜延、環慶、秦鳳各路兵馬，進攻藏底河城。及為夏人所敗，十死四五，貫匿不上聞，再命劉法、劉仲武調熙、秦兵十萬，攻夏仁多泉城。城中力孤，待援不至，沒奈何出降。法入城後，竟將城內兵民殺得一個不留。如此殘忍，宜乎不得善終。捷書再至

宋廷，復加貫為陝西、兩河宣撫使。已而渭州將種師道復攻克藏底河城，貫又得升官加爵，進開府儀同三司，簽書樞密院事。蔡京亦得連帶沐恩，一再賜詔，始令他三日一朝，正公相位，總治三省事，繼復晉封魯國公，命五日一赴都堂治事。

尋又將茂德帝姬下嫁京四子鞗（帝姬就是公主，由京改制稱帝姬。姬本古姓，春秋時女從母姓，故稱姬，後世或沿稱為姬妾，蔡京乃以稱公主，愈覺不通），茂德帝姬，係徽宗第六女，蔡攸兼領各種美差，如上清寶籙宮、祕書省、道籙院、禮制局、道史局等，均有職司。攸弟翛亦官保和殿學士，一門貴顯，烜赫無倫。會徽宗立長子桓為皇太子，桓係前后王氏所出，曾封定王，性好節儉。蔡京例外巴結，即將大食國所遺琉璃酒器，獻入東宮。太子道：「天子大臣，不聞勗我道義，乃把玩具相貽，莫非欲蠱我心志麼？」太子詹事陳邦光在側，又添說蔡京許多不是，惹得太子怒起，竟命左右擊碎酒器，一律毀擲。這事為蔡京所聞，當然懊恨。討好跌一交，哪得不惱？一時扳不倒太子，只好將一股毒氣，噴在陳邦光身上，當下陰嗾言官，彈擊邦光，自己又從旁詆斥，遂傳出御筆手詔，竄邦光至陳州。太宰何執中始終與蔡京友善，輔政至十餘年，毫無建樹，一味唯唯諾諾，贊飾太平。徽宗恩寵不衰，直至年邁龍鍾，才命以太傅就第，祿俸如舊，未幾病死。鄭居中繼為太宰，兼少保銜，劉正夫為少宰，鄧洵武知樞密院事。換來換去，無非這班庸奴。居中受職後，思改京政，存紀綱，守格令，抑僥倖，振淹滯，頗洽人望，但不過與京立異，並沒有什麼幹濟才。正夫隨俗浮沈，專務將順，洵武阿附二蔡，人品學術，更不消說。既而正夫因疾辭職，居中以母喪守制，徽宗又擢余深為少宰。余本蔡家走狗，怎肯背德（應五十一回），一切政務，必稟白蔡公相，唯命是從。蔡氏父子勢益滔天。攸妻宋氏係宋庠孫女，頗知文字，出入禁中，累

## 第五十三回　挾妓縱歡歌樓被澤　屈尊就宴相府承恩

承恩賞。攸子名行，亦得領殿中監。有時徽宗且親倖京第，略去君臣名分，居然作為兒女親家，所有蔡家僕妾，均得瞻近天顏。京設宴饗帝，一酌一餐，費至千金，各種餚饌，異樣精美，往往為御廚所未有，徽宗不以為侈，反說由公相厚愛，自京以下，均命列坐，彼此傳觴，如家人禮。徽宗又命茂德帝姬及姑嬸姨姒等，也設席左右，稚兒嬌女，均得登堂，合庭開歡宴之圖，上壽沐皇王之寵。妾媵俱蒙誥命，廝養亦沐榮封，真所謂帝德汪洋，無微不至了。及徽宗宴罷返宮，翌日京上謝表，有云：「主婦上壽，請醮而肯從，稚子牽衣，挽留而不卻。」這是實事，並非虛言。可惜蔡太師生平只有這數語是真。小子有詩嘆道：

誤把元凶作宰官，萬方皆哭一庭歡。
試看父子承恩日，國幣民財已兩殫。

蔡京貴寵無比，童貫因和夏班師，也得晉爵封公。於是公相以外，又添出一個媼相來。欲知詳細，下回再表。

李師師不見正史，而稗乘俱載其事，當非虛誣。蔡攸、王黼為徽宗倖臣，微行之舉，必自二人啟之。夫身居九重，為社稷所由寄，為人民所由託，乃不惜降尊，與娼妓為耦，以視莫愁天子，猶有甚焉，而攸、黼更不足誅已。林靈素目師師為妖，師師固一妖孽也，君子不以人廢言，吾猶取之。下半回述徽宗幸蔡京第，略跡言歡，婦孺列席，與上半回挾妓飲酒事，適成對映。李師師以色迷君，蔡京以佞惑主，跡雖不同，弊實相等。讀《魯論》「遠鄭聲放佞人」二語，足知本回宗旨，亦寓此意。喜鄭聲者未有不近佞人，吾於徽宗亦云。

# 第五十四回
## 造雄邦恃強稱帝　通遠使約金攻遼

## 第五十四回　造雄邦恃強稱帝　通遠使約金攻遼

　　卻說童貫經略西陲，屢次晉爵，至政和八年，改元重和，弛恩內外文武百官，貫復得升為太保。越年，復改元宣和，貫又欲幸功邀賞，命劉法進取朔方。法不欲行，經貫連日催促，不得已率兵二萬，出至統安城。適遇夏主弟察哥，一作察克。引兵到來，法即列陣與戰，察哥自領步騎為三隊，敵法前軍，別遣精騎登山，繞出法軍背後。法正與察哥酣鬥，不防後隊大亂，竟被夏兵殺入。法顧前失後，顧後失前，亟擬收軍奔回，怎奈夏兵前後環繞，不肯放行。督戰至六七時，累得人馬睏乏，且部兵多半死亡，料知招抵不上，只好棄軍潛遁。天色已晚，夤夜奔走，行至黎明，距戰地約七十里，地名蓋朱峞，四顧無人，乃下馬卸甲，暫圖休息。少頃，有數人負擔前來，法疑是商販，向他索食。數人不允，法瞋目道：「你等小民，難道不識我劉經略麼？」一人答道：「將軍便是劉經略，我有食物在此，應該奉獻。」言訖，便向擔中取出一物，跑至劉法身旁。法尚道是什麼食物，哪知是一柄亮晃晃的短刀，急切不及躲避，突被殺死，首級也被取去。看官聽著！這數人，乃是西夏的負擔軍，隨充軍前雜役，可巧碰著劉法，正是冤冤相湊，當即斬首報功。是屠城之報。察哥見了法首，惻然語左右道：「這位劉將軍，前曾在古骨龍、仁多泉兩處，連敗我軍，我嘗謂他天生神將，不敢與他交鋒，誰料今日為我小兵所殺，攜首而歸，這是他恃勝輕出的壞處，我等不可不戒！」察哥有謀有識，卻是西夏良將。當下麾軍再進，直搗震武。震武在山峽中，熙、秦兩路轉餉艱難，自築城三載，知軍李明、孟清皆為夏人所殺，至是城又將陷。察哥道：「勿破此城，留作南朝病塊，也是好的。」遂引軍退去。

　　童貫聞夏人已退，反報稱守兵擊卻，就是劉法敗死，也匿不上聞，一面通使遼主，請他出場排解，再與夏人修好。遼正與金搆兵，恐得罪中朝，更增一敵，乃轉告夏主，令與宋修和。夏主乾順亦頗厭用兵，乃因遼

使進表納款。貫遂上言,夏主畏威,情願投誠。徽宗乃飭罷六路兵,加貫太傅,封涇國公,時人稱貫為媼相,與公相蔡京齊名。貫班師回朝,剛值蔡京定議圖遼,遣武義大夫馬政浮海使金,與約夾攻。貫本首倡此議,當然極力慫恿,主張北伐。一時興高采烈,大有唾手燕雲的情景。全是妄想。

　　看官道金是何邦?便是前文所說的女真部(應五十一回)。徽宗政和二年時,遼天祚帝延禧赴春州,至混同江釣魚,女真各部酋長,相率往朝。阿骨打奉兄命,亦出覲遼主,釣罷張宴。飲至半酣,遼主命諸酋依次起舞,輪至阿骨打,獨辭不能。遼主勸諭再三,始終不肯聽命。遼主欲殺阿骨打,經北院樞密使蕭奉先諫阻乃止。阿骨打脫歸,恐遼主疑有異志,將加討伐,遂日夕籌防,招兵買馬,先併吞附近各族,拓地圖強,嗣且建城堡,修戎器,扼險要,以備不虞。至長兄烏雅束病歿,阿骨打襲位,並不向遼告喪,且自稱勃都極烈(一作達貝勒)。遼主遣使詰責,阿骨打道:「有喪不能弔,還說我有罪麼?」因拒絕來使。先是遼主好獵,每歲至海上市鷹,徵使四出,道出女真,往往需求無厭,因此各部亦相繼怨遼。獨紇石烈部酋阿疏,當盈哥在位時,與盈哥有怨,戰敗奔遼。盈哥、烏雅束相繼索仇,終不見遣。阿骨打又迭使往索,仍屬無效,乃召集諸部,約會來流水上(一作拉林水),得二千五百人,禱告天地,誓師伐遼,進軍遼境,擊敗遼兵,射死遼將耶律謝十(謝十一作色錫),乘勢攻克寧江州。遼都統蕭嗣先,率兵萬人,出援寧江。阿骨打時已引還,嗣先竟追至出河店(一譯作珠赫店),天晚駐營。翌晨聞阿骨打返兵迎擊,急令前隊往阻,不到半日,已被阿骨打殺敗逃回。嗣先乃整軍出迎,甫經交綏,忽大風陡起,飛沙瞇目,阿骨打正居上風,麾兵奮擊,遼兵不能支持,盡行潰散,將校多半死亡,嗣先踉蹌遁歸。於是阿骨打弟吳乞買等,勸兄稱帝。

## 第五十四回　造雄邦恃強稱帝　通遠使約金攻遼

阿骨打起初不從，旋經將佐等，再行勸進，乃於乙未年正月元日，即宋徽宗政和五年，就按出虎水旁（按出虎水一譯作愛新水），即皇帝位，國號大金，取金質不壞的意義。建元取國，易名為旻，命吳乞買為諳班勃極烈。從兄撒改（一作薩拉噶，係劾里鉢兄劾者子）及弟斜也（一譯作舍音）為國論勃極烈（兩種官名，均係女真部方言，尊貴的官長，叫做勃極烈，諳班是最尊的意思，國論就是國相。諳班一譯作阿木班，國論一作固倫）。

遼人嘗言女真兵滿萬，便不可敵，至是已達萬人以上，乃厲兵秣馬，再議攻遼。遼主遣使僧家奴（一作僧嘉努），齎書往金，令為屬國。金主復書，要求遼主送還阿疏，並遣黃龍府至別地，方可議和。遼主再貽書，呼金主名，諭令歸降。金主亦復書，呼遼主名，諭令歸陣。煞是好看。兩下裡各爭尊長，那金主已進兵益州，直搗黃龍府。遼兵屢戰屢敗，黃龍府竟被奪去。遼主聞報大怒，即下詔親征，號稱七十萬，分路出師。金主聞遼兵大舉，乃以刀劙面，涕泣語眾道：「我與汝等起兵，無非苦遼邦殘忍，欲自立國，今天祚親至，恐不可當，看來只有殺我一族，大眾出去迎降，或可轉禍為福。」遣將不如激將。吳乞買等趨進道：「火來水淹，兵來將擋，況天祚淫虐不仁，眾心離散，就使來了一、二百萬，也不過暫時烏合，怕他什麼？」金主乃道：「你等果能盡死力，須聽我號令，同去禦敵！」諸將齊聲應令，遂調齊人馬，傾國而出，行至黃龍府東，遙見遼兵遍野，勢如攢蟻，乃下令軍中道：「敵利速戰，我利固守，且深溝高壘，靜觀敵釁，再行進兵。」將士遵令，擇險駐紮，按兵不動。遼兵也不來挑戰，越日，竟陸續退去。

原來遼副都統章奴，謀立天祚叔父耶律淳，誘將士亡歸上京，遣淳妃迪地里告淳。淳不願依議，拘住迪里，會遼主聞章奴謀叛，亟遣使慰淳，

淳斬迪里首，取獻遼主，子身待罪。遼主待遇如初。偏章奴入掠上京，至遼太祖廟，數天祚罪惡，移檄州縣，將犯行宮。遼主亟從軍中退歸，軍士均無鬥志，也隨了回去。事被金主察悉，遂拔寨齊起，西追遼主，至護步答岡（護步答一作和斯布達），見前面輿輦甲仗，迤邐行去，他即分開兩翼，一鼓而上，自率精兵猛將，專向遼中軍殺入。遼主猝不及防，急忙退走，遼兵亦紛紛四散。金主麾殺一陣，斬馘以萬計，奪得車馬，兵械軍資，不可勝計，乃引兵回國。遼主奔赴上京，適章奴已為熟女真部所敗，眾皆潰散。邏卒擒住章奴，送至遼主所在，立斬以徇。遼主乃還都。

　　看官聽著！從前遼都臨潢，號為上京，自聖宗隆緒，徙都遼西，稱為中京，又以遼陽為東京，幽州為南京，雲州為西京，共計五京（提出五京，下文金、宋攻遼，庶有眉目可辨）。章奴誅死，上京方才告靖。不意東京又鬧出亂端。東京留守蕭保先，虐待渤海居民，為暴徒所戕，經遼將大公鼎、高畫質明等，率兵剿捕，亂勢少平。偏裨將高永昌收集潰匪，入據遼陽，匝旬間，得八千人，居然僭號，稱為隆基元年。遼主遣韓家奴、張林等往徵，永昌恐不能敵，向金求救。金主遣胡沙補（一譯作華沙布）報永昌道：「同力攻遼，我願相助，但須削去僭號，歸順我國，當以王爵相報。」永昌不從。金主遂命大將斡魯，率諸軍攻永昌，巧與遼將張琳相值，兩下開仗，張琳敗走，斡魯乘勢取瀋州，進薄遼陽城下。永昌開城出戰，哪裡敵得住金軍？遂敗奔長松。遼陽人撻不野（一作託卜嘉），擒住永昌，獻與金主，眼見得一刀兩段，於是遼國的東京州縣，及南路熟女真部，陸續降金。金主任斡魯為南路都統（斡魯一作鄂楞），知東京事。遼主聞東京失陷，未免驚慌，乃授耶律淳為都元帥，募遼東人為兵，得二萬二千餘人，使報怨女真，叫做怨軍，以渤海鐵州人郭藥師等為統領。耶律淳倡議和金，遣耶律奴苛（一譯作訥格）如金議好，金主要索多端，議不

## 第五十四回　造雄邦恃強稱帝　通遠使約金攻遼

能決。旋由金主最後復書，迫遼以兄禮事金，封冊如漢儀，方可如約，否則不必再議。遼主尚不肯許。適遇大飢，人自相食，各地盜賊蜂起，掠民充糧。樞密使蕭奉先等，勸遼主暫從金議，乃冊金主為東懷國皇帝。金主不悅，語冊使道：「什麼叫做東懷國？我國明號大金，應稱為大金國便了。且冊書中，並無兄事明文，我不能遵約。」當下將冊書擲還。金主既迫遼兄事，何必再受遼冊封，這也奇怪。看官，這東懷國三字，明是遼人暗弄金主，取小邦懷德的意義。他總道金主未達漢文，或可模糊騙過，偏金主要他兄事，要稱大金，仍然和議不成，雙方決裂。蔡京聞得此信，遂欲約金攻遼，規復燕雲。武義大夫馬政，航海至金，與金主面議遼事。金主亦令李善慶等齎奉國書，並北珠生金等物，偕馬政同至汴都。徽宗即命蔡京與約攻遼，善慶等不加可否，居十餘日乃去。徽宗復令馬政持詔，及還賜禮物，與善慶等渡海報聘。行至登州，政奉詔止行，乃只遣平海軍校呼慶送善慶等歸金。金主遣呼慶歸，且與語道：「歸見皇帝，果欲結好，當示國書，若仍用詔命，我不便受，莫怪我卻還來使。」呼慶唯唯而還。至童貫入朝，力主京議，請再遣使貽書。中書舍人吳時，獨上疏諫阻，又有布衣安堯臣，亦諫止圖遼。吳且言不應敗盟。安堯臣一疏，卻很是剴切詳明，略云：

陛下臨御之初，嘗下詔求言，於是諤士效忠，而僉壬乃誤陛下，加以詆誣之罪，使陛下負拒諫之謗，比年天下杜口，以言為諱。乃者宦寺交結權臣，共倡北伐，而宰執以下，無一人肯為陛下言者。臣謂燕、雲之役興，則邊釁遂開，宦寺之權重，則皇綱不振。昔秦始皇築長城，漢武帝通西域，隋煬帝遼左之師，唐明皇幽、薊之寇，其失如彼，周宣王伐犹，漢文帝備北邊，元帝納賈捐之議，光武斥臧宮馬武之謀，其得如此。藝祖撥亂反正，躬環甲冑，當時將相大臣，皆所與取天下者，豈勇略智力，不能

下幽、燕哉？蓋以區區之地，契丹所必爭，忍使吾民重困鋒鏑，章聖澶淵之役，與之戰而勝，乃聽其和，亦欲固本而息民也。今童貫深結蔡京，同納趙良嗣以為謀主，故建平燕之議，臣恐異時唇亡齒寒，邊境有可乘之釁，狼子蓄銳，伺隙以逞其欲，此臣之所以日夜寒心者也。伏望思祖宗累積之艱難，鑑歷代君臣之得失，杜塞邊釁，務守舊好，無使外夷乘間窺中國。上以安宗廟，下以慰生靈，則國家幸甚！生民幸甚！

　　徽宗連綫兩疏，正在懷疑，會有二御醫自高麗歸，入奏徽宗，亦以圖燕為非。原來高麗嘗通好中國，因國主有疾，向宋求醫，徽宗乃遣二醫往視，及高麗送二醫歸國，臨歧與語道：「聞天子將與女真圖契丹，恐非良策。苟存契丹，尚足為中國捍邊。女真似虎似狼，不宜與交，可傳達天子，預備為是。」高麗人頗有見語。二醫遂歸白徽宗，徽宗乃以吳時、安堯臣所言，不為無見，擬將聯金伐遼的計議，暫從擱置，並擬擢安堯臣為承務郎，借通言路。可奈蔡京、童貫二人，堅執前議，謂天與不取，反致受害；還有學士王黼，時已升任少宰，鄭居中乞請終喪，因進余深為太宰，王黼為少宰。與蔡、童一同勾結，斥吳時為腐儒，且以安堯臣越俎進言，目為不法，怎得再給官階？三人併力奏請，徽宗又不得不從，因遣右文殿修撰趙良嗣，借市馬為名，再出使金，申請前約。巧值遼使蕭習泥烈（一作蕭錫里）至金續議冊禮，金主仍不愜意，竟興兵出攻上京，令宋、遼二使，隨著軍中。遼主方在胡土白山（一譯作瑚圖哩巴里）圍獵，聞金主出師，亟命耶律白斯不等（白斯不一作博碩布），簡率精兵三千，馳援上京。金主至上京城下，先諭守兵速降，留守撻不野不從，金主乃督兵進攻，且語宋、遼二使道：「汝等可看我用兵，以卜去就。」言訖，遂親擊桴鼓，促軍猛撲，不避矢石，自辰及午，金將闍母（一譯作多昂摩）等，鼓勇先登，部眾隨上，遂克外城。撻不野無法可施，只好出降。耶律白斯不

## 第五十四回　造雄邦恃強稱帝　通遠使約金攻遼

等將至上京，聞城已失守，不戰自退。金主入城犒師，置酒歡宴。趙良嗣等捧觴上壽，皆稱萬歲。丑。越日，金主留兵居守，自偕趙良嗣等還國。良嗣因語金主道：「燕本漢地，理應仍歸中國，現願與貴國協力攻遼，貴國可取中京大定府，敝國願取燕京析津府，南北夾攻，均可得志。」金主道：「這事總可如約，但汝主曾給遼歲幣，他日還當與我。」良嗣允諾，金主遂付良嗣書，約金兵自平地松林趨古北口，宋兵自白溝夾攻，否則不能如約。並遣勃堇（一作貝勒）偕良嗣申述己意，徽宗乃復遣馬政報聘，且復致國書道：

大宋皇帝，致書於大金皇帝：遠承信介，特示函書，致討契丹，當如來約。已差童貫勒兵相應，彼此兵不得過關，歲幣之數同於遼，仍約毋聽契丹講和，特此復告！

馬政持書至金，金主答稱如約，協議遂成。至馬政返報，有詔令童貫整軍待發，獨鄭居中以為未可，特往語蔡京道：「公為大臣，不能守兩國盟約，致釀事端，恐非妙策。」京答道：「皇上厭歲幣五十萬，所以主張此議。」居中道：「公未聞漢朝和親用兵的耗費麼？漢嘗歲給單于一億九十萬，西域一千八百八十萬，與本朝相較，孰多孰少？今乃貪功啟釁，徒使百萬生靈，肝腦塗地，首禍唯公，後悔何及！」居中雖非好人，語卻可取。京默然不答，但心中總以為可行，且已與金定約，勢成騎虎，不能再下，仍與童貫決議興兵。忽接到兩浙警報，睦州人方臘作亂，睦、歙、杭諸州，接連被陷，東南幾已糜爛了。徽宗大驚，急召輔臣會議，暫罷北伐，亟擬南征。正是：

滿望燕雲歸故土，誰知吳越起妖氛？

欲知南征時命將情形，且至下回續敘。

遼王延禧，淫荒無度，以致女真部崛起東北，僭號稱尊，是遼固有敗亡之道，而因致敵人之侮辱者也。宋之約金攻遼，議者皆謂其失策，吾以為燕雲十六州，久淪左衽，乘隙而圖，未始非計。但主議非人，用兵非時，妄啟兵端，適以致禍。兵志有言：「知己知彼，百戰百勝。」試問君如徽宗，臣如蔡京、童貫，能控馭遠人否乎？百年無事，將驕卒惰，能戰勝外夷否乎？且與女真素未通好，乃無端遣使，自損國威，強弱之形未著，而外人已先輕我矣。拒虎引狼，必為狼噬，此北宋之所以終亡也。

# 第五十四回 造雄邦恃強稱帝 通遠使約金攻遼

# 第五十五回

幫源峒方臘揭竿　梁山泊宋江結寨

## 第五十五回　幫源峒方臘揭竿　梁山泊宋江結寨

卻說宣和二年，睦州清溪民方臘作亂。方臘世居縣堨村，託詞左道，妖言惑眾，愚夫愚婦，免不得為他所惑。但方臘本意尚不過藉此斂錢，並沒有什麼帝王思想。唯清溪一帶，有梓桐、幫源諸峒，山深林密，民物殷阜，凡漆楮杉樟諸木，無不具備，富商巨賈，嘗往來境內，購取材料。臘有漆園，每年值價，數達百金，自蘇、杭設定應奉局及花石綱，朱勔倚勢作威，往往擅取民間，不名一錢，臘亦屢遭損失，漆被取去，無從索價，所以怨恨甚深。當下煽惑百姓，倡議誅勔，百姓正恨勔切骨，巴不得立時捕到，將他碎屍萬段，聊快人心。既得方臘為主，當然一唱百和，陸續引集，請他舉事。臘尚恐眾心未固，乃假託唐袁天罡、李淳風的推背圖，編成四語道：

十千加一點，冬盡始稱尊。
縱橫過浙水，顯跡在吳興。

「十千」是隱寓「萬」字，加一點便成「方」字，「冬盡」為「臘」，「稱尊」二字，無非是南面為君的意思，從來童謠圖讖，多半由臨時捏造，誘惑愚民。縱橫二語，更是明白了解，沒甚奧義。觀此二語，見得方臘本意，不過欲擾亂蘇、杭，並無燎原之志。還有睦州遺傳，說有什麼天子臺，萬年樓，從前唐高宗永徽年間，曾有女子陳碩真叛據睦州，自稱文佳皇帝，後來不成而死。方臘謂這道王氣，應在己身方驗，巾幗當不及鬚眉。一時信為真話，鬨動至數千人，遂削木揭竿，公然造起反來。根據地就是幫源峒，自稱聖公，建元永樂，也設官置吏，以頭巾為別，自紅巾而上，分作六等。急切無弓矢甲冑，專恃拳毆棒擊，出峒四擾。又編紿符籙，謂有神效，可得冥助。大約與清季之拳匪相似。於是毀民廬，掠民財，所有婦人孺子，一律擄至峒中，臘自擇美婦孌童，供奉朝夕，餘盡賞給黨羽，作為僕妾，不到半月，脅從且至數萬，乃勒為部伍，出攻清溪。

兩浙都監蔡遵、顏坦率兵五千人，星夜往討，到了息坑，正值方臘前隊到來，軍士望將過去，先不禁驚訝起來。原來方臘前隊，並不見有武夫，又不見有利械，只有婦女若干，童稚若干，婦女仍搽脂抹粉，唯服飾多係道裝，手中各執拂塵，彷彿是戲劇中的師姑。童子面上統加塗飾，紅黃藍白，無奇不有，或梳髮作兩丫髻，或髡髮成沙彌圈，遙對官軍，嬉笑憨跳，並不像打仗的樣子。恰是奇怪，非特見所未見，並且聞所未聞。官軍面面相覷，還道他有什麼妖法，不敢前進。蔡遵恰也驚疑，顏坦本是粗率，便詰蔡遵道：「這是惶惑我軍的詭計，有何足怕？看我驅軍殺盡了他。」言已，便督軍進擊。兵戈所指，那婦孺嚇得倒躲，沒命的亂竄了去。只耐肉戰，哪禁兵刃。

　　坦放膽殺入，一逃一追，但見前面的婦孺，均穿林越澗，四散奔逸，一行數里，連婦孺都不見了。此外也並無一人，唯剩得空山寂寂，古木陰陰。爭戰時，插此二語，倍增趣味。坦不管好歹，再向前力追，突聽得一聲號炮，震得木葉戰動，不由的毛骨悚然。至舉頭四顧，又不見什麼動靜，煞是可怪。故曲一筆。大眾捏著一把冷汗，足雖急行，面唯四望，不防撲蹋撲蹋的好幾聲，一大半跌入陷坑，連顏坦也墜了下去。兩旁山谷中，跳出許多大漢，手執巨梃，一半亂搗陷穽，一半掃蕩餘軍，可憐顏坦以下千餘人，一古腦兒埋死坑谷。後隊統領蔡遵聞前軍得手，也依次趕上，但與前軍相隔已遠，未得確實消息，漸漸的行入山谷中，猛聞後面一陣鼓譟，料知不佳，急忙令軍士返步，退將出來。還至谷口，頓覺叫苦不迭，那谷口已被木石塞斷了。山上幾聲炮響，即有無數大石，拋擲下來，軍士不被擊死，也多受傷。蔡遵還督令軍士，移徙木石，以便通道，那後面的匪黨，已持梃追到，衝殺官軍，官軍大亂，任他左批右抹，一陣橫掃，個個倒斃，遵亦死於亂軍之中。

## 第五十五回　幫源峒方臘揭竿　梁山泊宋江結寨

　　臘眾奪得甲仗，才有刀械等物，遂乘勝搗入青溪，且進攻睦州，揭示脅誘軍民，只稱：「有天兵相助，趕緊投誠，否則蔡、顏覆轍，即在目前」云云。是時江、浙一帶，承平已久，不識兵革，就是郡縣守吏，汛地將弁，也只知奉迎欽差，保全祿位，並未嘗修濬城濠，整繕兵甲，一聞方臘到來，好似天篷下降，無可與敵，都逃得一個不留。方臘遂破陷睦州，又西攻歙州，守將郭師中，忙調兵禦寇，甫經對陣，那匪黨裡面，忽突出一班披髮仗劍的人物，向空一指，即橫劍齊向官軍，併力衝入。官兵本不知戰，更防他有妖法，哪個敢去攔阻？霎時間旗亂轍靡，如鳥獸散。師中禁遏不住，反落得一命嗚呼，眼見得歙縣被陷。臘復麾眾東趨，大掠桐廬、富陽諸縣，直抵杭州城下，知州趙霆，登城西望，遙見寇來如檔，已是驚慌得很，驀地裡衝出幾個長人，約高丈許，首戴神盔，身披氅衣，左手持矛，右手執旗，面目猙獰可怕，頓嚇得魂不附體。其實這種長人，統是大木雕成，中作機關，用人按捺，所以兩手活動，遠望如生。方臘算會欺人。趙霆膽小如鼷，曉得什麼真假，當即下城還署，躊躇一會，三十六著，逃為上著，便收拾細軟，挈了一妻一妾，趁著城中驚擾的時候，改裝出衙，一溜煙的奔出城外。恰是見機。置制使陳建，廉訪使趙約，趨入州署，想與趙霆會商守禦，不意署中已空空洞洞，並無一人，慌忙退出署門，那匪黨已一擁入城，兩人逃避不及，同時被縛。方臘煞是凶狠，既入城中，令黨羽遍捕官吏，統共獲得若干名，一一綁住州署門前，自己高坐堂上，置酒縱飲，飲一盃，殺一人，最凶的是不令全屍，或臠割肢體，或剜取肺腸，或熬煮膏油，或叢鏑亂射，備極慘酷，反說是為民除害，足紓公憤。一面令黨徒縱火，滿城屠掠，除有姿色的婦女取供淫樂外，多半殺死，六日方止。

　　東南大震，警報與雪片相似，投入京中。太宰王黼因朝廷方整師北伐，

無暇顧及小寇，竟將警奏擱起，並不上聞。至淮南發運使陳遘直接奏陳徽宗，乃始知亂事，命童貫為江、淮、荊、浙宣撫使，滿朝只一媼相，愧煞宋臣。譚稹為兩湖制置使，王稟為統制，分率禁旅，即日南下。又因陳遘疏中，謂浙兵無用，須調集外旅，速平匪亂，乃復飛飭陝西六路精兵，同時南征。於是邊將辛興忠、楊唯忠統熙河兵，劉鎮統涇原兵，楊可世、趙明統環慶兵，黃迪統鄜延兵，馬公直統秦鳳兵，冀景統河東兵，六路兵馬，共歸都統制劉延慶節制。總計內外各軍，調赴東南，約得十五萬人。各軍陸續南下，免不得費時需日。至童貫等至金陵，已是宣和三年孟春月中。方臘轉陷婺州，又陷衢州。衢守彭汝方被執，罵賊遇害，賊屠衢城，未幾又陷處州，縉雲尉詹良臣率數十人出禦，為賊所擒，誘降不屈，也被殺死。嗣又令杭州守賊方七佛引眾六萬，陷崇德縣，轉攻秀州，虧得統軍王子武號召兵民，登陴力禦，斗大的秀州城，兀自守住。與杭州成一反映。童貫留偏將劉鎮守金陵，進次鎮江，聞秀州被圍，急檄王稟馳援，可巧熙河將辛興宗、楊唯忠亦領兵到來，兩路夾攻方七佛，七佛支持不住，只好卻走，秀州解圍。方臘東攻不克，轉圖西略，連陷寧國、旌德諸縣，官軍為所牽制，又只得分軍西援，一時顧不到浙西。

那時淮南復出一大盜，姓宋名江，糾黨三十六人，橫行河朔，轉掠十郡，京東又復戒嚴，害得宋廷諸臣，議剿議撫，急切想不出什麼法兒。宋江亦一渠魁，應特筆提醒。看官曾閱過《水滸傳》麼？水滸係元朝施耐庵手筆，演成七十回，所說皆關係宋江事，書中多係哄託，並非件件是真，不過筆墨甚佳，更兼金聖歎評注，所以流傳至今，膾炙人口，但從正史上考證起來，只有淮南盜宋江，以三十六人橫行河朔，由知海州張叔夜擊降數語，且並未為宋江立傳，可見宋江起事，轉瞬即平，並不似《水滸傳》中，有什麼大勢力，大經營。唯旁覽稗乘，又見有宋江歸降後，曾效力軍

## 第五十五回　幫源峒方臘揭竿　梁山泊宋江結寨

行，助討方臘，克復杭州。小子生長古越，距杭州不到百里，時常往來杭地，訪問古蹟，那城內果有張順祠，曾封湧金門內的土地，城外又有時遷廟，西子湖邊，又有武松墓，想必定有所本，不至虛傳。小子演述宋史，凡事多以正史為本，間或孱以稗乘，亦必確有見聞，明知個人識短，不敢自信無遺，但憑空捏造的瞎說，究竟不好妄採，想看官總也俯諒愚衷哩。插入此段議論，所以祛閱者之疑。

聞文少表，且說宋江係鄆城縣人，表字公明，曾充當縣中押司，平時性情慷慨，喜交江湖朋友，綽號遂叫做及時雨。嗣因私放盜犯，釀成命案，為了種種罪證，致遭捕繫。當有一班江湖好友，救他性命，迫入梁山泊上，做個公道大王。數語已賅括《水滸傳》。梁山泊在鄆城、壽張兩縣間，山形突兀，路轉峰迴，周圍約二十五里。岡上恰有一方曠地，足容千人居住。岡下有泊，可汲水取飲，雖旱不乾。古時本名良山，因漢梁孝王出獵於此，乃改名梁山。宋季朝政不明，吏治廢弛，貪官汙吏，布滿各路，盜賊乘時蜂起，所有淮南、京東一帶，無賴亡命之徒，落草為寇，便借這梁山為逋逃藪，只因麼麼小丑，隨聚隨散，所以不甚著名。至宋江入居此山，由群盜推為首領，立起什麼水滸寨，造起什麼忠義堂，託詞替天行道，鬨動居民，於是梁山泊三大字，遂表現出來。標明梁山泊歷史地理，足補《水滸傳》之缺。看官試想！這宋公明既沒有偌大家私，山上又沒有歷年積蓄，教他如何替著天，行著道？他無非四出劫掠，奪些金銀財寶，作為生計。不過他所往劫的，多是富而不仁的土豪，及多行不義的民賊，尚不似那睦州方臘，一味兒逞妖作怪，恣意淫亂，因此京東一帶，還說宋江是個好人。知亳州侯蒙曾上言：「宋江橫行齊、魏，才必過人，現在清溪盜起，不若赦他前非，令南討方臘，將功贖罪。」徽宗很以為是，擬調侯蒙任東平府，招降宋江。偏偏詔命甫下，侯蒙病劇，不能赴任，未

幾身亡，自是招撫一語，又成虛話。京東各軍，一再往剿，反被梁山群盜，殺得七零八落，大敗而回。宋江勢且日盛，趨附的人物，亦因之日多。起初尚只有三十六個頭目，連宋江也排列在內，後來又得了七十二人，合成一百零八個大強盜。他卻自稱上應列星，偽造石碣，把一百八人的姓名，鐫刻碑上，三十六人，號為天罡星，七十二人，號為地煞星。每人又各有綽號，《水滸傳》中，也曾載著，小子就此謄錄一周，分列如下：

天罡星三十六員

天魁星呼保義宋江。

天罡星玉麒麟盧俊義。

天機星智多星吳用。

天閒星入雲龍公孫勝。

天勇星大刀關勝。

天雄星豹子頭林沖。

天猛星霹靂火秦明。

天威星雙鞭呼延灼。

雲英星小李廣花榮。

天貴星美髯公朱仝。

天富星撲天鵰李應。

天滿星小旋風柴進。

天孤星花和尚魯智深。

天傷星行者武松。

天立星雙槍將董平。

## 第五十五回　幫源峒方臘揭竿　梁山泊宋江結寨

天捷星沒羽箭張清。

天暗星青面獸楊志。

天佑星金槍將徐寧。

天空星急先鋒索超。

天異星赤髮鬼劉唐。

天殺星黑旋風李逵。

天速星神行太保戴宗。

天微星九紋龍史進。

天究星沒遮攔穆弘。

天退星插翅虎雷橫。

天壽星混江龍李俊。

天劍星立地太歲阮小二。

天平星船火兒張橫。

天罪星短命二郎阮小五。

天損星浪裡白條張順。

天敗星活閻羅阮小七。

天牢星病關索楊雄。

天慧星拚命三郎石秀。

天暴星兩頭蛇解珍。

天哭星雙尾蠍解寶。

天巧星浪子燕青。

地煞星七十二員

地魁星神機軍師朱武。

地煞星鎮三山黃信。

地勇星病尉遲孫立。

地傑星醜郡馬宣贊。

地雄星井水軒郝思文。

地威星百勝將軍韓滔。

地英星天目將彭玘。

地奇星聖水將軍單廷珪

地猛星神火將軍魏定國。

地文星聖手書生蕭讓。

地正星鐵面孔目裴宣。

地闢星摩雲金翅歐鵬。

地闔星火眼狻猊鄧飛。

地強星錦毛虎燕順。

地暗星錦豹子楊林。

地輔星轟天雷凌振。

地會星神運算元蔣敬。

地佐星小溫侯呂方。

地佑星賽仁貴郭盛。

地靈星神醫安道全。

## 第五十五回　幫源峒方臘揭竿　梁山泊宋江結寨

地獸星紫髯伯皇甫端。

地微星矮腳虎王英。

地慧星一丈青扈三娘。

地暴星喪門神鮑旭。

地默星混世魔王樊瑞。

地猖星毛頭星孔明。

地狂星獨火星孔亮。

地飛星八臂哪吒項充。

地走星飛天大聖李袞。

地巧星玉臂匠金大堅。

地明星鐵笛仙馬麟。

地進星出洞蛟童威。

地退星翻江蜃童猛。

地滿星玉旛竿孟康。

地遂星通臂猿侯健。

地周星跳澗虎陳達。

地險星白花蛇楊春。

地異星白面郎君鄭天壽。

地理星九尾龜陶宗旺。

地俊星鐵扇子宋清。

地樂星鐵叫子樂和。

地捷星花頂虎龔旺。

地速星中箭虎丁得孫。

地鎮星小遮攔穆春。

地羈星操刀鬼曹正。

地魔星雲裡金剛宋萬。

地妖星摸著天杜遷。

地幽星病大蟲薛永。

地伏星金眼彪施恩。

地僻星打虎將李忠。

地空星小霸王周通。

地孤星金錢豹子湯隆。

地全星鬼臉兒杜興。

地短星出林龍鄒淵。

地角星獨角龍鄒潤。

地囚星旱地忽律朱貴。

地藏星笑面虎朱富。

地平星鐵臂膊蔡福。

地損星一枝花蔡慶。

地奴星催命判官李立。

地察星青眼虎李雲。

地惡星沒面目焦挺。

## 第五十五回　幫源峒方臘揭竿　梁山泊宋江結寨

地醜星石將軍石勇。

地數星小尉遲孫新。

地陰星母大蟲顧大嫂。

地刑星菜園子張青。

地壯星母夜叉孫二孃。

地劣星活閻婆王定六。

地健星險道神郁保四。

地耗星白日鼠白勝。

地賊星鼓上蚤時遷。

地狗星金毛犬段景住。

　　一百八人已經會齊，梁山泊上的氣運，要算是全盛了。宋江置酒大會百餘人，依次列席，大眾商量進行的方法。宋江首先倡議，一是靜待招安，一是出圖吳會。旋經吳用等酌議，以吳會地方富庶，若攻他無備，去幹一番，事情得利，便從此做去，失利亦可還寨，就撫未遲。宋江恰也贊成。嗣又議定航海南行，伺間襲擊淮、揚，大家很是同意。席散後，各檢點兵械，準備停當，留盧俊義守寨，指日啟程。不意海州方面，偏有一位赤膽忠心的賢長官，密伺宋江行徑，預先布置，專待宋江等到來。正是：

　　**軍志毋人先薄我，古云有備總無虞。**

　　欲知海州戰事，容至下回說明。

　　方臘、宋江，雖皆亡命之徒，而非貪官汙吏之有以激之，則必不能為叛逆之舉。就令潛圖不軌，而附和無人，亦寧能子身起事？蓋自來盜賊蜂起，未有不從官吏所致，苛徵橫斂，民不聊生，則往往鋌而走險，嘯聚成

群,大則揭竿,小則越貨,方臘、宋江,其已事也。唯方臘之為亂大,而宋江之為亂小,方臘之作惡多,而宋江之作惡少,本回分段敘述,於方臘無恕詞,於宋江猶有曲筆,而總意則歸咎於官吏。皮裡陽秋,亶其然乎。

# 第五十五回　幫源峒方臘揭竿　梁山泊宋江結寨

# 第五十六回

知海州收降及時雨　破杭城計出智多星

## 第五十六回　知海州收降及時雨　破杭城計出智多星

　　卻說宋江帶領黨羽數千人，徑趨海濱，適有商舶數十艘，停泊岸邊，被江黨一聲吆喝，跳至船上，船中人多已沒命，有被殺的，有自溺的，只水手等不遭殺害，仍叫他照常行駛，唯須聽宋江指揮，不得有違。一艘被擄，各艘都逃避不及，一古腦兒被他劫住。他遂命水手鼓棹南行，將至海州附近，忽有水上巡卒，各駕小舟，艤集左右，將有盤查大船的意思。宋江瞧著，恐被露出破綻，不如先行動手，遂一聲號令，驅逐巡船。巡船慌忙逃開，並作一路，向海濱奔回。宋江率黨前進，將至海旁，見四面蘆葦叢集，飄颯有聲，智多星吳用忙語宋江道：「對面恐防有伏，不應前進。」宋江聞言，亟命退回。舟行未幾，果見蘆葦叢中，突出兵船多艘，前來截擊，那巡船亦分作兩翼，圍裏攏來。江麾眾抵禦，且戰且退，不防敵舟裡面，搬出許多種火物，對著宋江手下各船，陸續拋來，霎時間，各船火起，烈焰沖霄，宋江連聲叫苦，也是無益；還是吳用有些主意，指揮黨羽，一面撲火，一面射箭，衝開一條血路，向大海中奔去（《水滸傳》中，嘗寫吳用計謀，所以本書亦特別敘明）。此外各船，倉猝中不及施救，船中各盜目，或泅水逃逸，或恃勇殺出，剩著一大半，被官軍捉住。宋江航海逃生，約行數十里，見後面已無官軍，方敢就海島下面，暫行停泊。

　　後來三阮、二童、二張等，陸續尋至，還有武松、柴進一班人物，領著幾只七洞八穿的殘船，狼狽來會，大家統垂頭喪氣，不發一言。宋江檢點黨羽，損失多人，不禁嚎啕大哭。吳用在旁勸道：「大哥哭也無益，現在兄弟們多被捉去，須趕緊設法，保他性命為要。」宋江才停住了哭，含淚答道：「偌大海州城，能有多少精兵猛將，凶橫至此。我當通知盧兄弟，叫他傾寨前來，與他決一死戰。」吳用道：「不可不可。大哥曾見過官軍旗幟，有一斗大的張字否？」宋江道：「張字恰有，究係誰人？有這麼厲

害！」吳用道：「怕不是張叔夜麼？」宋江道：「張叔夜有什麼材幹？」吳用道：「他字嵇仲，素善用兵，前為蘭州參軍，規劃形勢，計拒羌人，西陲一帶，賴以無恐。兄弟曾聞他調任東南，莫非海州長官，便屬此人！」（叔夜係宋季忠臣，不得不表明履歷，但借吳用口中敘出，又是一種筆法。）說至此，有阮小二上前說道：「確是這個張叔夜。」吳用道：「既係老張在此，我等恐難與戰，不若就此歸撫罷！」宋江道：「難道去投降不成？」吳用道：「識時務者為俊傑，且可保全兄弟們性命，請大哥不必再疑！」宋江徐答道：「果行此策，亦須有人通使。」吳用道：「兄弟願往。」宋江遲疑不答。吳用道：「兄長儘管放心，待弟前去，包管成功。」言已，便另撥一船，向海州去訖。

宋江待了半日，未見吳用回來，心中忐忑不定，轉眼間，夕陽已下，天色將昏，乃自登船頭，向西遙望。煙波一抹，掩映殘霞，隱隱有一舟東來，想是去船已歸，心下稍慰。至來舟駛近，果見船中坐著吳用，當下呼聲與語，吳用亦應聲而起。少頃，兩船相併，由吳用踱過了船，與宋江敘談。宋江問及情形，吳用道：「還是恭喜，兄弟們都羈住囚中，明日就要押往汴京，虧得今日先去請降。張知州已一概允諾，並教我等助征方臘，圖個進階，弟已斗膽與約，明晨借兄長往會便了。」（復從吳用口中，敘出請降情形，可省許多的波折。）宋江淡淡地答道：「事已至此，也只好這般做去。」言為心聲，可見宋江本意，未願招安。隨即與同黨說明大略。同黨也不加可否，但說了「唯命是從」四字。

是夕無話，翌日辰刻，宋江率同吳用，並手下頭目數名，乘船至海州。海州雖在海濱，城卻距海數里，宋江捨舟登陸，徒步入城，到了州署，吳用首先通報，當有兵役傳入，梆聲一響，軍吏統登堂站立。那儀表堂堂的張知州，由屏後出來，徐步登堂，即命兵役，傳召宋江。宋江與吳用等，

## 第五十六回　知海州收降及時雨　破杭城計出智多星

聯步趨入，江向上一瞧，望見這位張知州儀容，不覺心折，便在案前跪稟道：「淮南小民宋江謁見。」叔夜正色道：「你就是宋江麼？今日來降，是否誠心？不妨與本知州明言。如或未肯投誠，本知州也不加強迫，由你去招集徒眾，來與本知州決一雌雄。」儒將風流。宋江聞言，越覺愧服，遂叩首道：「宋江情願投效，誓不再抗朝廷。」叔夜道：「果願投誠，不愧壯士。且起來，聽我說明！」宋江、吳用等，申謝起立，叔夜乃溫顏與語道：「你等皆大宋子民，應知朝廷恩德，日前不服吏命，想亦有激使然。但背叛官吏，不啻背叛朝廷，就使有貪官汙吏，逞虐一時，終屬難逃國法，你等何勿少忍須臾，免為大逆呢！古人有言：『既往不咎』，你等前日為非，今日知悔，本知州何忍追究！現當替你等保奏朝廷，令你等往討方臘，成功以後，不但可贖前愆，且好算得忠臣義士，生得蒙賞，死亦流芳，豈不是名利兩全嗎？」大義名言，令人感佩。宋江等聽這議論，都覺天良發現，感激涕零。叔夜又將俘虜釋出，申誡數言，均叩頭泣謝。隨由宋江遵依命令，願仍回梁山泊，調集黨徒，同往江南，投效軍前。叔夜即給與一札，限期赴軍，宋江等拜謝而去。

叔夜將招降宋江事，奏聞朝廷，朝議以海州無事，復將叔夜調任濟南府，叔夜奉命移節，自不消說。唯宋江回至梁山泊，與盧俊義等說明一切，當即將各寨毀去，並遣散嘍囉，只與黨徒百餘人，同赴江南。剛值熙河前軍統領辛興宗等，在浙西境內的江漲橋，與方七佛等接戰。兩下相持未決，宋江即麾眾殺入，一陣衝蕩，即將方軍驅退。當下遇著辛興宗，忙繳呈叔夜手札，興宗按閱畢，便道：「既由張知州令你到此，且留在營中，靜候差遣！」宋江道：「江等來此投軍，願為朝廷效力，現在浙西一帶，久苦寇氛，何不即日南下，規復杭州？杭州得手，便可溯江西上，進攻睦州了。」興宗瞪視良久，方道：「恐沒有這般容易。」言下即有妒功忌能

的意思。宋江道：「江等願為前鋒，往攻杭州。」興宗又瞋目道：「你有多少人馬？」宋江道：「一百餘人。」興宗反冷笑道：「一百多人，也想破杭州城麼？」宋江道：「這也仗統帥派兵接應呢。」興宗哼了一聲，才答道：「照你說來，仍須要我兵出力，何必勞你等前驅？唯你等既要前去，我便撥給弁目，帶你同去，看你等能破杭州麼？」這等統領，實屬可殺。宋江憤懣交迫，急切說不出話來，還是吳用在旁接口，說道：「此事全仗統帥威靈，小民等恭聽指揮，勝負雖未敢預料，但既在統帥麾下，聲威已足奪人，賊眾自容易破滅哩。」興宗聽了這番恭維，才覺有些歡容，便召入神將一名，令率所部千人，與宋江等同攻杭州。且語吳用道：「你等須要仔細，可攻則攻，否則我即前來接應。須知本統領一視同仁，並沒有異心相待呢。」還要掩飾。吳用等唯唯而出。宋江語吳用道：「我實不耐受這惡聲，若非張知州恩義，我仍返梁山泊去。」吳用道：「梁山泊亦非安樂窩，我等且去破了杭州，聊報張州官知遇。此後大家同去埋跡，做個逍遙自在的閒民，可好麼？」宋江道：「這恰甚是。」言已，即帶領百餘人，先行登程。興宗所派的裨將亦隨後出發。將到杭州，方軍扼要駐守，均被百餘人擊退，乘勢進薄城下。官軍亦隨至杭州，唯不敢近城，卻在十里外，紮住營寨。

宋江與吳用計議道：「看來官軍是靠不住的，我等只有百餘人，就使個個努力，亦怎能破得掉這座堅城？」吳用也皺起眉來，半晌才道：「我等且退，慢慢兒計議罷！」道言未絕，忽見城門大開，方七佛驅眾殺出，吳用忙命黨徒退去。七佛等追了一程，遙望前面有兵營駐紮，恐防有失，乃回軍入城。吳用見賊眾已回，方擇地安營。當夜編黨徒為數隊，令他潛往城下，分頭探察，如或有隙可乘，速即報知。各人應聲去訖。到了夜靜更闌，才一起一起地回來，多說是守備甚堅，恐難為力，不如待大軍到來，

## 第五十六回　知海州收降及時雨　破杭城計出智多星

　　併力攻城。獨浪裡白條張順奮然入報道：「我看各處城門，統是關得甚緊，唯湧金門下，恃有深池，與西湖相通，未曾嚴備，待我跳入池中，乘夜混入，放火為號，斬關納眾，不怕此城不破。」吳用沉思多時，方道：「此計甚險，就使張兄弟得入杭城，我等只有百餘人，亦不足與守賊對敵，須通知官軍，一同接應。」宋江道：「這卻是最要緊的。」鼓上蚤時遷道：「艮山門一帶，間有缺堞未修，也可伺黑夜時候，扒入城去。」吳用道：「這還是從湧金門進去，較為妥當。」商議已定，遂於次日下午，將密計報聞官軍。官軍倒也照允，待至宵夜以後，張順紮束停當，帶著利刃，入帳辭行。吳用道：「時尚早哩。且只你一人前去，我等也不放心，應教阮家三兄弟，與你同行。」張橫聞聲趨進道：「我亦要去。」兄弟情誼，應該如此。吳用道：「這卻甚好，但或不能得手，寧可回來再商。」張順道：「我不論好歹，總要進去一探，雖死無恨。」已寓死讖。言已即出。

　　張橫與阮家兄弟，一同隨行，趲至湧金門外，時將夜半，遠見城樓上面，尚有數人守著。張順等即脫了上衣，各帶短刀，攢入池內，慢慢兒摸到城邊。見池底都有鐵柵攔定，裡面又有水簾護住，張順用手牽簾，不防簾上繫有銅鈴，頓時亂鳴。慌忙退了數步，伏住水底。但聽城上已喧聲道：「有賊有賊！」譁噪片時，又聽有人說道：「城外並無一人，莫非是湖中大魚，入池來游麼？」既而譁聲已歇，張順又欲進去。張橫道：「裡面有這般守備，想是不易前進，我等還是退歸罷。」三阮亦勸阻張順，順不肯允，且語道：「他已疑是大魚，何妨乘勢進去。」一面說，一面遊至柵邊，柵密縫窄，全身不能鑽入，張順拔刀砍柵，分毫不動，刀口反成一小缺，他乃用刀挖泥，泥鬆柵動，好容易扳去二條，便側身挨入。那懸鈴又觸動成聲，順正想覓鈴摘下，忽上面一聲怪響，放下閘板，急切不及退避，竟赤條條被他壓死。煞是可憐。張橫見兄弟畢命，心如刀割，也欲撞

死柵旁。虧得阮家兄弟將他攔住，一齊退出，仍至原處登陸，衣服具在，大家忙穿好了，只有張順遺衣，由張橫攜歸。物在人亡，倍加酸楚。這時候的宋江、吳用等，已帶著官軍，靜悄悄地繞到湖邊，專望城中消息，不防張橫等踉蹌奔來，見了宋江，且語且泣。張橫更哭得悽切，吳用忙從旁勸住，仍轉報官軍，一齊退去，尚幸城中未曾出追，總算全師而退，仍駐原寨。

　　越日，中軍統制王稟率部到來，宋江等統去謁見。王稟問及一切，由宋江詳細陳明。他不禁嘆息道：「烈士捐軀，傳名千古，我當代為申報。唯聞城內賊眾，多至數萬，辛統領僅撥千人，助壯士們來攻此城，任你力大如虎，也是不能即拔，我所以即來援應。今日且休息一宵，明日協力進攻便了。」與興宗性質不同。宋江等唯唯而出。

　　翌日黎明，王稟傳命飽餐，約辰刻一同進軍，大眾遵令而行。未幾已至辰牌，便拔寨齊起，直搗城下。方七佛開城搦戰，兩陣對圓，梁山部中的戰士，先奮勇殺出，攪入方七佛陣中。王稟也驅軍殺上，方七佛遮攔不住，即麾軍倒退。急先鋒索超，赤髮鬼劉唐等，大聲呼道：「不乘此搶入城中，報我張兄弟仇恨，尚待何時？」黨徒聞言，均猛力追趕，看看賊眾，俱已入城，城門將要關閉，劉唐等搶前數步，闖入門中，舞刀殺死三五個門卒，急趨而進。不防裡面尚有重闡，已經緊閉，眼見得不能殺入，只好退回。行近門首，城上又墜下閘板，將劉唐等關入城闉，頓時進退無路，被守賊開了內城，一鬨殺出。劉唐等料無可逃，拚命與鬥，殺死守賊多人，等到力竭聲嘶，不是被戕，就是自盡。又是一挫。宋江等留駐城外，無法施救，只眼睜睜的探望城頭，不到一時，已將劉唐等首級懸掛出來，可憐宋江以下，統是咬牙切齒，恨不得將城踏破，可奈王稟已傳令回軍，只好退歸原寨。是夕，時遷與同黨密約，自去扒城，將到城頭，驚

## 第五十六回　知海州收降及時雨　破杭城計出智多星

見有一大蛇，長可丈許，昂頭吐舌，蜿蜒而來，那時心中大駭，一個失足，墜落城下，腦漿迸裂，死於非命。同黨趕緊舁回，還算是個全屍，不致身首異處。看官試想！城中正在守禦，哪裡來的大蛇？相傳此蛇是用木製成，夜間特地設著，借嚇官軍。時遷不知是假，竟為所算。做了一生的竊賊，到此亦遭賊算，可謂果報昭然。

　　宋江聞時遷又死，越覺愁悶。吳用也急得沒法，悶守了一兩日，忽由王稟召他入商。宋江偕吳用進見，王稟道：「此城只可智取，不可力攻，現有偵卒來報，錢塘江中，有賊糧運到，我想派諸位同去奪糧，若能得手，守賊無糧可依，當不戰自潰了。」吳用拍手道：「不必奪糧，就此可以奪城。」王稟忙問何計，吳用請屏去左右，密與王稟談了數語。王稟大喜，宋江、吳用返入本營，即令凌振、杜興、李雲、石秀、鄒淵、鄒潤、李立、穆春、湯隆及三阮、二童等人，扮作梢公，扈三娘、顧大嫂、孫二孃扮作梢婆，並將兵械炮石等物，裝入袋中，充作糧米，用軍船載運，從內河繞出外江，往隨糧船後面。適值城中賊眾，開城納船，各糧船魚貫而入，假糧船亦尾隨進去，城門復閉。賊眾正要逐船看驗，忽報官軍攻城，急忙登陴拒守。官軍猛撲至晚，守賊只管抵禦，無暇顧及糧船。凌振等乘隙行事，將袋中兵械炮石，潛行運出，棄舟上岸。尋至僻處，放起號炮，霎時間滿城鼎沸，方七佛忙下城巡邏。城上守禦頓疏，那梁山部中的武松、李逵等人，便架梯登城，守賊紛紛逃竄。王稟亦督眾隨入，殺斃賊眾無數。方七佛料不能支，開了南門，向西逸去。武松見七佛竄出，飛步追趕，也不及招呼同黨，只是大膽馳行。七佛手下尚有數十騎，回顧背後有人追來，欺他孑身孤影，便回馬與戰。武松雖然力大，究竟雙手不敵四拳，鬥了片刻，左臂忽被砍斷，險些兒暈倒地上。七佛跳下了馬，招呼從賊，來取武松性命，忽劈面一陣陰風，吹得頭眩目迷，竟致倒地。可巧張

橫等也已趕到，你刀我斧，殺死七佛從騎。武松見有幫手，精神陡振，即將七佛撳住，張橫忙替他反縛，牽押而歸。俗稱武松獨手擒方臘，想即由此誤傳。行了數武，張橫問武松道：「武二哥！曾見我兄弟麼？」武松道：「約略看見，可惜未曾瞭明。」張橫道：「我也這般，想是陰靈未散，來助二哥。」武松道：「是了，是了。」及返入城中，餘賊已經蕩盡，當將方七佛推至軍前，由王稟驗明屬實，遂擺了香案，剝去七佛衣服，作為犧牲。當下剖腹取心，薦祭張順等一班烈士。小子有詩嘆道：

休言草澤乏英雄，效順王家肯死忠。
香火綿延祠墓在，浙西尚各仰英風。

祭畢，王稟擬論功加賞，忽聞辛興宗、楊唯忠等到來，免不得出城相迎。欲知後事如何，容至下回再敘。

本回敘宋江歸降，及克復杭城諸情形，事雖不見正史，而稗乘中固嘗載及。且證諸杭人所言，更屬歷歷可考。張順也，時遷也，武松也，祠墓猶存，杭人猶屍祝之。倘非立功杭地，誰為之立祠而表墓者？唯俗小說中，有授宋江為平南都總管，令率全部往討方臘，此乃子虛烏有之談，不足憑信。即如武松獨手擒方臘事，亦屬以訛傳訛。方臘為韓世忠所擒，正史中曾敘及之。況臘在睦州，不在杭州，其謬可知。作者雖有聞必錄，而筆下自有斟酌，固非信手掇拾者所可比也。

第五十六回　知海州收降及時雨　破杭城計出智多星

# 第五十七回

## 入深岩得擒叛首　征朔方再挫王師

## 第五十七回　入深岩得擒叛首　征朔方再挫王師

　　卻說辛興宗、楊唯忠等到了杭州，由王稟迎入城內。王稟即與言破城情形，並歸功宋江、吳用等人。興宗道：「宋江本是大盜，此次雖破城有功，不過抵贖前罪罷了。」王稟道：「他手下已死了多人，應該奏聞朝廷，量加撫卹。」興宗搖首不答，王稟也不便再議。到了次日，各將擬進攻睦州，宋江等入廳告辭道：「江等共百有八人，義同生死，今已多半陣亡，為國捐軀，雖是臣民分內事，但為友誼起見，不免悲悼。且餘人亦多疲乏，情願散歸故土，死正首邱，還望各統帥允准！」急流勇退，也是知機。王稟道：「你等不願隨攻睦州麼？」說著，見武松左臂已殊，裹創上前道：「看我已成廢人，兄弟們亦多受傷，如何能進攻睦州？」王稟遲疑半晌，方道：「壯士等既決計歸林，我亦不便強留。」說至此，即令軍官攜出白鏹若干，散給眾人，作為路費。武松道：「我卻不要。我看西湖景色甚佳，我恰要去做和尚了。」言畢，飄然竟去。宋江以下，有取路費的，有不取的，隨即告別自去，王稟尚嘆息不置。後來宋江等無所表見，想是隱遁終身。或謂康王南渡時，關勝、呼延灼曾在途次保駕，拒金死節，未知確否？唯武松墓留存西湖，想係實跡，這且擱過不提（了卻宋江）。

　　且說王稟等既定杭州，遂水陸大舉，直向睦州出發。方臘聞報，不覺心膽俱落，急急的遁還清溪。看官道是何故？原來方臘部下的精銳，多在杭州，方七佛又是最悍的頭目，此次全軍陷沒，教他如何不驚？就是西路一帶，也紛紛懈體。環慶將楊可世，由涇縣過石壁隘，斬首三千級，進拔旌德縣。涇原將劉鎮，敗賊烏村灣，進復寧國縣。六路都統制劉延慶，又由江東入宣州，與楊可世、劉鎮二軍會合，同攻歙州。歙州賊聞風宵遁。這時候的杭州軍將，也連復富陽、新城、桐廬各縣，直搗睦州。睦州賊開城出戰，王稟當先驅殺，辛興宗、楊唯忠等，又分兩翼夾擊，任他賊眾如何強悍，也被殺得落花流水，棄城而逃。各路軍陸續得勝，擬會合全師，

協攻清溪，總道是馬到成功，一鼓可殲了（前回敘攻克杭城，是用詳筆，此回敘攻克諸城，獨用簡筆，蓋因杭城一下，方臘精銳已盡，所以勢如破竹。且宋江攻杭城事，只載稗乘，未見正史，不得不格外從詳，此即用筆矯變處，善讀者自能知之）。

不意霍城一方面，忽闖出一個妖賊，叫做富裘道人，居然響應方臘，甘心奉賊年號，肆行剽掠，迭劫東陽、義烏、武義、浦江、金華及新昌、剡溪、仙居諸縣。臺、越一帶，又復大震。還有衢州餘賊，也進逼信州，官軍又免不得分援，於是方臘尚得負嵎自固，再作一兩月聖公。童貫以各軍已逼清溪，不能再退，當拜本再乞調師。徽宗因復遣內官梁昶，監廊延將劉光世，率兵一千八百餘人，討衢、信賊史珪，監河東將張思正，率兵二千六百餘人，討臺、越賊關弼，監涇原將姚平仲，率兵三千九百餘人，討浙東餘黨。劉光世至衢，賊首鄭魔王披髮仗劍，出城迎擊，手下亦統是五顏六色的怪飾，好像一群妖魔出現。魔王下應有這般妖魔。官軍卻也心驚，漸漸退後。光世毅然下令道：「他是假術騙人，毫無藝力，眾將士儘可向前殺入。就使他有妖術，本統領自能破他，不必驚懼。」將士聞令，各放膽前進，刀槍並舉，衝入賊陣。果然賊眾不值一掃，碰著槍就行僕地，受著刀即已斷頭。鄭魔王回馬就奔，被劉光世連發二箭，迭中項領，一時忍不住痛，猝然暈倒，官軍趕將過去，立刻擒來。餘黨見魔王受擒，哪裡還敢入城？四散逃去。光世遂麾兵入城，嗣是復龍游，復蘭溪，復婺州。姚平仲亦復浦江縣，張思正又復仙居、剡溪、新昌等縣。王稟遂專攻清溪，方臘復自清溪奔回幫源峒。稟徑入清溪，檄各軍會攻方臘，於是劉鎮、楊可世、馬公直等，自西路進，王稟、辛興宗、楊唯忠、黃迪等，自東路進，前後夾攻，戈鋋蔽天。臘眾據住幫源峒，依岩為屋，分作三窟，各口甚窄，用眾守住，居然有一夫當關萬夫莫開的形勢。諸將一律縱火，

# 第五十七回　入深巖得擒叛首　征朔方再挫王師

燒入峒口，賊眾扼守不住，只好退去。各軍士鼓譟而進，既入峒中，又似別有一天，豁然開朗，唯路徑叢雜，不知所向，就是捕得賊眾。也不肯供出方臘住處，情願受死。當下沿路搜覓，陸續剿殺。斬首至萬餘級，仍未得方臘下落。有一小校，挺身仗戈，帶領同志數人，潛行溪谷間，遇一野婦，問明方臘所在，野婦卻指明行徑，他竟直前搗入，格殺數十人，大膽進去，見方臘擁著婦女，尚在取樂，縱樂如恐不及，想亦自知要死。不由地大喝道：「叛賊速來受縛！」方臘瞧著，方將婦女推開，拔刀來鬥，戰不數合，被小校用戈刺傷，活擒而出。看官道小校何人？便是後來大名鼎鼎的韓世忠（世忠為南宋名將，應用特筆）。世忠擒住方臘，行至窟口，適值辛興宗領兵到來，便令世忠放下方臘，飭軍士將他縛住，自己帶兵，再入窟中，搜得臘妻邵氏、臘子毫二太子，並偽將方肥等五十二人一併縶歸，所有被掠婦女概置不問。後來上表奏捷，只說方臘是自己擒住，把韓世忠的功勞略去不提。看官你道他刁不刁，奸不奸呢？罵得痛快，並且找足前文。各軍復搜蕩賊黨，總計斬首七萬級。還有一班良家婦女，被賊淫掠峒中，自經官軍殺入，連衣服都不及穿著，多赤條條地縊死林中。其餘脅從諸百姓，尚有四十餘萬，概令歸業。總計方臘作亂，共破六州五十二縣，戕平民二百萬。官軍自出征至凱旋，越四百五十日，用兵至十五萬人。方臘解至京師，凌遲處死，妻子皆伏誅。富裘道人旋亦授首。餘賊朱言、吳邦、呂師囊、陳十四公等散走兩浙，亦先後蕩平。有詔改睦州為嚴州，歙州為徽州，加童貫太師，封楚國公。各路統將，俱封賞有差，相率還鎮。

　　會金主命斜也統師侵遼中京，遼兵棄城遁去。金兵進拔澤州，遼主延禧尚在鴛鴦濼會獵，聞報大驚，即率衛士五千餘騎，西走雲中。途次恐金兵追至，倉忙得很，連傳國璽都遺落桑乾河。金斜也復越青嶺，令副將粘

沒喝（一譯作泥嗎哈，即撒改子），出瓢嶺兩路會合，徑襲遼主行宮。遼主計無所出，復乘輕騎入夾山。金兵乘勝攻西京，擊敗大同府援兵，竟將西京城奪去，復派別將婁室分徇東勝諸州，得將阿疏，擒住執送金主。金主數責罪狀，阿疏道：「我乃是一個破遼鬼，若非我奔至，遼皇帝未必起兵。遼國的上京、中京、西京，怎見得為金所取哩？」雖屬強詞，卻也有理。金主微哂道：「你算是一個辯才，我便饒你死罪，活罪卻不能寬免呢。」遂將加杖三百，逐出帳外。一面遣使至宋，請速出師攻燕京。是時睦寇初平，徽宗頗有心厭兵，蔡京時已奉詔致仕，獨王黼進言道：「古人有言：『兼弱攻昧，武之善經』，目前遼已將亡，我若不取，燕、雲必為女真所有，中原故地，從此無歸還日了。」你想燕、雲故土，誰知故土不能重歸，反要增他新土呢。徽宗乃決意出師，命童貫為兩河宣撫使，蔡攸為副，勒兵十五萬，出巡北邊，遙應金人。

攸不習戎事，反自謂燕、雲諸州，唾手可得，遂趾高氣揚的入辭帝闕。可巧徽宗左右有二美嬪侍著，攸望將過去，不覺慾火上炎，饞涎欲滴，便大膽指著二嬪，顧語徽宗道：「臣得成功歸來，請將二美人賜臣！」侮慢極了。徽宗並不加責，反對他微笑。攸復道：「想陛下已經許臣，臣去了。」言畢返身自去。中書舍人宇文虛中上書諫阻，王黼恨他多言，改除集英殿修撰。朝散郎宋昭，乞誅王黼、童貫、趙良嗣等，仍遵遼約，毋構兵端。疏上後，即有詔革除昭名，竄置海南。王黼就三省置經撫房，專治邊事，不關樞密，且括全國丁夫，計口出算，得錢六千二百萬緡，充作兵費。並貽童貫書道：「太師北行，黼願盡死力。」童貫遂偕蔡攸出師，浩浩蕩蕩的到了高陽關。途中遇著遼使，謂：「奉天錫皇帝新命，願與中朝，仍修盟好，寧免歲幣，毋輕加兵。」童貫不許，遼使乃去。

小子前文所敘，只有遼天祚帝延禧，為什麼有夾山天錫皇帝來（析明

## 第五十七回　入深岩得擒叛首　征朔方再挫王師

界限，是著書人慣技）？原來遼主延禧走雲中，曾留南府宰相張琳，參政李處溫，與都元帥耶律淳，同守燕京。即遼南京。至遼主遁入夾山，號令不通，處溫與族弟處能，及子奭，外聯怨軍，內結都統蕭乾，謀立淳為帝。張琳不能阻，遂與諸大臣耶律大石（一譯作達什）左弓、虞仲文、曹勇義、康公弼等，集蕃漢諸軍，趨至淳府，引唐朝靈武故事，勸淳即位。淳不肯從，李奭竟持入赭袍，披上淳身，令百官就列階前，拜舞山呼。黃袍加身以後，不謂復見此劇。淳推讓再三，終不得辭，乃南面即真，遙降遼主延禧為湘陰王，自稱天錫皇帝，建元天福，以妻蕭氏為德妃，加封李處溫為太尉，張琳為太師，改名怨軍為常勝軍，軍中悉委耶律大石，旋聞宋軍來攻燕京。因遣使議和，至得使臣返報，已知和議無成，乃遣達什統軍禦敵，佐以蕭乾，迎截宋師。

　　童貫用知雄州和詵計議，遍張黃榜，曉諭燕民，旗上懸揭「弔民伐罪」四大字。不足示威，反令人笑。且懸賞購求敵士，謂能歸獻燕京，當除授節度使。哪知遼人相率觀望，並沒有簞食壺漿，來迎王師。諧謔語。都統制種師道奉命從征，貫令護諸將進兵，師道入諫道：「今日出師，譬如盜入鄰家，即不能救，又欲與盜分贓，太師尚以為可行麼？」貫叱道：「天子有命，何人敢違？你怎得妄言惑眾？如或違令，當正軍法。」師道嘆聲而出。貫覆命兩路進兵，東西併發。東路兵，歸師道節制，進趨白溝，西路兵，歸辛興宗節制，進趨范村。師道不得已，領兵前行。前軍統制楊可世，已至白溝，忽見遼兵鼓譟前來，勢如狂風驟雨，銳不可當。可世先已生畏，步步退卻，那遼兵竟搗入陣中，來擊後隊。虧得師道先已預備，令軍士各持巨梃，嚴防衝突，即聞前軍潰退，忙督持梃兵出阻，兩下混戰一場，遼兵器械雖利，屢被巨梃格去，自午至暮，遼兵一些兒沒有便宜，方才退去。師道亦退回雄州，辛興宗到了范村，亦被遼兵擊敗，踉蹌遁

歸。師道猶敗，何怪興宗。

　　童貫聞兩軍俱敗，正弄得沒法擺布，忽聞遼使又至，乃召他入見。遼使語貫道：「女真背叛本朝，應亦南朝所嫉視，本朝方擬倚為後援，為什麼貪利一時，棄好百年，結豺狼作毗鄰，貽他日禍根呢？須知救災恤鄰，古今通義，還望大國統盤籌算，勿忘古禮，勿貽後憂。」看官試想！遼使這番說話，乃是理直氣壯，教童貫如何答辯得出？當下支吾對付，但說當奏聞朝廷，再行復告。遼使自歸，種師道復請與遼和，貫仍不納，反密劾師道通虜阻兵。王黼從中袒貫，降師道為左衛將軍，勒令致仕。用河陽三城節度使劉延慶代任。嗣按徽宗手詔，暫令班師，貫與攸乃相偕還朝。

　　既而遼耶律淳病死，蕭乾等奉蕭氏為皇太后，主軍國事，遙立天祚帝次子秦王定為帝，改元德興。天祚帝有六子，長名敖盧斡（一譯作阿咩罕），封晉王，次即秦王定，又次為許王寧，又次為趙王習泥烈（一譯作錫里。）（《遼史·天祚紀》，謂天祚四子，趙王居長，皇子表乃有六子，晉王第一，趙王第四，今依表敘明）。又次為燕國王撻魯，梁王雅里。晉王文妃蕭氏，小字瑟瑟，才貌雙全，嘗因天祚帝無道將亡，作歌諷諫，歌只二首，第一首中有云：「直須臥薪嘗膽兮，激壯士之捐身；可以朝清漠北兮，夕枕燕、雲。」這四語，傳誦一時，偏天祚帝引為深恨。樞密使蕭奉先為秦、許兩王母舅，恐秦王不得嗣立，因欲謀害晉王，遂誣文妃與駙馬蕭昱及妹夫耶律余覩等，有擁立晉王情事。天祚帝遂賜文妃死，並殺蕭昱等人。獨耶律余覩脫身降金。金兵入遼，曾用余覩為嚮導。蕭奉先又因此入讒，縊殺晉王敖盧斡。及天祚帝遁入夾山，始悟奉先不忠，把他驅逐。奉先欲奔金，被遼軍擒還，令他自盡。到了耶律淳疾篤，與李處溫、蕭乾商議，欲迎立秦王。處溫雖然面允，頗蓄異圖。蕭德妃稱制，聞處溫將通使金、宋，賣國求榮，乃將他處死，並置奭磔刑。

## 第五十七回　入深岩得擒叛首　征朔方再挫王師

　　自是蕭乾專政，人心頗貳，消息傳至宋廷，王黼又入白徽宗，申行北伐，因覆命童貫、蔡攸整軍再出。遼常勝軍統帥郭藥師，留守涿州，聞宋師又至，集眾與語道：「天祚失國，女政不綱，宋師又復壓境，看來燕京以南，必歸中國，男兒欲取鬥大金印，何必戀戀宗邦，不思變計呢？」後來由宋降金，亦本此意。部眾應聲道：「唯統帥命！」藥師遂率所部八千人，及涿、易二州版圖，詣童貫處乞降。貫大喜，立即表奏，有詔授藥師為恩州節度使，令所部歸劉延慶節制。延慶奉童貫軍令，出發雄州，用藥師為前驅，領兵十萬人，渡越白溝。延慶部下，多無紀律，藥師入諫延慶道：「今大軍拔寨啟行，多不戒備，若敵人置伏邀擊，首尾不相應，不就要望塵奔潰麼？」延慶不從。行至良鄉，遼蕭乾率眾衝來，宋師略略與戰，便即退走，被遼兵驅殺一陣，傷斃甚多。延慶收集敗眾，閉壘不出。藥師又復獻計道：「蕭乾兵不過萬人，今悉力拒我，燕山必虛，願得奇兵五千，倍道掩襲，定可得勝。唯請公次子光世策兵援應，萬不可誤！」藥師此計，卻是可用。延慶許諾，遂遣大將高世宣、楊可世與藥師引兵六千，乘夜渡過蘆溝，兼程而進。到了黎明，遼常勝軍偏帥甄五臣已得消息，亟率五千騎入燕城，藥師等繼至，城中已有人守備，經宋軍猛攻數次，得入外城，遂遣使促蕭后出降。蕭后已密報蕭乾，乾急率精兵三千，還燕巷戰。藥師只望劉光世來援，不意杳無影響。甄五臣又復殺出，害得藥師等前後受敵，只好與可世一同棄馬，縋城奔回。世宣竟戰死城中。劉延慶進駐蘆溝，既不派遣光世，復不追躡蕭乾，真是沒用的飯桶。被蕭乾出截餉道，擒去護糧將王淵，及漢軍二人，用布蔽目，羈留帳中。夜半卻假意相語道：「我軍三倍宋軍，明晨當分為三隊，出擊宋營。最精銳的兵士，可衝他中堅，左右翼為應，舉火為號，好殺他片甲不回。」說罷，又陰縱一人出帳，令他還報。果然延慶中計，信為真言，待至明旦，遙見火

起，疑是遼兵大至，燒營急遁，士卒自相踐踏，死亡過半。蕭乾即縱兵追至涿水，方才退歸。燕人知宋無能為，或作賦，或歌詩，譏諷宋軍。延慶卻沒情沒緒的，退保雄州，檢查軍實，喪失殆盡。小子有詩嘆道：

痴心只望復燕雲，庸帥何堪領六軍？
一敗已羞偏再敗，寇氛從此溢河汾。

宋師既敗，童貫無法可施，沒奈何遣使至金，求他夾攻燕京。畢竟燕京為誰所奪？待至下回表明。

方臘之亂，雖殘破六州，究之小丑跳梁，容易蕩平，乃猶調兵至十五萬，勞師至四百五十日，方得窮溪蕩穴，削平叛逆，原其擒渠之力，實出小校韓世忠之手，而於諸將無與，遑論童貫？貫竟儼為首功，晉爵太師，封公楚國，何其濫賞若此！未幾而即有征遼之役，彼殆狃於小勝，而以為無功不可成者？詎知遼雖弩末，敵宋尚且有餘，一出即敗，再出復潰，不能制遼，安望制金？迨遼亡而宋自隨之矣。夫燕本可圖，而圖者非人，望福而反以徼禍，誰謂功可妄覬乎？君子是以嫉賊臣。

第五十七回　入深巖得擒叛首　征朔方再挫王師

# 第五十八回

## 誇功銘石艮岳成山　　覆國喪身屍遼絕祀

# 第五十八回　誇功銘石艮岳成山　覆國喪身屍遼絕祀

卻說童貫兩次失敗，無法圖燕，又恐徽宗詰責，免不得進退兩難，當下想了一策，密遣王瓌如金，請他夾攻燕京。金主也使蒲家奴（一譯作普嘉努）至宋，以出兵失期相責。徽宗復使趙良嗣往金，金主旻（旻即阿骨打改名）道：「汝國約攻燕京，至今尚未成功，反要我國遣兵相助，試思一燕京尚不能下，還想什麼十餘州？我今發兵攻燕，總可得手，我取應歸我有。不過前時有約，我不能忘，滅燕以後，當分給燕京及薊、景、檀、順、涿、易六州。」良嗣道：「原約許給山前山後十七州，今乃只許六州，未免背約，貴國不應自失信義。」金主道：「前約原是有的，但十七州為汝國所取，我應讓給。目今除涿、易二州自降汝國外，汝國曾取得一州否？」應該嘲笑。良嗣道：「我國曾發兵遙應，牽制遼人，所以貴國得安取四京。」金主勃然道：「汝國若不發兵，難道我不能滅遼麼？現在汝國攻燕不下，看我遣兵往攻，能取得否？」由他自誇。良嗣尚欲再辯，金主起身道：「六州以外，寸土不與。」言至此，返身入內，良嗣悵然退出。

既而金主使李靖伴良嗣歸，止許山前六州。徽宗復遣良嗣送還，命於六州以外，求營、平、灤三州。良嗣尚未到金，金已出兵三路，進攻燕京。遼蕭后上表金邦，求立秦王定，願為附庸，金主不許。表至五上，仍然未允。蕭后乃遣勁兵守居庸關，金兵到了關下，遼兵正思抵禦，不料崖石無故坍下，壓死多人，大眾譁然退走，金兵遂越關南進。遼統軍都監高六等，送款降金，金主聞燕京降順，也即趨至，率兵從南門入。遼相左企弓，參政虞仲文、康公弼，樞密使曹勇義、張彥忠、劉彥義等，奉表詣金營請罪，金主一律寬免，令守舊職，並遣撫燕京諸州縣。獨蕭德妃與蕭乾乘夜出奔，自古北口趨天德，於是遼五京均為金有了。宋人攻遼如此其難，金人破遼如此其易，人事耶？天命耶？

趙良嗣轉至金軍，乞畀平、營、灤三州。金主哪裡肯從，但遣使送良

嗣歸，且獻遼俘。試問宋知自愧否？徽宗與王黼還是痴心妄想，令良嗣再去要求，金主非但不允所請，還要將燕京租稅，留為己有。良嗣道：「有土地必有租稅，土地畀我，難道租稅獨不歸我麼？」粘沒喝在旁厲聲道：「若不歸我租稅，當還我涿、易諸州。」良嗣只允輸糧二十萬石。片語偏種禍根。金又遣使李靖等，與良嗣至宋，請給歲幣，且及租稅。王黼議歲幣如遼額，唯燕京租稅，不能盡與金人。當又命良嗣赴金，先後往還數次，金主定要硬索租稅，經良嗣再四力爭，尚要每年代稅錢一百萬緡。粘沒喝且只肯讓給涿、易二州。降臣左企弓又作詩獻金主云：「君王莫聽捐燕議，一寸山河一寸金。」你既曉明此意，為何把燕京降金？還是金主顧念前盟，才定了四條和約：（一）是將宋給遼歲幣四十萬，轉遺金邦。（二）是每歲加給燕京代稅錢一百萬緡。（三）是彼此賀正旦生辰，置榷場交易。（四）是燕京及山前六州歸宋，所有山後諸州，及西北接連一帶山川，概為金有。良嗣不肯承認，返至雄州，著人遞奏，自在雄州待命。王黼料難與爭，遂慫恿徽宗，勉從金議，遙令良嗣再往允約。金主乃使揚璞，齎了誓書，及讓給燕京六州約文，呈入宋廷。有詔令童貫、蔡攸入燕交割，誰料到燕京城內，所有職官富民子女玉帛，統已被金人掠去，單剩了一座空城。餘如檀、順、景、薊諸州，也與燕京相似。交割既畢，金主旋師。童貫、蔡攸亦奉詔還朝。

　　貫且奏稱：「燕城老幼，伏道迎謁，焚香稱壽。」徽宗特下赦詔，布告燕、雲，命左丞王安中為慶遠軍節度使，兼河北、河東、燕山路宣撫使，知燕山府。郭藥師為檢校少保，同知府事。一面召藥師入朝，格外優待，並賜他甲第姬妾，與貴戚大臣，更互設宴。又命至後園延春殿覲見，藥師且拜且泣道：「臣在虜中，聞趙皇如在天上，不意今日得覲龍顏。」徽宗聞言喜甚，極加褒獎，並諭他捍守燕京，作為外蔽。藥師忙答道：「願效死力。」徽宗又命他追取天祚帝，藥師竟變色道：「天祚帝係臣故主，臣

## 第五十八回　誇功銘石艮岳成山　覆國喪身屠遼絕祀

不敢受詔，請轉命他人。」言下涕泣如雨。所謂小信固人之意，小忠動人之心。徽宗稱為忠臣，自解所御珠袍，及二金盆，賞給藥師。狼子野心，豈小恩所足要結？藥師拜領出殿，即將金盆鬻給部眾，且語眾道：「此非我功，乃是汝等勞力至此，我怎得坐享厚賜呢？」無非做作。越日，又加封少傅，遣他還鎮。童貫、蔡攸等，還都覆命，徽宗進封貫為徐豫國公，攸為少師，趙良嗣為延康殿學士，並命王黼為太傅，總治三省事，特賜玉帶，鄭居中為太保。居中自陳無功，不願受命，未幾入朝遇疾，數日而卒。幾做鄭康國第二。

　　是年適萬歲山成，改名艮岳，遂將朱勔載歸的大石，運至山頂，兀然峙立。因新得燕地，特賜嘉名，號為昭功敷慶神運石。看官記著！這萬歲山的經營，自政和七年創造，至宣和四年乃成，其間六易寒暑，工役至千萬人，耗費且不可勝計，地址在上清寶籙宮東隅，周圍十餘里。初名萬歲山，嗣因山在國都的艮位，因改號艮岳。看不完的臺榭宮室，說不盡的靡麗紛華。曾由徽宗自作《艮岳記》，標明大略。看官試拭目覽觀，容小子錄述出來。記曰：

　　爾乃按圖度地，庀徒僝工，累土積石，設洞庭、湖口、絲溪、仇池之深淵，與泗濱、林慮、靈壁、芙蓉之諸山。最瓌奇特異瑤琨之石，即姑蘇、武林、明越之壤，荊、楚、江、湘、南粵之野。移枇杷橙柚橘柑椰栝荔枝之木，金蛾玉羞虎耳鳳尾素馨渠那茉莉含笑之草，不以土地之殊，風氣之異，悉生成長養於雕欄曲檻，而穿石出罅，岡連阜屬，東西相望，前後相續。左山而右水，沿溪而傍隴，連綿彌滿，吞山懷谷。其東則高峰峙立，其下植梅以萬數，綠萼承跗，芬芳馥郁，結構山根，號綠萼華堂。又旁有承嵐昆雲之亭，有屋內方，外圓如半月，是名書館。又有八仙館，屋圓如規。又有紫石之巖，祈真之磴，攬秀之軒，龍吟之堂。其南則壽山嵯

峨，兩峰並峙，列嶂如屏。瀑布下入雁池，池水清泚漣漪，鳧雁浮泳水面，棲息石間，不可勝計。其上亭曰嚵嚵，北直絳霄樓，峰巒特起，千疊萬復，不知其幾十里，而方廣兼數十里。其西則參朮杞菊，黃精芎藭，被山彌塢，中號藥寮。又禾麻菽麥，黍豆秔秫，築室若農家，故名西莊。有亭曰巢雲，高出峰岫，下視群嶺，若在掌上。自南徂北，行岡脊兩石間，綿亙數里，與東山相望，水出石口，噴薄飛注如獸面，名之曰白龍淵，濯龍峽，蟠秀練光，跨雲亭，羅漢巖。又西半山間，樓曰倚翠，青松蔽密，布於前後，號萬松嶺。上下設兩關，出關下平地，有大方沼，中有兩洲，東為蘆渚，亭曰浮陽，西為梅渚，亭曰雪浪。沼水西流為鳳池，東出為研池，中分二館，東曰流碧，西曰環山。館有閣曰巢鳳，堂曰三秀，以奉九華玉真安妃聖像。一嬖妃耳，為之立像，又稱為聖，徽宗之昏謬可知（劉妃卒於宣和三年，追贈皇后）。東池後結楝山，下曰揮雲廳。復由磴道盤行縈曲，捫石而上。既而山絕路隔，繼之以木棧，倚石排空，周環曲折，如蜀道之難躋攀。至介亭最高諸山，前列巨石，凡三丈許，號排衙。巧怪巉巖，藤蘿蔓衍，若龍若鳳，不可殫窮。麗雲半山居右，極目蕭森居左，北俯景龍江，長波遠岸，彌十餘里。其上流注山澗，西行潺湲，為漱玉軒，又行石間，為煉丹亭，凝觀圖山亭。下視水際，見高陽酒肆清漸閣。北岸萬竹，蒼翠翁鬱，仰不見天。有勝筠庵，躡雲臺，消閒館，飛岑亭，無雜花異木，四面皆竹也。又支流為山莊，為回溪，自山溪石罅寨條下平陸，中立而四顧，則岩峽洞穴，亭閣樓觀，喬木茂草，或高或下，或遠或近，一出一入，一榮一雕，四面周匝，徘徊而仰顧，若在重山大壑深谷幽崖之底，不知京邑空曠，坦蕩而平夷也。又不知郭郭寰會，紛萃而填委也。真天造地設，人謀鬼化，非人力所能為者，此舉其梗概焉。

　　看官閱視此文，已可知是窮工極巧，光怪陸離。還有神運石旁，植立兩檜，一因枝條夭矯，名為朝日昇龍之檜，一因枝幹偃蹇，名為臥雲伏龍

## 第五十八回　誇功銘石艮岳成山　覆國喪身屍遼絕祀

之檜，俱用金牌金字，懸掛樹上，徽宗又親題一詩云：

拔翠琪樹林，雙檜植靈囿。上稍蟠木枝，下拂龍髯茂。撐拏天半分，連捲虹兩負。為棟復為梁，夾輔我皇構。

後人謂徽宗此詩，已寓隱讖，檜即後來的秦檜，半分兩負，便是南渡的預兆。著末一構字，又是康王的名諱，豈不是一種詩讖麼？未免附會。當時各宦官爭出新意，土木已極宏麗，只有巧禽羅列，未能盡馴，免不得引為深慮。適有市人薛翁，善豢禽獸，即請諸童貫，願至艮岳山值役。貫許他入值，他即日集輿衛，鳴蹕張蓋，隨處遊行。一面用巨盤，盛肉炙粱米，自效禽言，呼鳥集食。群鳥遂漸與狎，不復畏人，遂自命局所日來儀所。一日，徽宗往遊，聞清道聲，翔禽畢集，作歡迎狀。薛翁先用牙牌奏道：「旁道萬歲山瑞禽迎駕。」徽宗大喜，賜給官階，賚予加厚。又就山間闢兩複道，一通茂德帝姬宅，一通李師師家。徽宗遊幸艮岳，輒乘便至兩家宴飲。嗣因萬壽峰產生金芝，復更名壽岳。唯徽宗喜怒無常，嗜好不一，土木神仙，聲色狗馬，無不中意。但往往喜新厭故，就是待遇侍臣，也忽然加膝，忽然墜淵。最寵用的是蔡京，然嘗三進三退，其次莫如道流，王仔昔初甚邀寵，政和七年，林靈素將他排斥，與內侍馮浩進讒，即把仔昔下獄處死；靈素得寵數年，至宣和二年春季，因他不禮太子，也斥還故里；就是童貫、蔡攸收燕歸來，當時是一一加封，備極恩遇，未幾又嫌他驕恣，漸有後言。王黼、梁師成共薦內侍譚稹，才足任邊，可代童貫。乃令貫致仕。授譚稹兩河、燕山路宣撫使，稹至太原，招朔、應、蔚諸州降人，為朔寧軍，威福自恣，遂又釀出宋、金失和的釁隙來了。都是這班閹人，搖動宋室江山。

先是遼天祚帝延禧遁入夾山（接前回），復為金兵所襲，轉奔訛莎烈

（一譯作郭索勒），且向夏主李乾順處求援。夏師統軍李良輔率兵三萬往援遼主，到了宜水，被金將斡魯、婁室等（婁室一譯作洛索），一陣殺敗，匆匆逃歸。經過野谷，又遇澗水暴發，漂沒多人。夏兵不敢再發，遼主越覺窮蹙。金將斡離不（一譯作斡喇布），復與降將余覩，追襲遼主至石輦驛。金兵不過千人，遼兵卻有二萬五千，遼兵以我眾彼寡，定可獲勝，遂命副統軍蕭特烈與戰，自率妃嬪等登山遙觀。不意余覩指示金兵上山掩擊，遼主猝不及防，慌忙遁走，遼兵亦因此大潰，所有輜重，盡被金兵奪去。及遼主奔至四部族，蕭德妃亦自天德趨至，與遼主相見。遼主竟將蕭德妃殺死，追降耶律淳為庶人。獨蕭乾別奔盧龍鎮，招集舊時奚人及渤海軍，自立為奚國皇帝，改元天覆。奚本契丹舊部，與遼主世為婚姻，本姓舒嚕氏，後改蕭氏，所以契丹初興，史官或稱他為奚契丹。蕭乾既自稱奚帝，當然與遼主反對（《通鑑輯覽》中，改蕭乾名為和勒博，本書仍稱蕭乾，免亂人目），遼主方命都統耶律馬哥往討蕭乾，哪知金將斡魯、斡離不等，又統兵追躡前來。遼主聞著金兵，好似犬羊遇虎一般，未曾相見，早已膽落，急忙逃往應州。斡魯等擄得遼將耶律大石，用繩牽住，令為嚮導，窮追遼主。途中被他趕著，把秦王定、許王寧、趙王習泥烈及諸妃公主並從臣等，盡行拿住。唯遼主尚在前隊，抱頭竄去。季子梁王雅里，及長女特裡，幸有太保特母哥（一譯作特默格）護著，乘亂走脫。遼主盡失屬從，悽惶萬狀，還恐金兵在後追趕，乃遣人持兔紐金印，向金軍前乞降，自己亟西走雲內。旋得去使持還復書，援石晉北遷事，待遇遼主。契丹曾虜晉出帝。降為負義侯，置黃龍府。遼主又答稱乞為子弟，量賜土地，斡離不不許。遼主欲奔依西夏，蕭特烈諫阻不從，遂渡河西行。特烈竟劫梁王雅里走西北部，擁立為帝，改元神歷。不到數月，雅里竟死，有遼宗室耶律朮烈（遼興宗宗真孫。）隨著，又由特烈等輔立。閱二十餘

## 第五十八回　誇功銘石艮岳成山　覆國喪身屢遼絕祀

日，竟遭兵亂，靺烈被弒，特烈亦死於亂軍中。

蕭乾自為奚帝后，恰驅眾出盧龍嶺，攻破景州，繼陷薊州，前鋒直逼燕城。郭藥師麾眾出戰，大敗蕭乾，乘勝追越盧龍嶺，殺傷大半。蕭乾敗遁，其下耶律阿古哲把他殺死，將首級獻與藥師。藥師函首送京，得加封太尉。

那時遼地盡失，僅存一天祚帝，奔走窮荒，滿望至西夏安身，免為俘虜。偏金人厲害得很，先遣使貽書夏主，令執送天祚帝，當割地相贈。夏主乾順拒絕遼主，且遙奉誓表，願以事遼禮事金，金遂如約畀地，令粘沒喝割下寨以北，陰山以南，及乙室邪剌部（一譯作伊錫伊喇部），吐祿（一譯作圖嚕），濼西地與夏。夏與金自此通好，信使不絕。唯遼主不得往夏，再渡河東還，適值耶律大石自金逃歸，遼主責大石道：「我尚未死，你何敢立淳？」大石答道：「陛下據有全國，不能一次拒敵，乃棄國遠逃，就是臣立十淳，均是太祖子孫，比諸乞憐他族，不較好麼？」遼主不能答，反賜他酒食，仍令隨駕。會有烏古迪里部謨葛失（一譯作瑪克錫）迎遼主至部，奉承唯謹。遼主再出兵，收復東勝諸州，到了武州，與金人接戰，敗走山陰。徽宗欲誘致延禧，令番僧齎書往迎，許以帝禮相待。遼主初欲南來，繼思宋不可恃，擬奔党項。途次復遇金兵，恐為所見，忙棄馬竄免。途窮日暮，竟至絕糧，沿途齧冰飲雪，聊充飢渴，好容易到了應州東鄥，被金將婁室追及，活捉而去。金廢他為海濱王，未幾將他殺死，用萬馬踐屍。遼亡。總計遼自太祖阿保機稱帝，共歷八主，凡二百有十年。唯耶律大石西走可敦城（可敦一譯作哈吉），會集西鄙七州十八部，戰勝西域，至起兒漫（一譯作克將木）地方，自稱天祐皇帝，改元延慶。妻蕭氏為昭德皇后，又綿延了三世，歷史上號為西遼。

小子有詩嘆天祚帝道：

朔漠縱橫二百年，後人失德祀難延。
從知興替皆人事，莫向虛空問昊天。

遼亡以後，金欲恃強南下，正苦無詞可借，偏宋人自去尋釁，引他進來，看官試閱下回，自知詳情。

費無數心力，勞無數兵民，僅得七空城，反欲銘功勒石，何其侈也？艮岳山之成，需時六年，內恣佚樂，外矜撻伐，天下有如是淫昏之主，而能長保國祚耶？夫遼天祚亦一淫昏主耳，棄國遠奔，流離沙漠，卒之身為金虜，萬馬踐屍，徽宗苟有人心，應知借鑑不遠。況國勢屢弱，比遼為甚，遼不能敵金，宋且不能敵遼，燕、雲之約，金敢背之，其蔑宋之心，已可概見。此時勵精圖治，猶且不遑，遑敢恣肆乎？故吾謂北有遼天祚，南有宋徽宗，天生兩昏君，相繼亡國，實足為後來之鑑。後人鑑之而不知懲，亦使後人而復哀後人也。

第五十八回　誇功銘石艮岳成山　覆國喪身屛遼絕祀

# 第五十九回

啟外釁胡人南下　定內禪上皇東奔

## 第五十九回　啟外釁胡人南下　定內禪上皇東奔

　　卻說宣和五年六月，金平州留守張瑴（或作覺、或作珏）歸宋（大書特書為宋、金啟釁張本），瑴本仕遼，為遼興軍節度副使，遼主走山西，平州軍亂，瑴入撫州民，因知州事。金既滅遼，仍令瑴知平州，尋改平州為南京，命瑴留守。會金驅遼相左企弓、虞仲文、曹勇義、康公弼等，及燕京大家富民，悉行東徙。道出平州，燕民不勝困苦，入語瑴道：「左企弓等不能守燕，害得我等百姓流離道旁，今公仍擁巨鎮，握強兵，何不為遼盡忠，令我等重歸鄉土，勉圖恢復呢？」瑴聞言不禁心動，遂召諸將商議。諸將如燕民言，且謂：「復遼未成，亦可歸宋。」瑴乃至灤河西岸，召左企弓等數人，數他十罪，一一絞死，擲屍河中，仍守遼正朔，榜諭燕民復業，燕民大悅。瑴恐金人來討，乃遣張鈞、張敦固持書至燕山府，願以平州歸宋，宣撫使王安中，喜出望外，立即奏聞。王黼亦以為奇遇，勸徽宗招納降臣。但管目前，不顧日後。趙良嗣進諫道：「國家新與金盟，若納降張瑴，必失金歡，後不可悔。」徽宗不從，反斥責良嗣，坐削五階。即詔安中妥加安撫，並蠲免平州三年常賦。

　　看官！你想金邦方當新造，強盛無比，怎肯令張瑴叛逆，不加討伐？當即遣斡離不、闍母等，督兵攻平州。闍母率三千騎，先至城下，見城上守備頗嚴，暫行退去。瑴即捏報勝仗，有詔建平州為泰寧軍，授瑴節度使，犒賞銀絹數萬。朝使將至平州，瑴出城遠迎，不料斡離不乘虛掩擊，設伏誘瑴。瑴聞警還援，遇伏敗走，宵奔燕山。平州都統張忠嗣及張敦固開城出降，斡離不令敦固還諭城中，並遣使偕入。城中人殺死金使，推敦固為都統，閉門固守。斡離不大怒，遂督眾圍城，一面向燕山府，索交張瑴。王安中見瑴奔至，匿留不遣，偏金使屢來索取，安中沒法，只好將貌與瑴相似的軍民，殺了一個，梟首畀金。妄殺平民，成何體制？金使持去，既而又來，把首擲還，定要索張瑴真首級，否則移兵攻燕。安中又驚

懼異常，奏請殺轂界金，免啟兵端。徽宗不得已，准奏。安中遂縊殺張轂，割了首級，並執轂二子送金。

燕降將及常勝軍，動了兔死狐悲的觀念，相率泣下。郭藥師忿然道：「金人索轂，即與轂首，倘來索藥師，亦將與藥師首麼？」於是潛蓄異圖，訛言百出。安中大恐，力請罷職，詔召為上清寶籙宮使，別簡蔡靖知燕山府事。會金主朮病殂，立弟吳乞買，易名為晟，諡阿骨打為武元皇帝，廟號太祖，改元天會。宋遣使往賀，並求山後諸州，金主晟以新即大位，不欲拒宋，頗有允意。粘沒喝自雲中馳還，入阻金主。金主乃止許割讓武、朔二州，唯索趙良嗣所許糧米二十萬石。譚稹答道：「良嗣口許，豈足為憑？」因拒絕金使。金人遂怒宋無禮，決意南侵，會闍母攻克平州，殺張敦固，移兵應蔚，勢將及燕。宋廷以譚稹措置乖方，勒令致仕，仍起童貫領樞密院事，出為兩河燕山路宣撫使。定要令他拱送河山。

時國庫餘積，早已用罄，當童貫伐遼時，已命宦官李彥，括京東西路民田，增收租賦。又命陳遘，經制江淮七路，量加稅率，號經制錢。至是又因燕地需餉，用王黼議，令京西、淮南、兩浙、江南、福建、荊湖、廣南諸路，編置役夫各數十萬，民不即役，令納免夫錢，每人三十貫。委漕臣定限督繳，所得不到二萬緡，人民已痛苦不堪，怨聲載道。

徽宗尚荒耽如故，每夕微行。王黼奏稱宅中生芝，徽宗以為奇異，夜往遊觀。見堂柱果有玉芝，信為瑞徵，倍加喜慰。芝生堂柱，就使非偽，亦是不祥。黼設宴款待，並邀梁師成列席。師成自便門進來，謁見徽宗。原來師成私第，與王黼毗鄰，黼事師成如父，嘗稱為恩府先生（應五十三回），因此開戶相通，借便往來。經徽宗問明底細，也欲過去臨幸，命從便門越入。師成當然備宴，一呼百諾，廚役立集，不到半時，居然搬出盛餚，宴饗徽宗。徽宗高興得很，連舉巨觥，痛飲至醉。嗣復再至黼宅，繼

## 第五十九回　啟外釁胡人南下　定內禪上皇東奔

　　續開宴，酒後進酒，醉上加醉，竟飲得昏昏沉沉，不省人事。若就此醉死，也省得囚死五國城。待至五更，方由內侍十餘人，擁至艮岳山旁的龍德宮，開復道小門，引還大內。翌日尚不能御殿，人情洶洶，禁軍齊集教場，嚴備不虞。及徽宗酒醒，強起視朝，已是日影過午，將要西斜，唯人心賴以少定。退朝後，適尚書右丞李邦彥，入內請安，徽宗與語被酒事。邦彥道：「王黼、梁師成交宴陛下，敢是欲請陛下作酒仙麼？」徽宗默然不答，看官道邦彥為何等人物？他本是銀工李浦子，風姿秀美，質性聰悟，為文敏而且工；初補太學生，旋以上舍及第，授祕書省校書郎，好謳善謔，尤長蹴踘，每將街市俚語，整合俚曲，靡靡動人。徽宗喜弄文翰，因目為異才，累擢至尚書右丞，很加寵眷。邦彥自號李浪子，時人稱他為浪子宰相。專用這等人物，如何治國？此次入見，輕輕一語，便引起徽宗疑心。太子桓嘗私嫉王黼，黼欲援立徽宗三子鄆王楷，與謀奪嫡，事尚未成，偏彼邦彥探悉，即行密奏，蔡攸又從旁作證。中丞何㮚復論黼專權誤國十五事，乃勒黼致仕，擢白時中為太宰，李邦彥為少宰，張邦昌已任中書侍郎，守職如舊。趙野、宇文粹中為尚書左右丞。再起蔡京領三省事。始終不忘此賊。京自是已四次當國，兩目昏眊，不能視事，胡不遄死？一切裁判，均命季子絛取決。絛擅權用事，肆行無忌，白時中、李邦彥等尚畏他如虎，就是他胞兄蔡攸，亦屢訐絛罪，勸徽宗誅絛。好一個大阿哥，竟想大義滅親。徽宗因勒停侍養，不得干政。攸意尚未釋，必欲加罪季弟，且怨及乃父。看官閱過前文，應早知蔡攸父子，統是奸臣，蔡京夙愛季子，早為攸所懷恨，至攸得受封少師，權力與京相等。遂與京分黨，父子幾成仇敵。父既不忠，子自不孝。由是益加媒孽，接連下詔，褫絛官，復勒京致仕，且復元豐官制，命三公毋領三省事，唯晉封童貫為廣陽郡王，令治兵燕山，加意防金。

是時天狗星隕，有聲若雷；黑眚現禁中，狀如龜，長約丈餘，腥風四灑，兵刃不能加，後復出入人家，掠食小兒，二年乃息；都中有酒保朱氏女生髭，長六七寸，疏秀若男人；又有賣青果男子，懷孕誕兒，有狐升御榻高坐；又有都門外的賣菜夫，至宣德門下，忽若痴迷，釋去荷擔，戟手罵道：「太祖皇帝，神宗皇帝，使我來言，宜速改為要！」邏卒捕他下開封獄，一夕省悟，並不自知前事，獄吏竟將他處死。他若京師、河東、陝西、熙河、蘭州等地，相繼震動，陵谷易處，倉庫皆沒。種種天變人異，雜沓而來。宋廷君臣，尚是侈語承平，恬不知懼。

至金使來汴，置酒相待，每將尚方珍寶，移陳座隅，誇示富盛，哪知金人已眈眈逐逐，虎視南方，聞得汴都繁盛，恨不得即日併吞，囊括而去。宣和七年十月，金命斜也為都元帥，坐鎮京師，排程軍事。粘沒喝為左副元帥，偕右監軍斡神（一譯作固新），右都監耶律余覩，自雲中趨太原，撻懶一譯作達賚，係盈哥子。為六部路都統，率南京路都統闍母，漢軍都統劉彥宗，自平州入燕山。兩路分道南侵，那宋徽宗尚昏頭磕腦，令童貫往議索地事宜。實是做夢。先是金使至汴，徽宗向索山後諸州，金使不允，嗣經往復籌商，才有割讓蔚、應二州，及飛狐、靈邱二縣的允議。至是貫往受地，到了太原，聞粘沒喝領兵南下，料知有變，遂遣馬擴、辛興宗赴金軍問明來意，並請如約交地。粘沒喝嚴裝高坐，脅擴等庭參，如見金主禮。禮畢，擴問及交地事，粘沒喝怒目道：「爾還想我兩州兩縣麼？山前山後，俱我家地，何必多言！爾納我叛人，揹我前盟，當另割數城界我，還可贖罪！」擴不敢再說，與興宗同還，復告童貫，且請速自備禦。貫尚泰然道：「金初立國，能有多少兵馬，敢來窺伺我朝？」道言未畢，忽報有金使王介儒、撒離拇持書到來，當由貫傳令入見，兩使昂然趨入，遞上書函。貫展閱後，不禁氣懾，便支吾道：「貴國謂我納叛渝盟，何不

## 第五十九回　啟外釁胡人南下　定內禪上皇東奔

先來告我？」撻懶拇道：「已經興兵，何必再告。如欲我退兵，速割河東、河北，以大河為界，聊存宋朝宗社。」貫聞言，舌撟不能下，半晌才道：「貴國不肯交地，還要我國割讓兩河，真是奇極！」撻懶拇作色道：「你不肯割地，且與你一戰何如？」言已，竟偕王介儒自去。

童貫心懷畏怯，即欲借赴闕稟議為名，遁還京師。知太原府張孝純勸阻道：「金人敗盟，大王應會集諸路將士，勉力支持，若大王一去，人心搖動，萬一河東有失，河北尚保得住麼？」童貫怒叱道：「我受命宣撫，並無守土的責任，必欲留我，試問置守臣做什麼？」要你做什麼郡王？遂整裝徑行。孝純自嘆道：「平日童太師作許多威望，今乃臨敵畏縮，捧頭鼠竄，有何面目見天子麼？」他本不要什麼臉面。既而聞金兵攻克朔、代二州，直下太原，遂誓眾登城，悉力固守。金兵進攻不下，才行退去。河東路已失二州，燕山路又遭兵禍，斡離不等入攻燕山府，知府事蔡靖與郭藥師商議，令帶兵出禦。藥師早蓄異心，因蔡靖坦懷相待，不忍遽發，至是與部將張令徽、劉舜仁等，率兵四萬五千名迎戰北河，金兵盡銳前來。藥師料不可當，未戰先卻，被金兵驅殺一陣，敗還燕山。至金兵追至城下，他竟劫靖出降。斡離不既得藥師，燕山州縣當然歸命，遂用藥師為嚮導，長驅南下，直逼大河。

警報與雪片相似，飛達宋廷，徽宗急命內侍梁方平率領禁軍，往扼黎陽。又用一個閹人。出皇太子桓為開封牧，且飭罷花石綱，及內外製造局，並詔天下勤王。宇文虛中入對道：「今日事情危急，應先降詔罪己，改革弊端，或可挽回人心，協力對外。」徽宗忙道：「卿即為朕草起罪己詔來。」虛中受命，就在殿上草詔，略云：

朕以寡昧之姿，借盈成之業，言路壅蔽，面諛日聞，恩幸持權，貪饕得志，縉紳賢能，陷於黨籍，政事興廢，拘於紀年，賦斂竭生民之財，戍

役因軍旅之力，多作無益，侈靡成風。利源酤榷已盡，而牟利者尚肆誅求。諸軍衣糧不時，而食者坐享富貴。災異迭見，而朕不悟，眾庶怨懟，而朕不知，追維已愆，悔之何及！思得奇策，庶解大紛。望四海勤王之師，宣二邊禦敵之略，永念累聖仁厚之德，涵養天下百年之餘。豈無四方忠義之人，來徇國家一日之急，應天下方鎮郡縣守令，各率眾勤王，能立奇功者，並優加獎異。草澤異材，能為國家建大計，或出使疆外者，並不次任用。中外臣庶，並許直言極諫，推誠以待，咸使聞知！

　　草詔既成，呈與徽宗。徽宗略閱一週，便道：「朕已不吝改過，可將此詔頒行。」虛中又請出宮人，罷道官，及大晟府行幸局，暨諸局務，徽宗一一照准。並命虛中為河北、河東路宣諭使，召諸軍入援。急時抱佛腳，已來不及了。虛中乃檄熙河經略使姚古，秦鳳經略使種師中，領兵入衛。怎奈遠水難救近火，宮廷內外，時聞寇警，一日數驚。金兵尚未過河，宋廷已經自亂，如何拒敵？徽宗意欲東奔，令太子留守。太常少卿李綱，語給事中吳敏道：「諸君出牧，想是為留守起見，但敵勢猖獗，兩河危急，非把大位傳與太子，恐不足號召四方。」也是下策。敏答道：「內禪恐非易事，不如奏請太子監國罷！」綱又道：「唐肅宗靈武事，不建號不足復邦，唯當時不由父命，因致貽譏，今上聰明仁恕，公何不入內奏聞？」敏欣然允諾。翌日，即將綱言入奏。徽宗召綱面議，綱刺臂流血，書成數語，進呈徽宗。徽宗看是血書，不禁感動，但見書中寫道：

　　皇太子監國，禮之常也。今大敵入攻，安危存亡，在呼吸間，猶守常禮可乎？名分不正而當大權，何以號召天下，期成功於萬一哉？若假皇太子以位號，使為陛下守宗社，收將士心，以死悍敵，則天下可保矣。臣李綱刺血上言。

　　閱畢，徽宗已決意內禪，越日視朝，親書「傳位東宮」四字，付與蔡

## 第五十九回　啟外釁胡人南下　定內禪上皇東奔

攸。攸不便多言，便令學士草詔，禪位太子桓，自稱道君皇帝。退朝後，詔太子入禁中。太子進見，涕泣固辭。徽宗不許，乃即位，御垂拱殿，是為欽宗。禮成，命少宰李邦彥為龍德宮使，進蔡攸為太保，吳敏為門下侍郎，俱兼龍德宮副使。尊奉徽宗為教主道君太上皇帝，退居龍德宮。皇后鄭氏為道君太上皇后，遷居寧德宮，稱寧德太后。立皇后朱氏。后係武康軍節度使朱伯材女，曾冊為皇太子妃，至是正位中宮，追封后父伯材為恩平郡王，授李綱兵部侍郎，耿南簽書樞密院事。遣給事中李鄴赴金軍，報告內禪，且請修好。斡離不遣還李鄴，即欲北歸，郭藥師道：「南朝未必有備，何妨進行！」壞盡天良。斡離不從藥師議，遂進陷信德府，驅軍而南，寇氛為之益熾。太學生陳東率諸生上書，大略說是：

今日之事，蔡京壞亂於前，梁師成陰賊於內，李彥斂怨於西北，朱勔聚怨於東南，王黼、童貫又從而結怨於遼；金創開邊隙，使天下大勢，危如絲髮，此六賊者，異名同罪，伏願陛下禽此六賊，肆諸市朝，傳首四方，以謝天下。

是書呈入，時已殘臘，欽宗正準備改元，一時無暇計及。去惡不急，已知欽宗之無能為。越年，為靖康元年正月朔日，受群臣朝賀，退詣龍德宮，朝賀太上皇。國且不保，還要什麼禮儀？詔中外臣庶，直言得失。李邦彥從中主事，遇有急報，方準群臣進言，稍緩即陰加沮抑。當時有「城門閉，言路開，城門開，言路閉」的傳聞。忽聞金斡離不攻克相、浚二州，梁方平所領禁軍，大潰黎陽，河北、河東制置副使何灌，退保滑州，宋廷惶急得很。那班誤國奸臣，先捆載行李，收拾私財，載運嬌妻美妾，愛子寵孫，一古腦兒出走。第一個要算王黼，逃得最快，第二個就是蔡京，盡室南行。連太上皇也準備行囊，要想東奔了。攪得這副田地，想走到哪裡去？

吳敏、李綱請誅王黼等，以申國法，欽宗乃貶黼官，竄置永州，潛命開封府聶昌，遣武士殺黼。黼至雍邱南，借宿民家，被武士追及，梟首而歸。李彥賜死，籍沒家產。朱勔放歸田里。在欽宗的意思，也算從諫如流，懲惡勸善，無如人心已去，無可挽回。金兵馳至河濱，河南守橋的兵士，望見金兵旗幟，即毀橋遠颺。金兵取小舟渡河，無復隊伍，騎卒渡了五日，又渡步兵，並不見有南軍前去攔截。金兵俱大笑道：「南朝可謂無人。若用一二千人守河，我等怎得安渡哩？」至渡河已畢，遂進攻滑州，何灌又望風奔還。這消息傳入宮廷，太上皇急命東行，當命蔡攸為上皇行宮使，宇文粹中為副，奉上皇出都，童貫率勝捷軍隨去。看官道什麼叫做勝捷軍，貫在陝西時，曾募長大少年，作為親軍，數達萬人，錫名勝捷軍？可改名敗逃軍。至是隨上皇東行，名為護蹕，實是自護。上皇過浮橋，衛士攀望悲號，貫唯恐前行不速，為寇所及，遂命勝捷軍射退衛士，向亳州出發。還有徽宗倖臣高俅，亦隨了同去。正是：

禍已臨頭猶作惡，法當肆市豈能逃？

上皇既去，都中尚留著欽宗，頓時議守議走，紛紛不一。

　　究竟如何處置，請試閱下回續詳。

　　狃小利而忘大禍，常人且不可，況一國之主乎？張覺請降，即宋未與金通和，猶不宜納，傳所謂得一夫，失一國，與惡而棄好，非謀也。徽宗乃貪小失大，即行納降，至責言既至，仍函穀首以畀金，既失鄰國之歡，復懈降人之體，禍已兆矣。迨索糧不與，更激金怒，此時不亟籌守禦，尚且觀芝醉酒，沉湎不治，甚至天變儆於上，人異現於下，而彼昏不知，酣嬉如故，是欲不亡得乎？金兵南下，兩河遽失，轉欲卸責於其子，而東奔避敵，天下恐未有驕奢淫縱，而可倖免禍難者也。故亡北宋者，實為徽宗，而欽宗猶可恕云。

第五十九回　啟外釁胡人南下　定內禪上皇東奔

# 第六十回

遵敵約城下乞盟　滿惡貫途中授首

## 第六十回　遵敵約城下乞盟　滿惡貫途中授首

卻說欽宗送上皇出都，白時中、李邦彥等亦勸欽宗出幸襄鄧，暫避敵鋒。獨李綱再三諫阻，欽宗乃以綱為尚書右丞，兼東京留守。會內侍奏中宮已行，欽宗又不禁變色，猝降御座道：「朕不能再留了。」綱泣拜道：「陛下萬不可去，臣願死守京城。」欽宗囁嚅道：「朕今為卿留京，治兵禦敵，一以委卿，幸勿疏虞！」試問為誰家天下，乃作此語？綱涕泣受命。次日，綱復入朝，忽見禁衛環甲，乘輿已駕，將有出幸的情狀，因急呼禁衛道：「爾等願守宗社呢，抑願從幸呢？」衛士齊聲道：「願死守社稷。」綱乃入奏道：「陛下已許臣留，奈何復欲成行？試思六軍親屬，均在都城，萬一中道散歸，何人保護陛下？且寇騎已近，倘偵知乘輿未遠，驅馬疾追，陛下將如何禦敵？這豈非欲安反危嗎？」欽宗感悟，乃召中宮還都，親御宣德樓，宣諭六軍。軍士皆拜伏門下，山呼萬歲。隨又命綱為親征行營使，許便宜從事。綱急治都城四壁，繕修戰具，草草告竣，金兵已抵城下，據牟駝岡，奪去馬二萬匹。

白時中畏懼辭官，李邦彥為太宰，張邦昌為少宰。欽宗召群臣議和戰事宜，李綱主戰，李邦彥主和。欽宗從邦彥計，竟命員外郎鄭望之，防禦使高世則，出使金軍。途遇金使吳孝民，正來議和，遂與偕還。哪知孝民未曾入見，金兵先已攻城，虧得李綱事前預備，運蔡京家山石疊門，堅不可破。到了夜間，潛募敢死士千人，縋城而下，殺入金營，斫死酋長十餘人，兵士百餘人。斡離不也疑懼起來，勒兵暫退。

越日，金使吳孝民入見，問納張殼事，要索交童貫、譚稹等人。欽宗道：「這是先朝事，朕未曾開罪鄰邦。」孝民道：「既云先朝事，不必再計，應重立誓書修好，願遣親王宰相，赴我軍議和。」欽宗允諾，乃命同知樞密院事李梲，偕孝民同行。李綱入諫道：「國家安危，在此一舉，臣恐李梲怯懦，轉誤國事，不若臣代一行。」欽宗不許。李梲入金營，但見斡離

不南面坐著，兩旁站列兵士，都帶殺氣，不覺膽顫心驚，慌忙再拜帳下，膝行而前。我亦靦顏。斡離不厲聲道：「汝家京城，旦夕可破，我為少帝情面，欲存趙氏宗社，停兵不攻，汝須知我大恩，速自改悔，遵我條約數款，我方退兵，否則立即屠城，毋貽後悔！」說畢，即取出一紙，擲付李梲道：「這便是議和約款，你取去罷！」梲嚇得冷汗直流，接紙一觀，也不辨是何語，只是喏喏連聲，捧紙而出。斡離不又遣蕭三寶奴、耶律中、王汭三人，與李梲入城，候取復旨。翌旦，金兵又攻天津、景陽等門，李綱親自督御，仍命敢死士，縋城出戰，用何灌為統領，自卯至酉，與金兵奮鬥數十百合，斬首千級。何灌也身中數創，大呼而亡。金兵又復退去。李綱入內議事，見欽宗正與李邦彥等，商及和約，案上擺著一紙，就是金人要索的條款，由李綱瞧將過去，共列四條：

　　一、要輸金五百萬兩，銀五千萬兩，牛馬萬頭，表緞萬匹，為犒賞費。二、要割讓中山、太原、河間三鎮地。三、宋帝當以伯父禮事金。四、須以宰相及親王各一人為質。

　　綱既看完條款，便抗聲道：「這是金人的要索麼？如何可從？」邦彥道：「敵臨城下，宮廟震驚，如要退敵，只可勉從和議。」綱奮然道：「第一款，是要許多金銀牛馬，就是搜刮全國，尚恐不敷，難道都城裡面，能一時取得出麼？第二款，是要割讓三鎮地，三鎮是國家屏藩，屏藩已失，如何立國？第三款，更不值一辯，兩國平等，如何有伯姪稱呼？第四款，是要遣質，就使宰相當往，親王不當往。」此語亦未免存私，轉令奸相藉口。欽宗道：「據卿說來，無一可從，倘若京城失陷，如何是好？」綱答道：「為目前計，且遣辯士，與他磋商，遷延數日，俟四方勤王兵，齊集都下，不怕敵人不退。那時再與議和，自不至有種種要求了。」邦彥道：「敵人狡詐，怎肯令我遷延？現在都城且不保，還論什麼三鎮？至若金幣

## 第六十回　遵敵約城下乞盟　滿惡貫途中授首

牛馬，更不足計較了。」設或要你的頭顱，你肯與他否？張邦昌亦隨聲附和，贊同和議。綱尚欲再辯，欽宗道：「卿且出治兵事，朕自有主張。」綱乃退出，自去巡城。誰料李、張二人，竟遣沈晦與金使偕去，一一如約。待綱聞知，已不及阻，只自憤懣滿胸，嗟嘆不已。

欽宗避殿減膳，括借都城金銀，甚及倡優家財，只得金二十萬兩，銀四百萬兩，民間已空，遠不及金人要求的數目，第一款不能如約，只好陸續措繳。第二款先奉送三鎮地圖，第三款齎交誓書，第四款是遣質問題，當派張邦昌為計議使，奉康王構往金軍為質。構係徽宗第九子，係韋賢妃所出，曾封康王，邦昌初與邦彥力主和議，至身自為質，無法推諉，正似啞子吃黃連，說不出的苦。誰叫你主和？臨行時，請欽宗親署御批，無變割地議。欽宗不肯照署，但說了「不忘」二字。邦昌流淚而出，硬著頭皮，與康王構開城渡濠，往抵金營。

會統制官馬忠，自京西募兵入衛，見金兵遊掠順天門外，竟麾眾進擊，把他驅退，西路稍通，援兵得達。種師道時已奉命，起為兩河制置使，聞京城被困，即調涇原、秦鳳兩路兵馬，倍道進援。都人因師道年高，稱他老種，聞他率兵到來，私相慶賀道：「好了好了！老種來了！」欽宗也喜出望外，即命李綱開安上門，迎他入朝。師道謁見欽宗，行過了禮，欽宗問道：「今日事出萬難，卿意如何？」師道答道：「女真不知兵，寧有孤軍深入，久持不疲麼？」欽宗道：「已與他講好了。」師道又道：「臣只知治兵，不知他事。」欽宗道：「都中正缺一統帥，卿來還有何言！」遂命為同知樞密院事，充京畿、河北、河東宣撫使，統四方勤王兵及前後軍。既而姚古子平仲，亦領熙河兵到來，詔命他為都統制。金斡離不因金幣未足，仍駐兵城下，日肆要求，且逞兵屠掠，幸勤王兵漸漸四至，稍殺寇氛。李綱因獻議道：「金人貪得無厭，凶悖日甚，勢非用兵不可。且敵

兵只六萬人，我勤王兵已到二十萬，若扼河津，截敵餉，分兵復畿北諸邑，我且用重兵壓敵，堅壁勿戰，待他食盡力疲，然後用一檄，取誓書，廢和議，縱使北歸，半路邀擊，定可取勝。」師道亦贊成此計。欽宗遂飭令各路兵馬，約日舉事。偏姚平仲謂：「和不必戰，戰應從速。」弄得欽宗又無把握，轉語李綱。綱聞士利速戰，也不便堅持前議。智者千慮，必有一失。因與師道熟商，為速戰計。師道欲俟弟師中到來，然後開戰。平仲進言道：「敵氣甚驕，必不設備，我乘今夜出城，斫入虜營，不特可取還康王，就是敵酋斡離不，也可擒來。」師道搖首道：「恐未必這般容易。」究竟師道慎重。平仲道：「如若不勝，願當軍令。」李綱接口道：「且去一試！我等去援他便了。」未免太急。

計議已定，待至夜半，平仲率步騎萬人，出城劫敵，專向中營斫入。不意衝將進去，竟是一座空營，急忙退還，已經伏兵四出，斡離不親麾各隊，來圍宋軍。平仲拚命奪路，才得走脫，自恐回城被誅，竟爾遁去。李綱率諸將出援，至幕天坡，剛值金兵乘勝殺來，急忙令兵士用神臂弓射住，金兵才退。綱收軍入城，師道等接著。綱未免嘆悔，師道語綱道：「今夕發兵劫寨，原是失策，唯明夕卻不妨再往，這是兵家出其不意的奇謀。如再不勝，可每夕用數千人分道往攻，但求擾敵，不必勝敵，我料不出十日，寇必遁去。」此計甚妙。綱稱為善策。次日奏聞欽宗，欽宗默然無語。李邦彥等，謂昨已失敗，何可再舉？遂將師道語擱過一邊。浪子宰相，何知大計？

斡離不回營後，自幸有備，得獲勝仗，且召康王構、張邦昌入帳，責以用兵違誓，大肆咆哮。邦昌駭極，竟至涕泣。康王獨挺立不動，神色自若。此時尚肯捨命。斡離不瞧著，因命二人退出，私語王汭道：「我看這宋朝親王，恐是將門子孫，來此假冒，否則如何有這般大膽？你且往宋

## 第六十回　遵敵約城下乞盟　滿惡貫途中授首

都，詰他何故劫營，並令易他王為質。」汭即奉令入都，如言告李邦彥。邦彥道：「用兵劫寨，乃李綱、姚平仲主意，並非出自朝廷。」明明教他反詰。汭便道：「李綱等如此擅專，為何不加罪責？」邦彥道：「平仲已畏罪遠竄，只李綱尚在，我當奏聞皇上，即日罷免。」汭乃去。邦彥入內數刻，即有旨罷李綱職，廢親征行營使。並遣宇文虛中至金營謝過。越是膽小，越是招禍。虛中方出，忽宣德門前，軍民雜集，喧聲大起。內廷急命吳敏往視，敏移時即還，手持太學生陳東奏牘，呈與欽宗。欽宗匆匆展閱，其詞略云：

李綱奮身不顧，以身任天下之重，所謂社稷之臣也。李邦彥、白時中、張邦昌、李梲之徒，庸謬不才，忌嫉賢能，動為身謀，不恤國計，所謂社稷之賊也。陛下拔綱，中外相慶，而邦昌等嫉如仇讎，恐其成功，因緣沮敗。且邦彥等必欲割地，曾不知無三關四鎮，是棄河北也。棄河北，朝廷能復都大梁乎？又不知邦昌等能保金人不復敗盟否也？邦彥等不顧國家長久之計，徒欲沮李綱成謀，以快私憤，李綱罷命一傳，兵民騷動，至於流涕，咸謂不日為虜擒矣。罷綱非特墮邦彥計中，又墮虜計中也。乞復用綱而斥邦彥等，且以閫外付種師道，宗社存亡，在此一舉，伏乞睿鑑！

吳敏俟欽宗閱畢，便奏道：「兵民有萬餘人，齊集宣德門，請陛下仍用李綱，臣無術遣散，恐防生變，望陛下詳察。」欽宗皺了一回眉，命召李邦彥入商。邦彥應召入朝，被兵民等瞧見，齊聲痛罵，且追且罵，並用亂石飛擲。邦彥面色如土，疾驅乃免。至入見時，尚自抖著，不能出聲。殿前都指揮王宗濋，請欽宗仍用李綱，欽宗沒法，乃傳旨召綱，內侍朱拱之奉旨出召，徐徐後行，被大眾亂拳交揮，頓時毆死，踏成肉餅，並捶殺內侍數十人。知開封府王時雍麾眾使退，眾不肯從，至戶部尚書聶昌傳出諭旨，仍復綱官，兼充京城四壁防禦使，眾始歡聲呼萬歲。嗣又求見種老

相公，當由聶昌轉奏，促師道入城彈壓。師道乘車馳至，眾褰簾審視道：「這果是我种老相公呢。」乃欣然散去。

越日詔下，飭捕擅殺內侍的首惡，並禁伏闕上書。王時雍且欲盡罪太學諸生，於是士民又復大譁。欽宗又遣聶昌宣諭，令靜心求學，毋干朝政。且言將用楊時為國子監祭酒，即有所陳，亦可由時代奏。諸生都大喜道：「龜山先生到來，尚有何說！我等自然奉命承教了。」看官道龜山先生為誰？原來楊時別號叫做龜山，他是南劍州人氏，與謝良佐、遊酢、呂大臨三人，同為程門高弟，程顥歿後，時又師事程頤，冬夜與遊酢進謁，頤偶瞑坐，時與酢侍立不去。至頤醒，覺門外已雪深三尺，頤很為嘉嘆，盡傳所學。及頤於大觀初年病逝，世稱伊川先生，並謂伊川學術，唯謝、遊、呂、楊四子，最得真傳，因亦稱為程門四先生（不特補敘程伊川，並及謝、遊、呂諸人）。宣和元年，蔡京聞時名，薦為祕書郎，京非知賢，為沽名計耳。尋進邇英殿說書。至京城圍急，時又請黜內侍，修戰備，欽宗命為右諫議大夫，兼官侍講。此次太學生等請留李綱，朝議以為暴動，時復上言：「諸生忠事朝廷，非有他意，但擇老成碩望的士人，命為監督，自不致軼出範圍。」欽宗因有意用時，至聶昌復旨，併為陳述太學生情狀，隨即命時兼國子監祭酒。併除元祐黨籍學術諸禁，令追封范仲淹、司馬光、張商英等人。

會金營遣宇文虛中還都，並令王汭復來催割三鎮地，及易質親王。欽宗遂命徽宗第五子肅王樞代質，並詔割三鎮畀金。王汭返報斡離不，斡離不接見肅王，乃將康王、張邦昌放還。且聞李綱復用，守備嚴固，遂不待金幣數足，遣使告辭，以肅王北去，京城解嚴。御史中丞呂好問進諫道：「金人得志，益輕中國，秋冬必傾國而來，當速講求軍備，毋再貽誤。」欽宗不從，唯頒詔大赦，除一切弊政。賊出尚不知關門。李邦彥為言路所

## 第六十回　遵敵約城下乞盟　滿惡貫途中授首

劾，出知鄧州。張邦昌進任太宰，吳敏為少宰，李綱知樞密院事，耿南仲、李梲為尚書左右丞。會姚古、種師中及府州將折彥質引兵入援，凡十餘萬人，至汴城下，李綱請詔古等追敵，乘間掩擊。張邦昌以為不可，遣令還鎮。且罷種師道官。未幾有金使自雲中來，言奉粘沒喝軍令，來索金幣。輔臣說他要索無禮，拘住來使。粘沒喝即分兵向南北關。平陽府叛卒，竟引入關中。粘沒喝見關城堅固，非常雄踞，不禁嘆息道：「關險如此，令我軍得安然度越，南朝可謂無人了。」水陸皆然，反令外人竊嘆。知威勝軍李植，聞金兵過關，急忙迎降。金兵遂攻下隆德府，知府張確自盡。嗣聞澤州一帶，守備尚固，乃仍退還雲中，圍攻太原。欽宗以金兵未歸，召群臣會議，三鎮應否當割。中書侍郎徐處仁道：「敵已敗盟，奈何還要割三鎮？」吳敏亦言：「三鎮決不可棄。」且薦處仁可相。於是欽宗又復變計。因張邦昌、李梲二人夙主和議，將他免職，擢處仁為太宰，唐恪為中書侍郎，何㮮為尚書右丞，許翰同知樞密院事，並下詔道：

　　金人要盟，終不可保。今粘沒喝深入，南陷隆德，先敗盟約，朕夙夜追咎，已黜罷原主議和之臣，其太原、中山、河間三鎮，保塞陵寢所在，誓當固守。

　　詔既下，起種師道為河東、河北宣撫使，出屯滑州。姚古為河北制置使，率兵援太原。種師中為副使，率兵援中山、河間。師中渡河，追斡離不出北鄙，乃令還師。姚古亦克復隆德府，及威勝軍，扼守南北關。欽宗聞得捷報，心下頓慰，遂擬迎還太上皇。時太上皇至南京，與都中消息久已不通，因此訛言百出，不是說上皇復辟，就是說童貫謀變。欽宗也覺疑懼，授聶昌為東南發運使，往討陰謀。虧得李綱從旁諫止，自請往迎，欽宗乃命綱迎歸上皇。上皇以久絕音信，並紛更舊政為詰問，經綱一一解釋，才無異辭，當即啟駕還都。欽宗迎奉如儀，立皇子諶為太子。諶係皇

后朱氏所生,素得徽宗鍾愛,賜號嫡皇孫,所以上皇還朝,特立為儲貳,以便侍奉上皇。未必為此,殆所以杜復辟之謀。右諫議大夫楊時,奏劾童貫、梁師成等罪狀,侍御史孫覿等復極論蔡京父子罪惡,乃貶梁師成為彰化軍節度副使,蔡京為祕書監,童貫為左衛上將軍,蔡攸為大中大夫。已而太學生陳東,布衣張炳,又力陳梁師成等罪惡,遂遣開封吏追殺師成,並籍沒家產,再貶蔡京為崇信軍節度副使,童貫為昭化軍節度副使。京天姿凶譎,四握政權,流毒四方,天下共恨。貫握兵二十年,與京表裡為奸,且專結後宮嬪妃,饋遺不絕,左右婦寺,交口稱譽,因此大得主眷,權傾一時,內外百官,多出貫門,窮奸稔惡,擢髮難數。都門早有歌謠道:「打破筒,潑了菜,便是人間好世界。」筒與菜,暗寓二姓,自有詔再貶,言官樂得彈劾,就是京、貫私黨,亦唯恐禍及己身,交章攻訐,乃復竄京儋州,賜京子攸、翛自盡。翛平時稍持正論,聞命後,恰慨然道:「誤國如此,死亦何憾!」遂服毒而死。攸尚猶豫未決,左右授以繩,乃自縊。京不日道死。季子絛亦竄死白州。唯倏以尚主免流,餘子及諸孫,皆分徙遠方,遇赦不赦。童貫亦被竄吉陽軍。貫行至南雄州,忽有京吏到來,向他拜謁,謂:「有旨賜大王茶藥,將宣召赴闕,命為河北宣撫,小吏因先來馳賀,明日中使可到了。」貫拈鬚笑道:「又卻是少我不得。」隨令京吏留著,佇裝以待。次日上午,果來了御史張澂。貫亟出相迎,澂命他跪聽詔書,詔中數他十罪,將要宣畢,那京吏從外馳入,拔出快刀,竟梟貫首。看官道這京吏為誰?乃是張澂的隨行官。澂恐貫多詭計,且握兵已久,未肯受刑,因先遣隨吏馳往,偽言給貫,免得生變。奉旨誅惡,尚須用計,貫之勢焰可知。相傳貫狀貌魁梧,頤下生須十數,皮骨勁如鐵,不類閹人。受誅後,澂即函首馳歸。還有梁方平、趙良嗣等,亦次第誅死,朱勔亦伏誅,唯高俅善終,但追削太尉官銜罷了。

## 第六十回　遵敵約城下乞盟　滿惡貫途中授首

　　只是舊賊雖去，新賊又生，耿南仲、唐恪等並起用事，楊時在諫垣僅九十日，以被劾致仕。種師道薦用河南人尹焞，也是程門高弟，焞奉召至京，因見朝局未定，仍然乞歸。王安石《字說》，雖已禁用，但尚從祀文廟，只罷他配享孔子。最失策的一著，是戰備未修，邊防不固，反欲守三鎮，逐強寇，日促姚古、種師中等進軍太原。有分教：

　　老將喪軀灰眾志，強鄰增焰敢重來。

　　太原一戰，宋軍敗績，種師中陣亡，金兵遂又分道進攻了。欲知詳細情形，再看第六十一回。

　　金兵南下，圍攻汴都，此時尚欲議和，其何能及？《禮》曰：「天子死社稷。」與其偷生以苟活，何若拚死以求存！況文有李綱，武有種師道，並有勤王兵一、二十萬，接踵而至，試問長驅深入，後無援應之金軍，能久頓城下否乎？陳東一疏，最中要害，果能依議而行，則寇必失望而去，不敢再來，而宋以李綱為相，種師道為將，誅賊臣，斥群奸，繕甲兵，搜卒乘，雖有十金，猶足御之，惜乎欽宗之不悟也。唯其不悟，故寇臨城下，謀無一斷，寇去而猜疑如故，即舉京、貫等而誅黜之，仍不足振士氣，快人心，矧尚有耿南仲、唐恪、何㮚諸人，其誤國與六賊相等耶？讀此回已令人憤惋不置。

# 第六十一回

## 議和議戰朝局紛爭　誤國誤家京城失守

## 第六十一回　議和議戰朝局紛爭　誤國誤家京城失守

　　卻說金將粘沒喝圍攻太原，姚古、種師中兩軍，奉命往援。古復隆德府威勝軍，師中亦迭復壽陽榆次等縣，進屯真定。朝議以兩軍得勝，屢促進兵。師中老成持重，不欲急進，有詔責他逗撓。師中嘆道：「逗撓係兵家大戮，我自結髮從軍，從未退怯，今老了，還忍受此罪名麼？」隨即麾兵徑進，並約姚古等夾攻，所有輜重犒賞各物，概未隨行。未免疏鹵。到了壽陽，遇著金兵，五戰三勝，轉趨殺熊嶺，距太原約百里，靜待姚古等會師。不意姚古等失期不至，金兵恰搖旗吶喊，四面趕來。師中部下，已經飢餒，驟遇大敵，還是上前死戰，不肯退步，自卯至巳，師中令士卒發神臂弓，射退金兵，怎奈無米為炊，有功乏賞，士卒多憤怨散去，只留師中親卒百餘人。金兵又復馳還，把他圍住，師中死戰不退，身被四創，力竭身亡。死不瞑目。

　　金兵乘勝殺入，至盤陀驛，與姚古兵相遇，古兵稍戰即潰，退保隆德。種師道聞弟戰死，悲傷致疾，遂稱病乞歸。耿南仲接著敗報，又驚懼萬分，謂不如棄去三鎮。李綱獨力持不可，欽宗遂命綱為宣撫使，劉韐為副，往代師道。綱受命出發，查得姚古失期，係為統制焦安節所誤，遂將安節召至，數罪正法，並奏請謫姚恤種，乃贈種師中少師，謫戍姚古至廣州，另授解潛為置制副使，代姚古職。綱留河陽十餘日，練士卒，修器械，進次懷州，大造戰車，誓師禦敵。遣解潛屯威勝軍，劉韐屯遼州，幕官王以寧與都統制折可求、張思正等屯汾州，范瓊屯南北關，約三道並進，共援太原。偏耿南仲、唐恪等，陰忌李綱，復倡和議，令解潛、劉韐諸將，仍受朝廷指揮，不必遵綱約束。徐處仁、許翰等，又主張速戰，促諸將速援太原。寇氛日惡，朝局尚自相水火，真令人不解。劉韐恃勇先進，金人併力與戰，韐不能敵，當即敗還。解潛繼進，師抵南關，亦被金人擊敗。張思正等領兵十七萬，與張孝純子張灝，宵至文水，襲擊金婁室

營，小得勝仗。次日再戰，竟至敗潰，喪兵數萬人。折可求一軍亦潰，退子夏山，所有威勝、隆德、汾、晉、澤、絳諸民，都聞風驚避，渡河南奔，州縣皆空。李綱奏言：「節制不專，致有此敗，此後應合成大軍，由一路進，當有把握」等語。這疏上後，方擬召湖南統制范世雄，並招集潰軍，親率擊敵。不意朝旨到來，召他還京，仍命種師道接任。最可笑的是宋廷宰臣，不務擇將練兵，反欲誘結亡國舊臣，陰圖金人，於是搖動強鄰，興兵壓境，趙宋一百六七十年的錦繡江山，要送去一大半了。好筆力。

　　先是肅王樞往金為質，宋廷亦留住金使蕭仲恭，及副使趙倫。蕭、趙統遼室舊臣，降金得官，趙倫恐久留不遣，乃給館伴邢倞道：「我等不得已降金，意中恰深恨金人，倘有機會可圖，也極思恢復故土。若貴國肯少助臂力，我當回去，聯絡耶律余覩，除去斡離不、粘沒喝兩人。那時貴國可安枕無憂，即我等也可興滅繼絕了。」邢倞信為真情，忙去報知吳敏等人。吳敏等也以為真，遂將蠟書付與趙倫，令偕蕭仲恭回金，轉致余覩，令為內應。余覩首先叛遼，遑圖興復。就使果有此情，也不足恃宋廷輔臣，實是痴想。兩人還見斡離不，即將蠟書獻出。斡離不轉達金主，金主大怒，遂令粘沒喝為左副元帥，斡離不為右副元帥，分道南侵。粘沒喝遂急攻太原，城中久已糧盡，軍民十死七八，哪裡固守得住？知府張孝純不能再支，城遂被陷，孝純被執。粘沒喝以為忠臣，勸令降金，仍為城守副都總管。王稟負太宗御容赴汾水死。通判方笈，轉運使韓揆等三十人，一併遇害。金兵遂分隊破汾州，知州張克戩闔門死難。宋廷諸輔臣，接連聞警，又惹起一番議論。你言戰，我主和，徐處仁、許翰是主戰派，耿南仲、唐恪是主和派，就是吳敏，也附入耿、唐，與處仁等反對。處仁以吳敏向來主戰，此次忽又主和，情跡反覆，殊屬可恨，遂與他面質大廷。小

## 第六十一回　議和議戰朝局紛爭　誤國誤家京城失守

人皆然，何足深責。吳敏不肯服氣，斷斷力爭。處仁憤極，把案上的墨筆，作為鬥械，提擲過去。湊巧碰在吳敏鼻上，畫成了一道墨痕。實在都是倒臉朋友，不止吳敏一人。耿南仲、唐恪等，從旁竊笑。吳敏愈忿不可遏，竟要與處仁打架。還是欽宗把他喝住，才算罷休。退朝後，便有中丞李回奏劾徐處仁、吳敏，連許翰也攔入在內。分明是耿、唐二人唆使，所以將許翰列入。欽宗遂將徐處仁、吳敏、許翰等，一併罷斥，用唐恪為少宰，何㮚為中書侍郎，陳過庭為尚書右丞，聶昌同知樞密院事，李回簽書樞密院事。當下決意主和，派著作佐郎劉岑，太常博士李若水，分使金軍，請他緩師。及岑等還朝，述及斡離不止索所欠金銀，粘沒喝定要割與三鎮。欽宗不得已，再遣刑部尚書王雲出使金軍，許他三鎮歲入的賦稅。適值李綱回京，耿、唐二人，復恐他再來主戰，即唆言官，交章論綱。說他勞師費財，有損無益，因即罷綱知揚州。中書舍人劉珏、胡安國，並言綱忠心報國，不應外調，誰知竟得罪輔臣，謫書迭下。珏坐貶提舉亳州明道宮，安國也出知通州。

　　是時寇警日聞，朝議不一，何㮚請分天下二十三路為四道，各設總管，事得專決，財得專用，官得闢置，兵得誅賞，如京都有警，即可檄令入衛，云云。欽宗依議，即命知大名府趙野總北道，知河南府王襄總西道，知鄧州張叔夜總南道，知應天府胡直孺總東道。又在鄧州置都總管府，總轄四道兵馬，當簡李回為大河守禦使，折彥質為河北宣撫副使。南道總管張叔夜，聞得都城空虛，請統兵入衛，陝西置制使錢益，亦欲統兵前來，偏是唐恪、耿南仲一意言和，竟函檄飛馳，令他駐守原鎮，無故不得移師。一面遣給事中黃鍔，由海道至金都，請罷戰修和。看官！你想此時的金兵，已是分道揚鑣，乘銳南下，還有什麼和議可言？況且前時所許金幣，未曾如額，所允三鎮，未曾割畀，並且羈留金使，誘結遼臣，種種

措置乖方，多被金人作為話柄，除非宋朝有幾員大將，有幾支精兵，殺他一個下馬威，還好論力不論理，與他賭個雌雄。明明曲在宋人。若要低首下心，向他乞和，你道金人是依不依呢？果然宋臣只管主和，金兵只管前進。斡離不自井陘進軍，殺敗宋將種師閔，長驅入天威軍，攻破真定。守將都鈐轄劉翊（音翮）自縊，知府李邈被執北去，復進搗中山，河北大震。

宋廷諸臣，至此尚堅持和議，接連遣使講解。斡離不因遣楊天吉、王汭等來京，即持宋廷與耶律余覩原書，入見欽宗，抗聲說道：「陛下不肯割畀三鎮，倒也罷了，為什麼還要規復契丹？」應該詰責。欽宗囁嚅道：「這乃奸人所為，朕並不與聞呢。」王汭冷笑道：「中朝素尚信義，奈何無信若此？現唯速割三鎮，並加我主徽號，獻納金帛車輅儀物，尚可言和。」欽宗遲疑半晌方道：「且俟與大臣商議。」王汭道：「商議商議，恐我兵已要渡河了。」言已欲行。欽宗尚欲挽留，王汭道：「可遣親王至我軍前，自行陳請，我等卻無暇久留。」隨即揚長自去。強國使臣，如是如是。欽宗惶急萬分，乃下哀痛詔，徵兵四方。種師道料京城難恃，亟上疏請幸長安，暫避敵鋒。輔臣等反說他怯懦，傳旨召還，令范訥往代。師道到京，見沿途毫無準備，憤激的了不得，自念老病侵尋，不如速死，過了數日，果然病重身亡。看官閱過上文，前次汴京被圍，全仗李、種二人主持，此時師道又死，李綱早出知揚州，耿南仲等尚咎綱啟釁，貶綱為保靜軍節度副使，安置建昌軍。

會王雲自金營歸來，謂金人必欲得三鎮，否則進兵取汴都。宋廷大駭，詔集百官，至尚書省，會議三鎮棄守。唐恪、耿南仲力主割地，何㮚卻進言道：「三鎮係國家根本，奈何割棄？」唐恪道：「不割三鎮，怎能退敵？」何㮚道：「金人無信，割地亦來，不割亦來。」兩下爭議多時，仍無結果。

## 第六十一回　議和議戰朝局紛爭　誤國誤家京城失守

那金帥粘沒喝已自太原，統兵南下，陷平陽，降威勝軍隆德府，進破澤州。官吏棄城逃走，遠近相望。宋宣撫副使折彥質領兵十二萬，沿河駐紮，守禦使李回，也率萬騎防河。偏是金兵到來，夾河敲了一夜的戰鼓，已把折彥質軍嚇得潰退。李回孤掌難鳴，也即逃還京師。膽小如鼷。金兵測視河流，見孟津以下，可以徒涉，遂引軍徑渡。知河陽燕瑛，河南留守西道都總管王襄，聞風遁去。永安軍鄭州悉降金軍，汴京又復戒嚴。

粘沒喝且遣使索割兩河，廷臣統面面相覷，不敢發言。獨王雲謂：「前時至金，曾由斡離不索割三鎮，且請康王往謝，現若依他前議，當可講和。萬一金人不從，亦不過如王汭所言，加金主徽號，贈送冕輅罷了。」欽宗沒法，乃進雲為資政殿學士，命偕康王赴金軍，許割三鎮，並奉袞冕玉輅，尊金主為皇叔，加上徽號至十八字。雲受命後，即與康王構出都，由滑、浚至磁州。知州宗澤迎謁道：「肅王一去不回，難道大王尚欲蹈前轍麼？況敵兵已迫，去亦何益？請勿再行！」幸有此著，尚得保全半壁。康王乃留次磁州。王雲猶再三催迫，康王不從。會康王出謁嘉應神祠，雲亦隨著，州民亦遮道諫王切勿北去。雲厲聲呵叱，激動眾怒，齊聲呼道：「奸賊奸賊！」雲不知進退，尚欲恃威恐嚇，怎禁得眾怒難犯，洶洶上前，你一腳，我一拳，雲時間打倒地上，雙足一伸，嗚呼哀哉。該死的賊。康王也不便動怒，只好帶勸帶諭，解散眾民。其實也怨恨王雲。及返入州署，接到知相州汪伯彥帛書，請他赴相。康王乃轉趨相州，伯彥身服櫜鞬，帶著步兵，出城迎謁。康王下馬慰勞道：「他日見上，當首以京兆薦公。」伯彥拜謝。又招了一個賊臣。康王遂留寓相州。

當下來了一位壯士，入城謁王。康王見他英姿凜凜，相貌堂堂，倒也暗中喝采。及問他姓氏，他卻報明大略。看官聽著！這人曾充過真定部校，姓岳名飛，表字鵬舉，係相州湯陰縣人。但敘略跡，已是燁燁生光。

相傳岳飛生時，曾有大鳥，飛鳴室上，因以為名。家世業農，父名和，母姚氏。飛生未彌月，河決內黃，洪水暴至，家廬漂沒，飛賴母抱坐大缸中，隨水流去，達岸得生。好容易養至成人，竟生就一種神力，能挽強弓三百斤，弩八石。因聞周同善射，遂投拜為師，盡心習藝，悉得所傳。適劉韐宣撫真定，招募戰士，飛即往投效，並乞百騎，至相州掃平土匪陶俊、賈進和。至是家居無事，乃入見康王。王問明來歷，留為護衛。嗣聞相州尚有劇賊，叫做吉倩，遂命飛前去招撫。飛單騎馳入倩寨，與倩角藝。倩屢鬥屢敗，情願率眾三百八十人，悔過投降。飛引見康王，王嘉飛功，授為承信郎。

　　飛因請康王募兵禦寇，康王因未接朝命，尚在躊躇。忽有一人踉蹌奔來，遙見康王，便呼道：「大王不好了！快快募集河北兵士，入衛京師。」康王聞聲，急瞧來人非別，就是尚書左丞耿南仲。當下不及邀座，便問道：「金兵已到京城麼？」南仲道：「自從大王出都，金使連日到來，定要割讓兩河，皇上命聶昌赴河東粘沒喝軍，要南仲赴河北斡離不軍，分頭磋商和議。南仲雖已年老，不敢違命，只得與金使王汭一同登途，不意到了衛州。兵民爭欲殺汭。南仲忙替他解釋，他得脫身逃去。偏兵民與南仲為難，幸虧南仲命不該絕，才能逃免，來見大王。」從南仲口中，敘出宋廷情事，免與上文筆意重複。康王道：「聶昌到河東去，未識如何？」南仲道：「不要說起，他一至絳州，便已被什麼鈐轄趙子清抉目臠割了。」康王不禁搓手道：「奈何奈何？」南仲道：「現在只仗大王募兵入衛，或尚可保全京師。」何，不要康王同去議和？康王乃與耿南仲聯名署榜，招募士卒。相州一帶，人情少安。唯宋廷尚遣侍郎馮澥、李若水往粘沒喝軍議和，到了懷州，正值粘沒喝破懷州城，擄住知州霍安國等，脅降不屈，共殺死十三人。此時氣焰甚盛，還有什麼禮貌待遇宋使！可憐馮、李兩人，

## 第六十一回　議和議戰朝局紛爭　誤國誤家京城失守

進退兩難，沒奈何入申和議。被粘沒喝詰責數語，驅使退還。粘沒喝遂與斡離不會師，直至汴京城下。斡離不屯劉家寺，粘沒喝屯青城，汴京裡面，只有衛士及弓箭手七萬人，分作五軍，命姚友仲、辛永宗為統領，登陴守禦。兵部尚書孫傅，調任同知樞密院事，保舉了一個市井遊民姓郭名京，說他能施六甲法，可以退敵。欽宗遂宣京入朝。京叩見畢，大言道：「陛下若果信臣，臣只用七千七百七十七人，便可生擒敵帥。」欽宗大喜，便道：「若能如此，朕尚何憂？」要他來送命了。遂授京成忠郎，賜金帛數萬，令他自行召募。京不問技藝能否，但擇年命，配合六甲，即可充選。所得市井無賴，旬日即足。又有市民劉孝竭，亦借禦敵為名，效京募兵，或稱六丁力士，或稱北斗神兵，或稱天闕大將，整日裡談神說鬼，自謂能捍城破敵。越發希奇。欽宗也恐難恃，遣使持蠟書夜出，約康王及河北守將入援。行至城外多為金營邏兵所獲。唐恪密白欽宗，請即西幸洛陽，何㮚引蘇軾論「周朝失計，莫如東遷」二語，勸阻欽宗。欽宗用足頓道地：「朕今日當死守社稷，決不遠避了。」能如此語，倒也是個好漢。隨即被甲登城，用御膳犒賞將士。時值仲冬，連日雨雪，士卒冒雪執兵，多至僵僕。欽宗目不忍睹，因徒跣求晴。復親至宣化門，乘馬行泥淖中，民多感泣。獨唐恪隨御駕後，被都人遮擊，策馬得脫，乃臥家求去。誤國至此，還想去麼？欽宗准奏，命何㮚繼任。且詔復元豐三省官名，不稱何㮚為少宰，仍用尚書右僕射名號。換官不換人，有何益處？馮澥還朝，受職尚書右丞，南道總管張叔夜率兵勤王，令長子伯奮將前軍，次子仲熊將後軍，自將中軍，合三萬餘人，轉戰至南薰門外。欽宗召他入對，叔夜請駕幸襄陽。欽宗不從，但命他統軍入城，令簽書樞密院事。又是失著。殿前指揮使王宗濋願出城對仗，當即撥調衛兵萬人，開城出戰，哪知他到了城外，略略交鋒，便即遁去。金兵即撲攻南壁，張叔夜及都巡檢范瓊，極

力備禦，才將金兵擊退。粘沒喝復遣蕭慶入城，要欽宗親自出盟，欽宗頗有難色，但遣馮澥與宗室仲溫等赴敵請和。粘沒喝立刻遣還，不與交一語。東道總管胡直孺，率兵入衛，被金人擊敗，擒住直孺，縛示城下，都人益懼。范瓊以千人出擊，渡河冰裂，溺死五百人，又不免挫喪士氣。何㮚屢促郭京出師，京初言非至危急，我兵不出，及詔令迭下，乃盡令守兵下城，毋得窺視。六甲兵大啟宣化門，出攻金兵，金人分張四翼，鼓譟而前，六甲兵慌忙退走，多半墮死護龍河，城門亟閉。京語叔夜道：「金兵如此猖獗，待我出城作法，包管退敵。」叔夜又放他去出，京帶領餘眾，出了城門，竟一溜煙的逃去了。總算享了幾日威福。城中尚未知勝負，那金兵已四面登城，眼見得抵禦不及，全城被陷。統制姚友仲、何慶言、陳克禮、中書舍人高振皆戰死。內侍監軍黃金國赴火自盡，守禦使劉延慶奪門出奔，為追騎所殺。張叔夜父子力戰受創，也只好退回。欽宗聞報大慟道：「朕悔不用種師道言，今無及了。」何止此著。小子有詩嘆道：

不信仁賢國已虛，如何守備又終疏？
前車未遠應知鑑，覆轍胡堪及後車。

欽宗慟哭未終，忽聞門外大譁，越嚇得魂不附體，究竟何人譁噪，待至下回表明。

讀此回而不痛心者非人，讀此回而不切齒者亦非人。三鎮許割而不割，猶謂要盟無質，不妨食言，然亦必慎擇將帥，大修武備，懲前日之游移，定後來之果斷，方可挽回危局，勉遏寇氛。乃忽而議戰，忽而議和，議和之誤，固不待言，而議戰者亦始終無保國之方，禦敵之法，甚且墮敵使之計，愈致挑動強鄰，至於金人日逼，朝議益棼，謀幸謀和，更無定見，李綱罷矣，師道死矣，將相非人，游手且進握兵柄，其失可勝道乎？

## 第六十一回　議和議戰朝局紛爭　誤國誤家京城失守

欽宗謂悔不用師道言,吾料其所悔者,在西幸之不果,非在前時卻敵諸謀,是仍一畏懦怯弱而已。嗚呼欽宗!嗚呼趙宋!

# 第六十二回

## 墮奸謀闖宮被劫　立異姓二帝蒙塵

## 第六十二回　墮奸謀闔宮被劫　立異姓二帝蒙塵

　　卻說欽宗聞京城已陷，慟哭未休，忽衛士等鼓譟進來，求見欽宗，欽宗只好登樓慰遣。湊巧衛士長蔣宣到來，麾眾使退，並擬擁護乘輿，突圍出走。孫傅、呂好問在旁，以為未可。宣抗聲道：「宰相誤信奸臣，害得這般局面，尚有何說！」孫傅又欲與爭，還是呂好問勸解道：「汝等欲翼主出圍，原是忠義，但此時敵兵四逼，如何可輕動呢？」宣乃道：「尚書算知軍情！」言訖乃退。何㮚欲親率都人巷戰，會得金使進來，仍宣言議和退師。還是欺騙宋人。欽宗乃命何㮚與濟王栩（徽宗第六子），至金軍請成。及還，述及粘沒喝、斡離不等，要上皇出去訂盟。欽宗嗚咽道：「上皇已驚憂成疾，何可出盟？必不得已，由朕親往。」何㮚、孫傅、陳過庭等，均束手無策。欽宗頓足涕泗道：「罷！罷！事已至此，也顧不得什麼了。」還是一死，免得出醜。遂命何㮚等草了降表，由欽宗親自齎至金營乞降。丟臉已極。

　　粘沒喝、斡離不高據胡床，傳令入見。欽宗進營，向他長揖，遞上降表。粘沒喝道：「我國本不願興兵，只因汝國君臣昏庸已極，所以特來問罪，現擬另立賢君，主持中國，我等便即退師了。」又進一步。欽宗默然不答。何㮚、陳過庭、孫傅等隨駕同往，因齊聲抗議道：「貴國欲割地納金，均可依從，唯易主一層，請毋庸議及！」粘沒喝只是搖首，斡離不獰笑道：「你等既願割地，快去割讓兩河，講到金帛一層，最少要金千萬錠，銀二千萬錠，帛一千萬匹。」何㮚等聽到此層，不禁咋舌，一時不好承認。粘沒喝竟將欽宗留著，並拘住何㮚等人，硬行脅迫。過了兩日，欽宗與何㮚等，無術求免，只好允議，乃釋令還朝，限日辦齊。

　　欽宗自金營出來，已是涕淚滿頤，彷彿婦人女子。道旁見士民迎謁，不禁掩面大哭道：「宰相誤我父子。」誰叫你誤用奸相？士民等也流涕不止。及欽宗還宮，即遣劉韐、陳過庭、折彥質等為割地使，分赴河東、河

北割地界金。又遣歐陽珣等二十人，往諭各州縣降金。珣嘗知鹽官縣，曾與僚友九人，上書極言：「祖宗土地，尺寸不應與人。」及入為將作監丞，正值京師危極，又奏稱：「戰敗失地，他日取還，不失為直。不戰割地，他日即可取還，也不免理曲。」數語觸怒宰輔，因此命他出使，往割深州。到此時光還想借刀殺人，這等輔臣，罪不容死。各路使臣，統有金兵隨押。歐陽珣至深州城下，呼城上守兵，涕泣與語道：「朝廷為奸人所誤，喪師割地，我特拚死來此，奉勸汝等，宜勉為忠義，守土報國。」道言未絕，即被金人繫送燕京。珣痛罵不屈，竟被焚死（不肯略過忠臣，無非闡揚名教）。此外兩河軍民，恰也不肯降金，多半閉門拒使，謝絕詔命。

　　陝西宣撫使范致虛集兵十萬人入援，至潁昌，聞汴都已破，西道總管王襄先遁。致虛尚率副總管孫昭遠，環慶帥王似，熙河帥王倚，同出武關，至鄧州千秋鎮，遇金將婁室軍，不戰皆潰。金帥在汴，越覺驕橫，一切供應，俱向宋廷索取。今日要芻糧，明日要騾馬，甚且索少女一千五百人，充當侍役。可憐一班宮娥綵女，聞這消息，只恐出去應命，供那韃子糟蹋，稍知節烈的淑媛，便投入池中，陸續斃命。未幾，已至除夕，宮廷裡面，啼哭都來不及，還有何心賀年？翌日，為靖康二年元旦，欽宗朝上皇於崇福宮，金帥粘沒喝也遣子真珠率偏將八人入賀，欽宗命濟王栩如金營報謝。才閱兩三日，金人即來索金幣。宋廷已悉索敝賦，哪裡取得出許多金帛？偏敵使連番催促，到了初十這一日，竟遣人入宮坐索。否則仍邀欽宗至軍，自行面議。欽宗至此，自知凶多吉少，不欲再行，何㮚、李若水進言道：「聖駕前已去過，沒有意外情事，今日再往，料亦無妨。」欽宗乃命孫傅輔太子監國，自與何㮚、李若水等，復如青城。

　　閤門宣贊舍人吳革，語何㮚道：「天文帝座甚傾，車駕若出，必墮虜計。」㮚不聽，仍擁帝出郊。張叔夜叩馬諫阻，欽宗道：「朕為人民起見，

## 第六十二回　墮奸謀闈宮被劫　立異姓二帝蒙塵

不得不再往。」叔夜號慟再拜，欽宗亦流淚道：「嵇仲努力！」說至此，竟哽咽不能成聲。此時滿城皆虜，宋廷上下，都似甕中之鱉，欽宗若要不去，除非死殉社稷。或謂此次不行，當不至被虜，其然豈其然乎？原來嵇仲即叔夜表字，欽宗以字稱臣，也是重託的意思。及往抵金營，粘沒喝即將欽宗留住，作為索交金帛的押券。太學生徐揆，至金營投書，請車駕還闕。粘沒喝召他進去，怒言詰難。揆亦厲聲抗論，竟為所害。割地使劉韐，返至金營，粘沒喝頗重劉韐，遣僕射韓正，館待僧舍。正語韐道：「國相知君，將加重用。」韐答道：「偷生以事二姓，寧死不為。」正又道：「軍中正議立異姓，國相欲令君代正，與其徒死無益，何若北去享受富貴？」韐仰天大呼道：「蒼天蒼天！大宋臣子劉韐，乃聽敵迫脅麼？」隨即走入耳室，覓得片紙，齧指出血，寫了幾句絕命辭。辭云：

　　貞女不事二夫，忠臣不事兩君，況主憂臣辱，主辱臣死，以順為正者，妾婦之道也，此予所以必死也。

寫畢，折成方勝，令親信持歸，報明家屬。自己沐浴更衣，酌飲卮酒，投繯自盡。金人也憫他忠節，瘞諸寺西岡上，且遍題窗壁，載明瘞所。越八十日，始得就殮，顏色如生，後來得褒諡忠顯。

是時汴都一帶，連日大風，陰霾四塞。欽宗留金營中，日望還宮，傳令廷臣等搜刮金銀，無論戚里宗室、內侍僧道、伎術倡優等家，概行羅掘，共計八日，得金三十八萬兩，銀六百萬兩，衣緞一百萬匹，齎送金營。粘沒喝以為未足，再由開封府立賞徵求，凡十八日，復得金七萬兩，銀一百十四萬兩，衣緞四萬匹，仍然獻納。粘沒喝反怒道：「寬限多日，只有這些金銀，顯見得是欺我呢。」提舉官梅執禮等，但答稱搜刮已盡，即被金人殺害，餘官各杖數百下，再令續繳。一面宣布金主命令，廢上皇

及欽宗為庶人。知樞密院事劉彥宗，請復立趙氏，粘沒喝不許，且設壘南薰門，杜絕內城出入，人心大恐。嗣復迫令翰林承旨吳幵，吏部尚書莫儔入城，令城中推立異姓，且逼上皇、太后等出城。上皇將行，張叔夜入諫道：「皇上一出不返，上皇不應再出，臣當率勵將士，護駕突圍。萬一天不佑宋，死在封疆，比諸生陷夷狄，也較為光榮哩。」此言卻是。上皇嗟嘆數聲，竟欲覓藥自殉。藥方覓得，不意都巡檢范瓊趨入，劈手奪去，即劫上皇、太后乘犢車出宮，並逼鄆王楷（徽宗第三子）及諸妃公主駟馬，與六宮已有位號的嬪御，一概從行。唯元祐皇后孟氏，因廢居私第，竟得倖免。是謂禍中得福。

　　先是內侍鄧述，隨欽宗至金營，由金人威怵利誘，令具諸王皇孫妃各名。金人遂檄開封尹徐秉哲，盡行交出。秉哲令坊巷五家為保，毋得藏匿，先後得三千餘人，各令衣袂聯屬，牽詣金軍。為叢驅雀，令人髮指。粘沒喝既得上皇，即令與欽宗同易胡服。李若水抱住欽宗，放聲大哭，詆金人為狗輩。金兵將若水曳出，捶擊交下，血流滿面，氣結僕地。粘沒喝忙喝住兵士，且令鐵騎十餘人守視，嚴囑道：「必使李侍郎無恙，違令處死！」若水絕粒不食，金人一再勸降，若水嘆道：「天無二日，若水豈有二主麼？」粘沒喝又脅二帝召皇后太子，孫傅留太子不遣，且欲設法保全。偏是賣主求榮的吳幵、莫儔，定要太子出宮，范瓊更凶惡得很，竟脅令衛士，牽住皇后太子共車而出。比金還要凶悖。孫傅大慟道：「我為太子傅，義當與太子共死生。」當下將留守職務，交付王時雍，因從太子出宮。百官軍吏，奔隨太子號哭。太子亦泣呼道：「百姓救我！」哭聲震天，至南薰門。范瓊請孫傅還朝，守門的金人，亦語傅道：「我軍但欲得太子，與留守何干？」傅答道：「我乃宋朝大臣，兼為太子太傅，誓當死從。」乃寄宿門下，再待後命。

## 第六十二回　墮奸謀闔宮被劫　立異姓二帝蒙塵

　　李若水留金營數日，粘沒喝召他入問，議立異姓。若水不與多辯，但罵他為劇賊。粘沒喝尚不欲加害，揮令退去，若水仍罵不絕口，惱動一班金將，用鐵撾擊若水唇，唇破血流，且噴且罵，甚至頸被裂，舌被斷，方才氣絕。粘沒喝也不禁讚嘆道：「好一個忠臣！」部眾亦相語道：「遼國亡時，有十數人死義，南朝只李侍郎一人，好算是血性男兒。」蠻貊也知忠信。粘沒喝又令吳、莫儔召集宋臣，議立異姓。眾官莫敢發言，留守王時雍密問贇、儔，贇、儔並答道：「金人的意思，欲立前太宰張邦昌。」時雍道：「張邦昌麼，恐眾心未服。」說至此，適尚書員外郎宋齊愈，自金營到來，傳示敵意，用片紙書就張邦易三字，且云：「不立邦昌，金軍未必肯退。」時雍乃決，遂將張邦昌姓名，列入議狀，令百官署印。孫傅、張叔夜均不肯署，由吳贇、莫儔報知粘沒喝，粘沒喝遂派兵拘去孫、張，分羈營中，且召叔夜入，紿道：「孫傅不肯署名，已將他殺斃，公老成碩望，豈可與傅同死？」叔夜道：「世受國恩，義當與國存亡，今日寧死不署名。」粘沒喝不禁點首，仍令還縶。太常寺簿張浚，開封士曹趙鼎，司門員外郎胡寅，皆不肯書名，逃入太學。唐恪已經署名，不知如何良心發現，竟仰藥自殺。既不惜死，何必署狀。王時雍復集百官，詣祕書省，閽門脅署，外環兵士，近時脅迫選舉，想亦由此處抄來。令范瓊曉諭大眾，擁立邦昌，大眾唯唯聽命。唯御史馬伸、吳給，約中丞秦檜，自為議狀，願迎還欽宗，嚴斥邦昌。秦檜此時，尚有天良。事為粘沒喝所聞，又將秦檜拿去。吳贇、莫儔遂持議狀詣金營，一面邀張邦昌入居尚書省。此時邦昌初欲自盡，吳遣人與語道：「相公前日不效死城外，今乃欲塗炭一城麼？」邦昌遂安然居住，靜聽金命。閣門宣贊舍人吳革，不肯屈節異姓，密結內親事官數百人，謀誅邦昌，奪還二帝，約期三月八日舉事。前期二日，聞報邦昌於七日受冊，遂不暇延行，即於三月六日，各焚居廬，殺妻

子，起義金水門外。革披甲上馬，率眾奪門，適值范瓊出來，問明來意，佯表同情，當即給革入門，一聲呼喝，瓊黨畢集，竟將吳革拿下。革極口痛罵，即被殺害。革有一子從軍，亦同時受刃。麾下百人，俱遭擒戮。越日，金人賫到冊寶，立張邦昌為楚帝。邦昌北向拜舞，受冊即位，遂升文德殿，設位御座旁，受百官慶賀，遣閤門傳令勿拜。王時雍竟首先拜倒，百官也一律跪地。無恥之至。邦昌自覺不安，但東面佇立罷了。

　　是日風霾日暈，白晝無光，百官雖然行禮，總不免有些悽楚。邦昌亦變色不寧，唯王時雍、吳幵、莫儔、范瓊四人，欣欣然有得色。邦昌命王時雍知樞密院事，吳幵同知樞密院事，莫儔簽書院事，呂好問領門下省，徐秉哲領中書省，職銜上俱加一權字。邦昌自稱為予，命令稱手書，百官文移，雖未改元，已撤去靖康字樣。唯呂好問所行文書，尚署靖康二年，王時雍入殿，對著邦昌，嘗自言臣啟陛下，且勸他坐紫宸垂拱殿，接見金使。賴好問力爭，乃不果行。上皇在金營，聞邦昌僭位，泫然下淚道：「邦昌若能死節，社稷亦有光榮，今既儼然為君，還有什麼希望呢？」你要用這班賊臣，應該受此痛苦。金人也恐久居生變，遂於四月初旬，將二帝以下，分作二起，押解北行。張邦昌服柘袍，張紅蓋，親詣金營餞行。斡離不劫上皇、太后，與親王駙馬妃嬪，及康王母韋賢妃、康王夫人邢氏，向滑州北行。粘沒喝劫帝后太子妃嬪宗室，及何㮚、孫傅、張叔夜、陳過庭、司馬樸、秦檜等，由鄭州北行。將要啟程，張邦昌復帶領百官，至南薰門外，遙送二帝，二帝相望大慟。忽有一半老徐娘，素服而來，裝飾與女道士相似，竟不顧戎馬厲害，欲闖入金營，來與上皇訣別。看官道此婦為誰？原來就是李師師。相違久了。師師自徽宗內禪，乞為女冠子，隱跡尼庵。金人夙聞豔名，早欲尋她取樂，因一時搜獲無著，只好擱置，偏她自行送來，正是喜出望外，當下問明姓氏，將她擁住。師師道：「乞與我

## 第六十二回　墜奸謀闇宮被劫　立異姓二帝蒙塵

見上皇一面，當隨同北去。」金人遂導見上皇，兩人會短離長，說不盡的苦楚，只把那一掬淚珠兒，做了贈別的紀念。金人不許多敘，就將她扯開一旁，但聽她說了「上皇保重」四字，彷彿是出塞琵琶，淒音激越。粘沒喝子真珠素性漁色，看她似帶雨梨花，倍加憐惜，當即令同乘一車，好言撫慰。偏偏行未數里，那李師師竟柳眉緊蹙，桃靨損嬌，口中模模糊糊的唸了上皇幾聲，竟仰僕車上，奄然長逝了（師師雖誤國尤物，較諸張邦昌等，不啻霄壤，特揭之以愧奸臣）。真珠尚欲施救，哪裡救得轉來？及仔細查驗，乃是折斷金簪，吞食自殉。真珠非常嘆惜，便令在青城附近，擇地埋香，自己親奠一卮，方才登程。

　　沿途帶去物件，數不勝數，所有宋帝法駕鹵簿，皇后以下，車輅鹵簿、冠服禮器、法物大樂、教坊樂器、祭器八寶九鼎、圭璧渾天儀、銅人刻漏古器、景靈宮供器、太清樓祕閣三館書、天下府州縣圖及一切珍玩寶物，都向汴京城內括去，攛送金邦。欽宗每過一城，輒掩面號泣，到了白溝，已是前時宋、金的界河。張叔夜在途，早經不食，但飲水為生，既度白溝，聞車伕相語道：「過界河了。」他竟霍然起立，仰天大呼，嗣是遂不復言，扼吭竟死。及將到燕山，金軍兩路相會，真珠轉白斡離不，欲有所求，斡離不微笑允諾。看官道是何事？原來徽宗身旁有婉容王氏及一個帝姬，生得美麗無雙，為真珠所艷羨。他因徽宗一部分，由斡離不監押，只好向斡離不請求。斡離不轉白徽宗，徽宗此時，連性命都不可保，哪裡還顧及妻女？沒奈何，割愛許給。斡離不遂命真珠取納，真珠即帶進來，把這兩個似花似玉的佳人，擁至馬上，載歸營中，朝夕受用去了。昏庸之害，一至於此，真是自作自受。未幾，由燕山至金都，粘沒喝、斡離不奉金主命，先令徽、欽二帝穿著素服，謁見金太祖阿骨打廟，明是獻俘。隨後引見金主於乾元殿。兩朝天子，同作俘囚，只因不肯捨命，屈膝虜廷，

直把那黃帝以來的漢族，都丟盡了臉，真正可羞！真正可嘆！金主晟封徽宗為昏德公，欽宗為重昏侯，徙錮韓州。後來復遷居五國城，事見後文。何㮚、孫傅在燕山時，已相繼畢命。總計北宋自太祖開國，傳至欽宗，共歷九主凡一百六十七年而亡。小子有詩嘆道：

父子甘心作虜囚，汴京王氣一朝收。
當年藝祖開邦日，哪識雲礽被此羞？

北宋已亡，南宋開始，帝位屬諸康王構，張邦昌當然要退讓了。事詳下回，請看官續閱。

北宋之亡，非金人亡之，自亡之也。徽、欽之失無論已，試觀金人陷汴，在靖康元年十一月，而擄劫二主，自汴啟行，則在靖康二年之四月。此四五月間，盤桓大梁，不願遽發，窺其來意，非必欲擄劫二帝，不過欲索金割地，飽載而歸耳。不然，宋都已破，宋帝已擄，何必再立張邦昌乎？乃何㮚、吳幵、莫儔、范瓊為虎作倀。既送欽宗於虎口，復劫上皇、太后及諸王妃嬪公主駙馬等，盡入虎穴，是虎尚未欲噬人，而導虎者驅之使噬也，彼亦何憚而不受耶？唯是黜陟之權，操諸君主，誰尸帝位，乃誤用匪人至此？且都城失守，大勢已去，何不一死以謝社稷，而顧步青衣行酒之後塵，蒙羞忍辱，吾不意懷、愍之後，復有此徽、欽二主也。名為天子，不及一妓，雖決黃河之水，恐亦未足洗恥云。

第六十二回　墮奸謀闈宮被劫　立異姓二帝蒙塵

# 第六十三回

承遺祚藩王登極　發逆案奸賊伏誅

## 第六十三回　承遺祚藩王登極　發逆案奸賊伏誅

　　卻說金兵既退，張邦昌尚屍位如故，呂好問語邦昌道：「相公真欲為帝麼？還是權宜行事，徐圖他策麼？」邦昌失色道：「這是何說？」好問道：「相公閱歷已久，應曉得中國人情，當時金兵壓境，無可奈何，今強虜北去，何人肯擁戴相公？為相公計，當即日還政，內迎元祐皇后入宮，外請康王早正大位，庶可保全。」監察御史馬伸亦貽書邦昌，極陳順逆厲害，請速迎康王入京。邦昌乃迎元祐皇后孟氏入居延福宮，尊為宋太后，太后上加一宋字，邦昌亦欲效太祖耶？所上冊文，有「尚念宋氏之初，首崇西宮之禮」等語。知淮寧府子崧係燕王德昭五世孫，聞二帝北遷，即與江、淮經制使翁彥國等，登壇誓眾，同獎王室；並移書詆斥邦昌，令他反正。邦昌乃遣謝克家往迎康王。

　　康王當汴京危急時，已受命為天下兵馬大元帥，佐以陳遘、汪伯彥、宗澤，由相州出發，進次大名。金兵沿河駐紮，約有數十營。宗澤前驅猛進，力破金人三十餘寨，履冰渡河。知信德府梁揚祖率三千人來會，麾下有張俊、苗傳、楊沂中、田師中等人，俱有勇力，威勢頗振。宗澤請即日援汴，康王恰也願從，偏來了朝使曹輔，齎到蠟詔，內云：「金人登城不下，方議和好，可屯兵近甸，勿遽來京！」宗澤道：「此乃金人狡謀，欲緩我師，愚以為君父有難，理應急援，請大王督軍，直趨澶淵，次第進壘。萬一敵有異圖，我軍已到城下了。」如用此計，徽、欽或不至被擄。汪伯彥道：「明詔令我暫駐，如何可違？」宗澤道：「將在外，君命不受，況這道詔命，安知非由敵脅迫麼？」康王竟信伯彥言，但遣澤先趨澶淵。澤遂自大名赴開德，連戰皆捷，一面奉書康王，請檄諸道兵會京城，一面移書北道總管趙野，河東北路宣撫使范訥，知興仁府曾楙，會兵入援，不料數路都杳無影響。澤只率孤軍，進趨衛南，轉戰而東，忽見金兵四集，險些兒被他圍住。裨將王孝忠陣亡。澤下令死戰，軍士都以一當百，斬首數千

級。金人敗走。到了夜間，金人復進襲澤營，虧得澤預先遷徙，只剩了一座空寨，反使金兵駭退。澤復過河追擊，又得勝仗。陸續報聞康王，並催他火速進軍。康王已有眾八萬，並召集高陽關路安撫使黃潛善，及總管楊維忠，移師東平，分屯濟、濮諸州。旋得金人假傳宋詔，令康王所有部眾，交付副元帥，自己即日還京。幸張俊覷破詐謀，諫止康王。康王乃進次濟州，靜候消息。救兵如救火，無故逗留中道，已見康王之心。

宗澤屢催無效，且聞二帝已經北去，即提孤軍回趨大名，傳檄河北，擬邀截金人歸路，奪還二帝。怎奈勤王兵無一到來，眼見得獨力難支，不便輕進。康王尚安居濟州，至謝克家由京到濟，方得京城確報。克家當即勸進，康王不允。既而汴使蔣思愈又至，代呈張邦昌書，無非自為解免，請康王歸汴正位云云。康王復書慰勉。獨宗澤以邦昌篡逆，乞康王聲罪致討，興復社稷。康王正在遲疑，既而呂好問貽書康王謂：「大王不自立，恐有不當立的人，起據神器，應亟定大計為是。」張邦昌又遣原使謝克家及康王舅忠州防禦使韋淵，奉大宋受命寶，詣濟州勸進。孟后亦派馮澥等為奉迎使，同至濟州。康王乃慟哭受寶，遂遣克家還京，辦理即位儀物。時孟后已由邦昌尊奉，垂簾聽政，乃命太常少卿汪藻，代草手書，諭告中外道：

比以敵國興師，都城失守，袞纏宮闕，既二帝之蒙塵，禍及宗祊，謂三靈之改卜。眾恐中原之無主，姑令舊弼以臨朝。雖義形於色，而以死為辭，然事迫於危，而非權莫濟。內以拯黔首將亡之命，外以紓鄰國見逼之威，遂成九廟之安，坐免一城之酷。乃以衰癃之質，起於閒廢之中，迎置宮闈，進加位號，舉欽聖已還之典，成靖康欲復之心，永言運數之屯，坐視邦家之覆。撫躬猶在，流涕何從？緬維藝祖之開基，實自高穹之眷命，歷年二百，人不知兵，傳序九君，世無失德。雖舉族有北轅之釁，而敷天

## 第六十三回　承遺祚藩王登極　發逆案奸賊伏誅

同左袒之心。乃眷賢王，越居近服，已徇群情之請，俾膺神器之歸。緣康邸之舊藩，嗣宋朝之大統。漢家之厄十世，宜光武之中興，獻公之子九人，唯重耳之尚在。茲唯天意，夫豈人謀？尚期中外之協心，同定安危之至計，庶臻小憩，漸底丕平，用敷告於多方，其深明於吾志！

　　這道手書，傳到濟州。濟州父老，爭詣軍門上言，州城四面，紅光燭天，明是上蒼瑞應，請即城內即皇帝位。康王慰諭父老，令散歸聽命。權應天府朱勝非自任所進謁，願迎康王至應天，謂：「南京即宋州。為藝祖興王地，四方所向，且便漕運，請即日啟行。」宗澤亦以為可。康王乃決趨應天府。臨行時，鄜延副總管劉光世，自陝州來會，康王命他為五軍都提舉。既而西道總管王襄，宣撫使統制官韓世忠，亦陸續到來，均隨康王至應天府。於是就府門左首，築受命壇，定期五月朔即位。張邦昌先日趨至，伏地請死，繼以慟哭，虧他做作。康王仍慰撫有加。王時雍等也奉乘輿服御，齊集應天。轉瞬間，就是五月朔日，康王登壇受命，禮畢後，遙謝二帝，北向悲號。旋經百官勸止，乃就府治，即位受百官拜謁，改元建炎，頒詔大赦。所有張邦昌以下，及供應金軍等人，概置不問。唯童貫、蔡京、朱勔、李彥、梁師成等子孫，不得收敘。遙上靖康帝尊號，曰孝慈淵聖皇帝，尊元祐皇后孟氏為元祐太后。遙尊生母韋氏為宣和皇后。遙立夫人邢氏為皇后。孟后即日在東京撤簾，一切政治，歸新皇專決。歷史上稱為南宋。且因康王後來廟號，叫做高宗皇帝，遂也沿稱高宗。

　　小子尚有一段遺聞，未經見諸正史，只有裨乘上間或載及，因亦採入，聊供看官參閱。相傳徽宗是江南李主煜後身，神宗曾夢李主來謁，因生徽宗，所以性情學術，均與李主相似。至被擄入金，金主亦仿用宋太祖見李主故事。獨高宗生時，徽宗與鄭后俱夢見錢王鏐索還兩浙，次日即報韋妃生男。錢王壽至八十一，高宗壽數，後來與錢王適合，所以世稱為錢

王後身。宣和年間，禁中賜宴諸王，高宗酒醉欲眠，退臥幄次。徽宗入幄揭簾，但見金龍丈餘，蜿蜒榻上，當即駭退。及高宗往質金軍，粘沒喝疑為將家子，遣還換質，未幾訪問得實，遣使急追。高宗尚在途次，倦憩崔府君廟中，忽夢神人大呼道：「快行快行！敵兵要追來了。」高宗驚醒，見有一馬在側，忙上馬飛馳。既渡河，馬不復動，視之乃是泥馬，因此有泥馬渡康王的遺傳。此說恐未必確，當時有張邦昌同行，且金兵已圍攻汴都，往返甚近，亦不至有倦憩等事。這數種軼聞，是真是假，小子亦未敢臆斷，不過人云亦云罷了。

且說高宗即位後，命黃潛善為中書侍郎，汪伯彥同知樞密院事，授張邦昌太保，封同安郡王，五日一赴都堂，參決大事，尋復加爵太傅。開手即用三大奸臣，後事可知。罷尚書左丞耿南仲，右丞馮澥，用呂好問為尚書右丞，召李綱為尚書右僕射，兼中書侍郎。置御營司，總齊軍政。即令黃潛善為御營使，汪伯彥兼副使。王淵為都統制，劉光世為提舉，韓世忠為左軍統制，張俊為前軍統制，楊維忠主管殿前公事，竄誤國罪臣李邦彥至潯州，吳敏至柳州，蔡懋至英州，李棁、宇文虛中、鄭望之、李鄴等，均安置廣南諸州。宇文虛中似不應同罪。又以宣仁太后高氏，從前保護哲宗，曾立大功，令國史館改正誣謗，播告天下。追貶蔡確、蔡卞、邢恕等人，御史中丞張澄，復論耿南仲主和罪狀，因將南仲竄死南雄州。宗澤入見高宗，慨陳興復大計，適李綱亦應召而至，兩人敷陳國事，統是志同道合，涕泣而談，高宗亦為動容，偏汪、黃兩人，陰忌宗澤，不欲令他內用，但說襄陽為江防要口，應令澤鎮守。高宗因命澤知襄陽府。汪、黃又忌李綱，復加讒間。綱稍有所聞，力辭相位。高宗面語綱道：「朕知卿忠義，幸勿固辭！」綱頓首泣謝道：「今日欲內修外攘，還二聖，撫四方，責在陛下與宰相。臣自知愚陋，不能仰副委任，必欲臣暫掌政柄，臣願仿唐

## 第六十三回　承遺祚藩王登極　發逆案奸賊伏誅

姚崇入相故例，首陳十事，仰干天聽。如蒙陛下採擇施行，臣方敢受命。」高宗道：「卿儘管直陳，可行即行。」綱乃逐條說出，由小子表述如下：

（一）議國是　注意在守。能守而後可戰，能戰而後可和。

（二）議巡幸　請高宗至汴都謁見宗廟，若汴不可居，上策宜都長安，次都襄陽，又次都建康，均當先事預備。

（三）議赦令　祖宗登極，赦令皆有常式，不應赦及惡逆，及罪廢官，盡復官職。

（四）議僭逆　張邦昌挾金圖逆，易姓改號，宜正典刑，垂戒萬世。

（五）議偽命　邦昌僭號，百官多受偽命，應倣唐肅宗故事，以六等治罪。

（六）議戰宜　修明軍律，信賞必罰，籍作士氣。

（七）議守宜　於沿河、江、淮措置控御，嚴扼敵衝。

（八）議本政　宜整飭綱紀，一歸中書以尊朝廷。

（九）議久任　戒靖康間任官不久之弊，令百官各專責成。

（十）議修德　勸高宗益修孝悌恭儉，副民望而致中興。

高宗聞此十事，不加可否，但言明日當頒議施行。綱乃退出。待至次日，頒出八議，唯僭逆偽命二事，留中不發。綱又剴切上書，略云：

僭逆偽命二事，乃今日政刑之大者，所關甚重。張邦昌在政府十年，淵聖即位，首擢為相，方國家禍難，金人為易姓之謀，邦昌如能以死守節，推明天下戴宋之義，以感動其心，敵人未必不悔禍而存趙氏。而邦昌方以為得計，偃然正位號，處宮禁，擅降偽詔，以止四方勤王之師。及知天下之不與，乃不得已請元祐太后垂簾聽政，而議奉迎。邦昌僭逆，始末如此，而議者不同，臣請以春秋之法斷之。夫春秋之法，人臣無將，將則必誅。趙盾不討賊，則書以弒君。今邦昌已僭位號，敵退而止勤王之師，

非特將與不討賊而已。劉盆子以漢宗室，為赤眉所立，其後以十萬眾降。光武但待之以不死。邦昌以臣易君，罪大於盆子，不得已而自歸，朝廷既不正其罪，又尊崇之，此何禮也？陛下欲建中興之業，而尊崇僭逆之臣，以示四方，其誰不解體？又偽命臣僚，一切置而不問，何以屬天下士大夫之節乎？伏乞陛下立申睿斷，毋瞻徇以失民望！

　　高宗覽書後，召汪、黃二人與商。黃潛善代為邦昌剖辨，營救甚力。高宗因召問呂好問道：「卿前在圍城中，必知邦昌情形。」好問道：「邦昌僭竊位號，人所共知，業已自歸，唯求陛下裁處。」首鼠兩端。高宗聞言，愈加躊躇。李綱復入諫道：「邦昌為逆，仍使在朝，百姓將目為二天子，臣不願與賊臣同居。如必欲用邦昌，寧罷臣職！」言下泣拜不已，高宗頗為感動。伯彥乃接口道：「李綱氣直，為臣等所不及。」高宗乃出綱奏議，揭邦昌罪狀，貶為昭化軍節度副使，安置潭州，並將王時雍、徐秉哲、吳幵、莫儔、李擢、孫覿等，盡行貶謫，分竄高、梅、永、全、柳、歸諸州。

　　先是邦昌僭居禁中，曾有華國靖恭夫人李氏，屢持果實，贈遺邦昌。邦昌也厚禮答餽。一夕，李氏邀邦昌夜飲，特將養女陳氏裝飾停當，令她侍宴。邦昌見了陳女，身子已酥了半邊，更兼她殷勤斟酒，目逗眉挑，不由地心神俱醉。飲了數杯，便假寐席上，佯作醉狀。李氏見邦昌已醉，即與陳女掖他起座，且與語道：「大家事已至此，尚復何言？」當下持赭色半臂，披邦昌身上，擁入福寧殿，令他小睡，且令陳女侍著。邦昌本是有心陳女，故作此態，既見李氏出去，即躍然而起，立把陳女摟住。陳女半推半就，一任邦昌所為，寬衣解帶，成就好事，嗣是邦昌遂封陳女為偽妃。及邦昌還居東府，李氏私下相送，並有怨謗高宗等語。天下事若要不知，除非莫為，邦昌既貶潭州，威勢盡失，當有人傳達高宗，高宗即飭拘李氏

## 第六十三回　承遺祚藩王登極　發逆案奸賊伏誅

下獄，命御史審訊。李氏無可抵賴，只好直供。於是邦昌罪上加罪，由馬申奉詔至潭，勒令自盡，並誅王時雍等。李氏杖脊三百，發配車營（嘗閱《說岳全傳》，謂邦昌被兀朮祭旗，充作豬羊，證諸史乘，全屬不符，可見俗小說之難信）。

呂好問曾受偽命，為侍御史王賓所劾，自請解職，因有詔出知宣州。宋齊愈阿附金人，首書張邦昌姓名，坐罪下獄，受戮東市。同是一死，何不死於前日。追贈李若水、劉韐、霍安國等官。高宗方向用李綱，既任為右僕射，並命兼御營使。綱亦力圖報稱，知無不言，言無不盡。總計綱所規劃，共有數則，無一非當時至計，小子復匯述如下：

一　請置河北招撫司，河東經制司，特薦張所、傅亮二人充任。高宗乃命張所為河北招撫使，王瓊為河東經制使，傅亮為副使。

二　因高宗登極時，赦詔未及兩河，建炎元年六月，適潘賢妃生子旉，應援例大赦，特請遍赦兩河，廣示德義。

三　請調宗澤留守汴京，規復兩河。澤因奉命為東京留守，兼知開封府事。

四　請立沿河、江、淮帥府，凡置府十有九，下列要郡三十九，次要郡三十八，府置帥，兼都總管。郡置守，兼鈐轄都監。總置軍九十六萬七千五百人，別置水軍七十七將，帥府置水兵二軍，要郡一軍，立軍號曰凌波樓船軍。造舟江、淮諸州。前此四道都總管，一併取消。

五　修明軍法，定伍、甲、隊、部、軍各制。五人為伍，二十五人為甲，百人為隊，五百人為部，二千五百人為軍。上下相維，不亂統系。所有招置新軍，及御營司兵，俱用新法團結。且詔陝西、山東諸路帥臣，並依此法，互相應援。

六　令諸路募兵買馬，勸民出財，並製造戰車，頒行京東西路。

七　議車駕巡幸，首關中，次襄陽，又次在鄧州，不當株守應天。高宗特命范致虛知鄧州，修城池，繕宮室，實錢穀，以為巡幸之備。

八　遣宣義郎傅雱使金軍，但云通問二聖，不言祈請，俾上下枕戈嘗膽，誓報國恥，徐使敵人生畏，自歸二帝。

九　請還元祐黨籍，及元符上書人官爵。

高宗此時，總算言聽計從，無不施行。偏黃潛善、汪伯彥兩人，同忌李綱，復倡和議。適值金婁室率領重兵，進攻河中，權知府事郝仲連闔門死義。婁室入河中府城，復連陷解、絳、慈、隰諸州。汪、黃二人聞警，密請高宗轉幸東南，高宗也覺膽怯，竟有巡幸東南的詔命。當時惱動了一位忠臣，接連上表，請帝還汴，正是：

庸主偷安甘避敵，直臣報國獨輸忱。

欲知何人上表，俟至下回報明。

觀康王構之留次濟州，與即位應天，而已知其不足有為矣。當汴京危迫之時，能亟援君父之難，即早盡臣子之心。況宗澤連敗金人，先聲已振，各路兵亦陸續到來，有眾至九萬人，正可臨城一戰，力解汴圍，胡為逍遙東土，但求自全，坐視君父之困乎？既而汴使來迎，一再勸進，亦應即日赴汴。先誅逆賊，繼承帝祚，北向以御強虜，定兩河，迎還二帝，期雪前恥，胡乃轉趨應天，即位偏隅，預作避敵之計乎？且一經登極，首任汪、黃，已足為中興之累，至僭逆如張邦昌，猶且錫以王爵，尊禮備至。微李綱之力請懲奸，則功罪不明，紀綱益紊，恐小朝廷且無自立矣。朱子謂李綱入相，方成朝廷，證以綱之謀議，其言益信。然有直臣，必貴有明主，主德不明，必有直道難容之慮，宜乎李綱之即遭擯斥也。

# 第六十三回　承遺祚藩王登極　發逆案奸賊伏誅

# 第六十四回

## 宗留守力疾捐軀　信王榛敗亡失跡

## 第六十四回　宗留守力疾捐軀　信王榛敗亡失跡

卻說高宗欲巡幸東南，偏有一人，接連上表，請他還汴。這人非別，就是東京留守宗澤。澤受命至汴，見汴京城樓隳廢，盜賊縱橫，即首先下令，無論贓物輕重，概以盜論，悉從軍法，當下捕誅盜賊數人，匪徒為之斂跡。嗣是撫循軍民，修治樓櫓，闔城乃安。會聞河東巨寇王善，擁眾七十萬，欲奪汴城，澤單騎馳入善營，涕泣慰諭道：「朝廷當危急時候，倘有一、二人如公，亦不至有敵患。現在嗣皇受命，力圖中興，大丈夫建立功業，正在今日，為什麼甘心自棄呢？」善素重澤名，至是越加感動，遂率眾泣拜道：「敢不效力。」澤既收降王善，又遣招諭楊進、田再興、李貴、王大郎等，各遵約束。京西、淮南、河南北一帶，已無盜蹤。乃就京城四壁，各置統領，管轄降卒，並造戰車千二百乘，以資軍用。又在城外相度形勢，立堅壁二十四所，沿河遍築連珠寨，聯結河東、河北山水民兵，一面渡河，約集諸將，共議恢復事宜。且開鑿五丈河，通西北商旅，百貨駢集，物價漸平。乃上疏請高宗還汴，高宗尚優詔慰答，唯不及還汴日期。既而金使至開封，只說是通好偽楚，澤將來使拘住，表請正法，有詔反令他延置別館。斬使或未免太甚，延使實可不必。他復申奏行在，不肯奉詔。旋得高宗手札，命他遣還，因不得已縱遣來使。會聞金人將入攻汜水，正擬遣將往援，巧值岳飛到汴，誤犯軍令，坐罪當刑。澤見他相貌非常，不忍加罪，及問他策略，所答悉如澤意。澤許為將材，遂撥兵五百騎，令援汜水，將功補過。飛大敗金兵而還，因擢飛為統制，飛由是知名。澤又申疏請高宗還汴，哪知此次拜表，竟不答覆，反遣使至汴，迎太廟神主，奉詣行在；且連元祐太后及六宮與衛士家屬，統行接去。澤復剴切上書，極言汴京不應捨棄，仍不見報。既而聞李綱轉任左僕射，正擬向綱致書，併力請高宗還汴，不意書尚未發，那左僕射李綱，竟罷為觀文殿大學士，提舉洞霄宮了。未幾，又聞太學生陳東，布衣歐陽澈，請復用李

綱，罷斥黃潛善、汪伯彥，竟致激怒高宗，同處死刑。看官你想！

這赤膽忠心的宗留守，能不唏噓太息麼？

原來汪、黃兩人，常勸高宗巡幸揚州，李綱獨欲以去就相爭。高宗初意尚信任李綱，因汪、黃在側，時進讒言，漸漸的變了初見，將李綱撇在腦後。綱有所陳，常留中不報。嗣欲進黃潛善為右相，不得已調李綱為左相。僅過數日，潛善即促傅亮渡河。亮以措置未就，暫從緩進，綱亦代為申請。偏潛善不以為然，竟責他有意逗留，召還行在。亮本李綱所薦，遂上言朝廷罷亮，臣亦願乞身歸田。高宗雖慰留李綱，竟罷亮職。綱再疏求去，因罷為觀文殿大學士，提舉洞霄宮。統計綱在相位，僅七十七日，所建一切規模，粗有頭緒，自罷綱後，盡反前政，決意巡幸東南。不務爭存，何處得安樂窩？陳東、歐陽澈本未識綱，因為忠義所激，乃請任賢斥奸。潛善奏高宗道：「陳東等嘗糾眾伏闕，若不嚴懲，恐又有騷動情事，為患匪輕。」高宗遂將原書交與潛善，令他核罪照辦，潛善領書而出。尚書右丞許翰，問潛善道：「公當辦二人何罪？」潛善道：「按法當斬。」許翰道：「國家中興，不應嚴杜言路，須下大臣等會議！」潛善佯為點首，暗中恰囑開封府尹孟庾竟將二人處斬。東字少陽，鎮江人，歐陽澈字德明，撫州人。兩人以忠義殺身，無論識與不識，均為流涕。四明李猷贖屍瘞埋。越三年，汪、黃得罪，乃追贈二人為承事郎，各官親屬一人，令州縣撫卹其家屬。紹興四年，又並加朝奉郎，祕閣修撰官。闡揚忠義，不憚從詳。唯許翰聞二人處斬，代著哀辭，且八上章求罷，因亦免職。

會河北州郡陸續被金軍破陷，黃潛善、汪伯彥二人，力勸高宗幸揚州。高宗從二人言，指日啟蹕。隆祐太后以下，先期出行。看官道隆祐太后是何人？原來就是元祐太后。元祐的元字，因犯太祖諱，所以改為隆祐，這是高宗啟蹕以前，新經改定（不肯模糊一筆）。及高宗到了揚州，

## 第六十四回　宗留守力疾捐軀　信王榛敗亡失跡

還道是避敵較遠，可以無虞。且把故相李綱，竄置鄂州，並遣朝奉郎王倫，及閤門舍人朱弁，同赴金邦，請休戰議和，一心一意的討好金人，想做個小朝廷罷了。哪知宋愈示弱，金益逞強，王倫等到了雲中，反被粘沒喝羈住，將他軟禁起來，還要起燕京八路民兵，分三路來侵南宋。看官你想！一個國家，可不圖自強，專想偷安麼？大聲棒喝，後人聽著。先是金將斡離不聞高宗即位，擬送歸二帝，重修和好，獨粘沒喝以為未可。未幾，斡離不死，粘沒喝獨握兵權，仍擬侵宋，及見王倫到來請和，料知高宗是個沒用的主子，況且不向北進，反從南退，畏縮情形，不問可知，此時不乘機南下，還待何時？當下報告金主，分道南侵，自率所部兵下太行，由河陽渡河，直攻河南，分遣銀朮可（一譯作尼楚赫）攻漢上，訛里朵（一譯作鄂爾多，係金太祖子）、兀朮（一譯作烏珠，金太祖四子）自燕山由滄州渡河，進攻山東。分阿里蒲盧渾（一譯作阿里富埒朮）軍趨淮南，婁室與撒離喝（一譯作薩思千）、黑鋒（一譯作哈富）自同州渡河，轉攻陝西。各路金兵，分頭攻入。粘沒喝至氾水關，留守孫昭遠走死。婁室至河中，見西岸有宋軍扼守，不敢徑渡，乃繞道韓城，履冰涉河，連陷同州、華州。沿河安撫使鄭驤力戰不支，赴井自盡。婁室遂破潼關，經制使王璪棄了陝州，竟奔入蜀，中原大震。唯兀朮欲渡河窺汴，幸得宗澤預遣將士，保護河梁，兀朮乃暫行退去。

轉眼間，已是建炎二年了，一出正月，銀朮可即進陷鄧州，知州范致虛遁去，安撫使劉汲戰死，所備巡幸儲偫，均被劫去，且分兵四陷襄陽、均、房、唐、陳、蔡、汝、鄭州、潁昌府。通判鄭州趙伯振，知潁昌府孫默，知汝陽縣郭贊，皆不屈遇害。兀朮又自鄭州抵白沙，去汴甚近。宗澤尚對客圍棋，談笑自若，屬僚忙入內問計，澤怡然道：「我已有準備了。」既而兵報到來，果得勝仗。原來宗澤先遣部將劉衍趨滑州，劉達趨鄭州，

牽制敵勢。至是又選精銳數千騎，令繞出敵後，邀擊金兵歸路。金兵方與衍戰，不料後面又有宋軍，前後夾攻，竟致敗潰。宗澤既得捷報，料知金人勢盛，不肯一敗即退，乃復遣部將閻中立、郭俊民、李景良等，率兵趨鄭。途中果遇粘沒喝大軍，兩下對壘，中立戰死，景良遁去，俊民竟解甲降金。澤聞敗警，即捕到景良，將他斬首。嗣因俊民引金使來汴，持粘沒喝書，招降宗澤。澤撕毀來書，復喝令左右，將兩人殺了一雙。是司馬穰苴一流人物。既而劉衍還汴，金兵乘虛入滑，澤部將張撝往援，撝手下不過一二千人，金兵卻有一二萬。或請撝少避敵鋒，撝嘆道：「避敵偷生，有何面目還見宗公？」因力戰而死。澤聞撝急，忙遣王宣馳救，至已不及。宣率部兵與金人力戰，竟破金兵。金兵復棄城遁去。宣入滑後，報知宗澤，澤令宣知滑州。

　　忽有河上屯將，獲住金將王策，由澤詢問原委，乃係遼室舊臣，遂親與解縛，邀他旁坐，道及遼亡遺事，及金人虛實，盡得詳情，乃召諸將泣諭道：「汝等皆心存忠義，當協謀剿敵，期還二聖，共立大功。」眾將聞言，皆感激思奮，誓以死報。澤遂決意大舉，募兵儲糧，並約前時招撫各盜魁，共集城下，指日渡河。因再上疏，請高宗還汴，一面檄召都統制王彥，還屯滑州。彥性頗忠勇，曾與張所、宗澤等，共圖恢復，澤嘗遣岳飛助所，所待以國士，更派令隨彥渡河。彥率師至新鄉，遙見金兵數萬前來，氣勢甚盛。彥部下不過七千人，將校十一員，飛亦在列。他將均有懼色，不敢進戰，飛獨持丈八鐵槍，衝入敵陣，左挑右撥，無人敢當，遂奪得大纛一面，向空擲去。諸將見岳飛得手，也奮勇殺上，頓時擊退金人，克復新鄉。越日，再戰侯兆川，飛身被十餘創，士皆死戰，又將金人擊退。會糧食將罄，詣彥營乞糧，彥不許，飛自行措糧，轉戰至太行山，擒金將拓跋耶烏。金驍帥黑風大王，自恃梟悍，來與飛交鋒，戰未數合，又

## 第六十四回　宗留守力疾捐軀　信王榛敗亡失跡

被飛一槍刺死，金人駭退（插入此段，實為岳飛寫生）。飛因彥不給糧，不便再進，仍率所部復歸宗澤。

彥驟失良將，乏人禦敵，尋被金人圍住，彥潰圍出走，退保西山，即太行山。潛結兩河豪傑，勉圖再舉。部下各相率刺面，涅成「赤心報國誓殺金賊」八字。既而兩河響應，眾至十萬，金將不敢近壘，轉截彥軍餉道。彥勒兵待敵，斬獲甚眾，至接得澤檄，乃陸續拔至滑州。澤聞彥已還滑，即將所定規劃，奏報行在，略云：

臣欲乘此暑月，是時當靖康二年夏月。遣王彥等自滑州渡河，取懷、衛、浚、相等州，王再興等自鄭州直護西京陵寢，馬擴等自大名取洺、相、真定，楊進、王善、丁進等各以所領兵，分路並進。河北山寨忠義之民，臣已與約響應，眾至百萬。願陛下早還京師，臣當躬冒矢石，為諸將先，中興之業，必可立致。如有虛言，願斬臣首以謝軍民！

這疏上後，未接復詔，各處消息，反且日惡。永興軍濰州、淮寧、中山等府相繼失陷。經略使唐重，知濰州韓浩，知淮寧府向子韶，知中山府陳遘，俱死難。澤忠憤交迫，又覆上疏，大略說是：

祖宗基業，棄之可惜。陛下父母兄弟，蒙塵沙漠，日望救兵，西京陵寢，為賊所占，今年寒食節，未有祭享之地。而兩河、二京、陝石、淮甸百萬生靈，陷於塗炭，乃欲南幸湖外，蓋奸邪之臣，一為賊虜方便之計，二為奸邪親屬，皆已津置在南故也。今京城已增固，兵械已足備，人氣已勇銳，望陛下毋沮萬民敵愾之氣，而循東晉既覆之轍！

高宗看到此奏，也不覺怦然心動，擬擇日還京。偏黃潛善、汪伯彥二人，陰恨宗澤所陳，牽連自己，遂百端阻難，不令高宗還汴，且戒澤毋得輕動。奸臣當道，老將徒勞，可憐澤憂憤成疾，致生背疽。諸將相率問

疾，澤矍然起床道：「我因二帝蒙塵，積憤至此，汝等若能殲敵，我死亦無恨了。」諸將相率流涕，齊聲道：「敢不盡力！」及大眾退出，澤復吟唐人詩道：「出師未捷身先死，長使英雄淚滿襟。」不亞五丈原遺恨。越宿，風雨如晦，澤病已垂危，尚無一語及家事。到了臨終的時候，唯三呼「過河」罷了。到死不忘此念。澤字汝霖，義烏人，元祐中登進士第，具文武才，累任州縣，迭著政績，尚未以將略聞。至調知磁州，修城浚池，誓師固守，金人不敢犯。嗣佐高宗為副元帥，渡河逐寇，連敗金人，於是威名漸著。既守東京，金人屢戰屢卻，益加敬畏，各呼為宗爺爺。歿時已年七十，遠近號慟，訃聞於朝，贈觀文殿學士諫議大夫，予諡忠簡。澤子名穎，襄父戎幕，素得士心。汴人請以穎繼父任，偏有詔令北京留守杜充移任，但命穎為判官。充至汴，酷虐寡謀，大失眾望。穎屢諫不從，乞歸守制。所有將士及撫降諸盜，統行散去。一座宅中馭外的汴京城，要從此不保了。

　　是時金兵所至，類多殘破，婁室既陷永興，鼓眾西行，秦州帥臣李繢出降，復引兵犯熙河。都監劉唯輔率精騎二千，夜趨新店。翌晨，遇著金兵，前驅大將為黑鋒，由唯輔一馬突出，舞槊直刺。黑鋒不及防備，一槊洞胸，墮馬竟死，餘眾敗退。都護張嚴銳意擊賊，追至五里坡，驟遇婁室伏兵，被圍敗亡。粘沒喝方占踞西京，即河南府。聞黑鋒戰歿，遂毀去西京廬舍，往援婁室，留兀朮屯駐河陽。河南統制官翟進得入西京，復用兵襲擊兀朮，兀朮先已預備，設伏以待進。子亮為先行，中伏殉節，進亦幾殆。適御營統制韓世忠，奉詔援西京，路過河陽，可巧遇著翟進敗軍，遂擊鼓進兵，救了翟進。嗣與兀朮相持數日，未得勝仗，不意兀朮恰竟走了。看官道為何事？原來粘沒喝引兵西進，聞婁室已轉敗為勝，乃自平陸渡河，徑還雲中。兀朮得知消息，所以也有歸志。唯婁室入侵涇原，由制

## 第六十四回　宗留守力疾捐軀　信王榛敗亡失跡

置使曲端，遣副將吳迎擊，至青溪嶺，一鼓擊退金兵。石壕尉李彥仙亦用計克復陝州，及絳、解諸縣。會徽宗第十八子信王榛，本隨二帝北行，至慶源，亡匿真定境中。適和州防禦使馬擴與趙邦傑，聚兵五馬山，從民間得榛，奉以為王，總制諸寨。兩河遺民，聞風響應，榛遂手書奏牘，令馬擴齎赴行在，呈上高宗。高宗展視，見上面寫著：

　　馬擴、趙邦傑忠義之心，堅若金石，臣自陷城中，頗知其虛實。賊今稍惰，皆懷歸心。今山西諸寨鄉兵，約十餘萬，力與賊抗，但皆苦乏糧，兼闕戎器，臣多方存恤，唯望朝廷遣兵來援，否則不能支持，恐反為賊用。臣於陛下，以禮言則君臣，以義言則兄弟，其憂國念親之心無異。願委臣總大軍，與諸寨鄉兵，約日大舉，決見成功。臣翹切待命之至！

高宗覽畢，正值黃潛善、汪伯彥在側，便遞與閱看。潛善不待看完，便問高宗道：「這可是信王親筆麼？恐未免有假。」妒心如揭。高宗道：「確是信王手書。他的筆跡，朕素認得的。」伯彥道：「陛下亦須仔細。」一唱一和。高宗乃召見馬擴，問明一切，已經確鑿無疑，當即授信王榛為河外兵馬都元帥，並令馬擴為河北應援使，還報信王。擴退朝後，潛善與語道：「信王已經北去，如何還在真定？汝此去須要小心窺伺，毋墮奸人狡謀，致陷欺君大罪！」似乎還替馬擴著想。馬擴一再辯論，潛善便提出「密旨」二字，兜頭一蓋。且云密旨中，亦令汝聽諸路節制，不得有違。擴乃不與多爭，怏怏而去。既至大名，料知此事難成，逗留了好幾日。上文宗澤疏中，言令馬擴自大名取洺相、真定，使在此時。金將訛里朵探知此事，恐擴請兵援榛，亟攻五馬山諸寨，並遣人約粘沒喝軍，速來接應。信王榛聞金兵到來，連忙督兵守禦，哪知汲道被金兵截斷，寨眾無水可汲，頓時潰亂。訛里朵乘亂殺入，諸寨悉陷。信王榛亡走，不知所終。小子有詩嘆道：

不共戴天君父仇，枕戈有志願同仇。
如何孱主昏庸甚，甘棄同胞忍國羞！

馬擴得知警報，募兵馳援，已是不及，反被金兵截擊清平，吃了一個大敗仗，也只好仍往和州去了。欲知後事，且看下回。

靖康之世，若信用李綱、種師道，則不致北狩。建炎之時，若信用李綱、宗澤，則不致南遷。李綱之效忠於高宗，猶欽宗時也。宗澤之忠勇，較師道尤過之，史稱澤請高宗還汴，前後約二十餘奏，均為黃潛善、汪伯彥所阻抑，抱諸葛之忱，嬰亞夫之疾，高宗之不明，殆視蜀後主為更下乎？信王榛避匿真定，得馬擴、趙邦傑等，奉以為主，一成一旅，猶思規復，高宗擁數路大兵，尚誤聽汪、黃之言，避敵東南，甘任二奸播弄。蓋至宗澤歿，信王榛亡，而兩河中原，乃俱淪沒矣。本回於宗澤、信王榛，敘述獨詳，此外則均從略，下筆固自有斟酌，非徒錄前史已也。

第六十四回　宗留守力疾捐軀　信王榛敗亡失跡

# 第六十五回

## 招寇侮驚馳御駕　脅禪位激動義師

## 第六十五回　招寇侮驚馳御駕　脅禪位激動義師

　　卻說金婁室為吳所敗，退至咸陽，因見渭南義兵滿野，未敢遽渡；卻沿流而東。時河東經制使為王庶，連檄環慶帥王似，涇原帥席貢，追躡婁室。兩人不欲受庶節制，均不發兵。就是陝西制置使曲端，亦不欲屬庶。三將離心，適招寇虜。婁室併力攻鄜延，庶調兵扼守，那金兵恰轉犯晉寧，侵丹州，渡清水河，復破潼關。庶日移文，促曲端進兵，端不肯從，但遣吳復華州，自引兵迂道至襄樂，與鄜會師。及庶自往禦敵，偏婁室從間道出攻延安，庶急忙回援，延安已破，害得庶無處可歸。適知興元府王㬇率兵來會，庶乃把部兵付㬇，自率官屬等，赴襄樂勞軍，還想借重曲端，恢復威力。真是痴想。及和端相晤，端反責他失守延安，意欲將他謀死。幸庶自知不妙，將經制使印，交與曲端，復拜表自劾。有詔降為京兆守，方得脫身自去。端尚欲拘住王㬇，令統制張中孚往召，且與語道：「㬇若不聽，可持頭來。」中孚到了慶陽，㬇已回興元去了。曲端為人，曲則有之，端則未也。

　　婁室復返寇晉寧軍，知軍事徐徽言，函約知府州折可求，夾攻金人。可求子彥文齎書往復可求，偏被金兵遇著，拘繫而去。婁室脅令作書招降可求，可求重子輕君，竟將所屬麟府三州，投降金軍。徽言曾與可求聯姻，婁室又使可求至城下，呼徽言與語，誘令降金。徽言不與多談，但引弓注射，可求急走。徽言乘勢出擊，掩他不備，大敗金兵，婁室退走十里下寨，其子竟死亂軍中。唯婁室痛子情深，恨不把晉寧軍吞下肚去，隨即搜補卒乘，仍復進攻。相持至三月餘，糧盡援絕，城遂被陷。徽言方欲自刎，金人猝至，擁挾以去。婁室尚欲脅降，徽言大罵，乃被殺死。統制孫昂以下，一概殉難。不肯埋沒忠臣，是作者本心。婁室又進破鄜、坊二州，未幾復破鞏州。秦、隴一帶，幾已無乾淨土了。

　　那時粘沒喝已與訛里朵相會（接應前回），合攻濮州，知州楊粹中登

陣固守，夜命部將姚端潛劫金營。粘沒喝未曾預防，跌足走脫。嗣是攻城益急，月餘城陷，粹中被執不屈遇害。粘沒喝遂遣訛里朵攻大名，並檄兀朮再下河南。兀朮連陷開德府及相州，守臣王棣、趙不試相繼死節。訛里朵兵至大名城下，守臣張益謙欲遁。提刑郭永入阻道：「北京（即指大名府）所以遮梁宋，敵或得志，朝廷危了。」益謙默然。郭永退出，急率兵守城，且募死士縋城南行，至行在告急。會大霧四塞，守卒迷茫，金兵緣梯登城，益謙慌忙迎降。訛里朵責他遲延，嚇得益謙跪求，歸咎郭永。可巧永亦被執，推至帳前，訛里朵問道：「你敢阻降麼？」永直認不諱。訛里朵道：「你若肯降，不失富貴。」永怒罵道：「無知狗彘，恨不能醢爾報國，尚欲我投降嗎？」訛里朵大憤，親拔劍殺死郭永，並令捕永家屬，一併屠害。

各處警報，接連傳到揚州，黃潛善多匿不上聞。高宗還道是金甌無缺，安享太平，且令潛善與伯彥為尚書左右僕射，兼門下中書侍郎。兩人入謝，高宗面諭道：「黃卿作左相，汪卿作右相，何患國事不濟！」彷彿夢境。兩人聽了，好似吃雪的涼，非常爽快。退朝後，毫無謀議，整日裡與嬌妻美妾，飲酒歡談。有時且至寺院中，聽老僧談經說法。蹉跎到建炎三年正月，忽屯兵滑州的王彥入覲高宗，先至汪、黃二相處敘談。甫經見面，即抗聲道：「寇勢日迫，未聞二公調將派兵，莫不是待敵自斃麼？」潛善沉著臉道：「有何禍事？」王彥禁不住冷笑道：「敵酋婁室擾秦、隴，訛里朵陷北京，兀朮下河南，想已早有軍報，近日粘沒喝又破延慶府，前鋒將及徐州（是事前未敘過，特借王彥說明，以省筆墨），二公也有耳目，難道痴聾不成？」伯彥插嘴道：「敵兵入境，全仗汝等守禦，為何只責備宰臣？」王彥道：「兩河義士，常延頸以望王師，我王彥日思北渡，無如各處將士，未必人人如彥，全仗二公輔導皇上，剴切下詔，會師北伐，庶有以

## 第六十五回　招寇侮驚馳御駕　脅禪位激動義師

作軍心，慰士望。今二公寂然不動，皇上因此無聞，從此過去，恐不特中原陸沉，連江南也不能保守呢。」汪、黃二人語塞，唯心下已忿恨得很，待王彥退後，即入奏高宗，說是王彥病狂，請降旨免對。高宗率爾准奏，即免令入覲，只命充御營平寇統領。彥遂稱疾辭官，奉詔致仕。

　　不到數日，粘沒喝已陷徐州，知州事王復一家遇害。韓世忠率師救濮，被粘沒喝回軍截擊，又遭敗衄，走保鹽城。粘沒喝遂取彭城，間道趨淮東，入泗州。高宗才聞警報，亟遣江、淮制置使劉光世，率兵守淮。敵尚未至，兵已先潰。粘沒喝長驅至楚州，守城朱琳出降，復乘勝南進，破天長軍，距揚州只數十里，內侍鄺詢聞警，忙入報高宗道：「寇已來了。」高宗也不及問明，急披甲乘馬，馳出城外。到了瓜州，得小舟渡江，隨行唯王淵、張俊，及內侍康履，並護聖軍卒數人，日暮始至鎮江府。都是汪、黃二相的功勞。黃潛善、汪伯彥尚率同僚，聽浮屠說法，聽罷返食。堂吏大呼道：「御駕已行了。」兩人相顧倉皇，不及會食，忙策馬南馳。隆祐太后及六宮妃嬪，幸有衛士護著，相繼出奔。居民各奪門逃走，互相蹴踏，死亡載道。司農卿黃鍔趨至江上，軍士誤作黃潛善，均戟指痛詈道：「誤國誤民，都出自汝，汝也有今日。」鍔方欲辯白姓名，誰知語未出口，頭已被斷了。同姓竟至受累。

　　時事起倉猝，朝廷儀物，多半委棄，太常少卿季陵亟取九廟神主以行，出城未數里，回望城中，已經煙焰沖天，令人可怖。驚聞後面喊聲大起，恐有金兵追來，急急向前逃竄，竟把那太祖神主，遺失道中。馳至鎮江，時已天明，見車駕又要啟行，探息緣由，才知高宗要奔向杭州了。原來高宗到了鎮江，權宿一宵，翌晨，召群臣商議去留。吏部尚書呂頤浩乞請留蹕，為江北聲援，王淵獨言鎮江止可捍一面，若金人自通州渡江，占據姑蘇，鎮江即不可保，不如錢塘有重江險阻，尚可無虞。你想保全性命，誰

知天不容汝。高宗遂決意趨杭,留中書侍郎朱勝非駐守鎮江。江、淮制置使劉光世充行在五軍制置使,控扼江口。是夕即發鎮江,越四日次平江,又命朱勝非節制平江、秀州軍馬,張浚為副,留王淵守平江。又二日進次崇德,拜呂頤浩為同簽書樞密院事,兼江、淮、兩浙制置使,還屯京口。又命張浚率兵八千守吳江。嗣是一直到杭,就州治為行宮,下詔罪己,求直言,赦死罪以下,放還竄逐諸罪臣,獨李綱不赦。看官不必細問,便可知是汪、黃二人的計畫,想籍此以謝金人。自以為智,實是呆鳥。一面錄用張邦昌家屬,令閤門祗候劉俊民,持邦昌與金人約和書稿,赴金軍議和。專想此策。嗣接呂頤浩奏報,據言:「金人焚掠揚州,今已退去,臣已遣陳彥渡江收復揚州,借慰上意」云云。高宗稍稍放心。

中丞張澄,因劾汪、黃二人,有二十大罪。二人尚聯名具疏,但說是國家艱難,臣等不敢具文求退。高宗方覺二人奸偽,乃罷潛善知江寧府,伯彥知洪州,進朱勝非為尚書右僕射兼中書侍郎,王淵同簽書樞密院事。淵無甚威望,驟遷顯職,人懷不平。苗傅自負世將,劉正彥因招降劇盜,功大賞薄,每懷怨望。至是見王淵入任樞要,更憤恨得了不得,且疑他與內侍康履、藍珪勾通,因得此位。於是兩人密謀,先殺王淵,次殺履、珪。中大夫王世修,亦恨內侍專橫,與苗、劉聯絡一氣,協商既定,俟釁乃動。會召劉光世為殿前指揮使,百官入聽宣制,苗傅以為時機已至,遂與劉正彥定議,令王世修伏兵城北橋下,專待王淵退朝,就好動手。王淵全未知曉,憪憪然進去,又憪憪然出來,甫經乘馬出城,那橋下的伏兵,頓時齊起,一擁上前,將王淵拖落馬下。劉正彥拔劍出鞘,立即砍死。當下與苗傅擁兵入城,直抵行宮門外,梟了淵首,號令行闕,且分頭搜捕內侍,擒斬了百餘人。康履聞變,飛報高宗,高宗嚇得滿身發抖,一些兒沒有擺布。挖苦得很。朱勝非正入直行宮,忙趨至樓上,詰問傅等擅殺罪

## 第六十五回　招寇侮驚馳御駕　脅禪位激動義師

狀。傅抗聲道：「我當面奏皇上。」語未畢，中軍統制吳湛從內開門，引傅等進來。但聽得一片譁聲，統說是要見駕。知杭州康永之，見事起急迫，無法攔阻，只好請高宗御樓慰諭。高宗不得已登樓，傅等望見黃蓋，還是山呼下拜。高宗憑欄問故，想此時尚在抖著。傅厲聲道：「陛下信任中官，賞罰不公，軍士有功，不聞加賞，內侍所主，儘可得官。黃潛善、汪伯彥誤國至此，尚未遠竄，王淵遇賊不戰，首先渡江，結交康履，乃除樞密，臣自陛下即位以來，功多賞薄，共抱不平，現已將王淵斬首，在宮外的中官，亦多誅訖，唯康履等猶在君側，乞縛付臣等，將他正法，聊謝三軍。」跡雖跋扈，語卻爽快。高宗亟語道：「潛善、伯彥已經罷斥，康履等即當重譴，卿等可還營聽命！」傅又道：「天下生靈無罪，乃害得肝腦塗地，這統由中官擅權的緣故。若不斬康履等人，臣等決不還營。」高宗沈吟不決，過了片時，傅等噪聲愈盛，沒奈何命湛執履，縛送樓下。傅手起刀落，將履砍成兩段，臠屍梟首，並懸闕門。高宗仍命他還營，傅等尚是不依，且進言道：「陛下不當即大位，試思淵聖皇帝歸來，將若何處置？」高宗被他一詰，自覺無詞可對，只得命朱勝非縋至樓下，委曲曉諭。並授傅為承宣御營使都統制，劉正彥為副。傅乃請隆祐太后聽政，及遣人赴金議和。高宗准如所請，即下詔請隆祐太后垂簾。傅等聞詔，又複變卦，仍抗議道：「皇太子何妨嗣立，況道君皇帝，已有故事。」得步進步，乃成叛賊。勝非復縋城而上，還白高宗。高宗囁嚅道：「朕當退避，但須得太后手詔，方可舉行。」乃遣門下侍郎顏岐入內，請太后御樓。太后已至，高宗起立檻側，從官請高宗還坐，高宗不禁嗚咽道：「恐朕已無坐處了。」誰叫你信用匪人。太后見危急萬分，乃棄肩輿下樓，出門面諭道：「自道君皇帝誤信奸臣，致釀大禍，並非關今上皇帝事。況今上初無失德，不過為汪、黃兩人所誤，今已竄逐，統制寧有不知麼？」傅答道：「臣等必欲

太后聽政，奉皇子為帝。」太后道：「目今強敵當前，我一婦人，抱三歲兒決事，如何號令天下？且轉召敵人輕侮，此事未便率行。」恰是達理之言。傅等仍固執不從，太后顧勝非道：「今日正須大臣果斷，相公何寂無一言？」應該責備。勝非遽退，還白高宗道：「傅等腹心中有一王鈞甫，適語臣云：『二將忠心有餘，學識不足，』臣請陛下，靜圖將來，目下且權宜禪位。」高宗乃即提筆作詔，禪位皇子旉，請太后訓政。勝非奉詔出宣，傅等乃麾眾退去。

　　皇子旉即日嗣位，太后垂簾決事，尊高宗為睿聖仁孝皇帝，以顯寧寺為睿聖宮，頒詔大赦，改元明受，加苗傅為武當軍節度使，劉正彥為武成軍節度使，分竄內侍藍珪、曾澤等於嶺南諸州。傅遣人追還，一律殺斃，且欲挾太后幼主等轉幸徽、越，賴勝非婉諭禍福，才得罷議。越二日改元，赦書已達平江，留守張浚，祕不宣布。既而得苗傅等所傳檄文，乃召守臣湯東野，及提刑趙哲，共謀討逆，巧值張俊引所部八千人，至平江來會張浚（兩張官名，音同字異，看官不要誤閱），浚與語朝事，涕交下。俊答道：「現有旨，令俊赴秦鳳，只准率三百人，餘眾分屬他將，想此必係叛賊忌俊，偽傳此詔，故特來此，與公一決。」浚即道：「誠如君言，我等已擬興兵問罪了。」俊拜泣道：「這是目前要計，但亦須由公濟以權變，免致驚動乘輿。」浚一再點首，正商議間，忽由江寧傳到一函，由張浚啟閱，乃是呂頤浩來問消息。且言：「禪位一事，必有叛臣脅迫，應共圖入討」等語。這一書，適中張浚心坎，隨即作書答覆，約共起兵，並貽書劉光世，請他率師來會。嗣又恐傅等居中，或生他變，因特遣辯士馮幡，往說苗、劉不如反正。劉正彥乃令幡歸，約浚至杭面商。浚聞呂頤浩已誓師出發，且疏請復辟，遂也令張俊扼吳江上流，一面上復辟書，一面復告正彥，只託言張俊驟回，人情震懼，不可少留泛地，撫慰俊軍。會韓世忠

## 第六十五回　招寇侮驚馳御駕　脅禪位激動義師

自鹽城出海道，將赴行在，既至常熟，為張俊所聞，大喜道：「世忠到來，事無不濟了。」當下轉達張浚，招致世忠。世忠得浚書，用酒酹地，慨然道：「吾誓不與二賊共戴天。」隨即馳赴平江，入見張浚，帶哭帶語道：「今日舉義，世忠願與張浚共當此任，請公無慮！」浚亦淚下道：「得兩君力任艱難，自可無他患了。」遂大犒張俊、韓世忠兩軍，曉以大義，眾皆感憤。世忠因辭別張浚，率兵赴闕，浚戒世忠道：「投鼠忌器，此行不可過急，急轉生變，宜趨秀州據糧道，靜俟各軍到齊，方可偕行。」世忠受命而去。

　　到了秀州，稱疾不行，暗中恰大修戰具，苗傅等聞世忠南來，頗懷疑懼，欲拘他妻子為質。朱勝非忙語傅道：「世忠逗留秀州，還是首鼠兩端，若拘他妻孥，轉恐激成變釁，為今日計，不如令他妻子出迎世忠，好言慰撫，世忠能為公用，平江諸人，都無能為了。」欺之以方，易令叛賊中計。傅喜道：「相公所言甚是。」當即入白太后，封世忠妻梁氏為安國夫人，令往迓世忠。看官道梁氏為何等人物？就是那巾幗英雄，著名南宋的梁紅玉（標明奇女，應用特筆）。紅玉本京口娼家女，具有膽力，能挽弓注射，且通文墨，平素見少年子弟，類多白眼相待。自世忠在延安入伍，從軍南征方臘，還至京口，與紅玉相見，紅玉知非常人，殷勤款待。兩口兒語及戰技，差不多是文君逢司馬，紅拂遇藥師。為紅玉幸，亦為世忠幸。先是紅玉曾夢見黑虎，一同臥著，驚醒後，很自驚異。及既見世忠，覺與夢兆相應。且因世忠尚無妻室，當即以終身相托。世忠也喜得佳耦，竟與聯姻。伉儷相諧，自不消說。未幾生下一子，取名彥直。至高宗即位應天，召世忠為左軍統制，世忠乃挈著妻孥，入備宿衛。嗣復外出禦寇，留妻子居南京。高宗遷揚州，奔杭州，梁氏母子，當然隨帝南行。及受安國夫人的封誥，且命往迓世忠，梁氏巴不得有此一著，匆匆馳入宮中，謝

過太后，即回家攜子，上馬疾驅出城，一日夜，趨至秀州，世忠大喜道：「天賜成功，令我妻子重聚，我更好安心討逆了。」未幾有詔促歸，年號列著明受二字。世忠怒道：「我知有建炎，不知有明受。」遂將來詔撕毀，並把來使斬訖。隨即通報張浚，指日進兵。

　　張浚因遣書苗、劉，聲斥罪狀，傅等得書，且怒且懼，乃遣弟翯、翊及馬柔吉等，率重兵，扼臨平，併除張俊、韓世忠為節度使，獨謫張浚為黃州團練副使，安置郴州。浚等皆不受命，且草起討逆檄文，傳達遠邇，呂頤浩、劉光世亦相繼來會，遂以韓世忠為前軍，張俊為輔，劉光世為游擊，自與呂頤浩總領中軍，浩浩蕩蕩，由平江啟行。途次接太后手詔，命睿聖皇帝處分兵馬重事，張浚同知樞密院事，李邴、鄭毅並同簽書樞密院事。各軍聞命，愈加踴躍，陸續南下。苗、劉聞報，均驚慌失措，朱勝非暗地竊笑道：「這兩凶真無能為。」你也非真大有為。苗、劉情急，只好與勝非熟商。勝非道：「為二公計，速自反正，否則各軍到來，同請復辟，公等將置身何地？」苗傅、劉正彥想了多時，委實沒法，不得已從勝非言，即召李邴、張守等，作百官奏章，及太后詔書，仍請睿聖皇帝復位。傅等且率百官朝睿聖宮，高宗漫言撫慰，苗、劉各用手加額道：「聖天子度量，原不可及呢。」越日，太后下詔還政，朱勝非等迎高宗還行宮，御前殿，朝見百官。太后尚垂簾內坐，有詔復建炎年號，以苗傅為淮西制置使，劉正彥為副，進張浚知樞密院事。又越四日，太后撤簾，詔令張浚、呂頤浩入朝。張、呂等已至秀州，聞知此信，免不得集眾會議，商酌善後事宜，再定行止。正是：

　　復辟雖曾聞詔下，鋤奸非即罷兵時。

　　究竟行止如何，且看下回續表。

## 第六十五回　招寇侮驚馳御駕　脅禪位激動義師

汪、黃佞臣也,而高宗信之。苗、劉逆臣也,而高宗用之。信佞臣適以召外侮,用逆臣適以釀內變,即位未幾,而外侮猝乘,內變又起,當乘馬疾馳之日,登樓慰諭之時,呼吸存亡,間不容髮,高宗曾亦自悔否耶?夫汪、黃無莽、懿之智,劉、苗無操、裕之權。駕馭有方,則四子皆僕隸耳,寧能誤人家國,肇禍蕭牆哉?唯倚佞臣為左右手,而後直臣退,外侮得以乘之。置逆臣於肘腋間,而後忠臣疏,內變得而脅之。假使天已棄宋,則高宗不死於外寇,必死於內訌,東南半壁,蓋早已糜爛矣。觀於此而知高宗之不死,蓋猶有天倖存焉。

# 第六十六回

## 韓世忠力平首逆　金兀朮大舉南侵

## 第六十六回　韓世忠力平首逆　金兀朮大舉南侵

卻說張浚、呂頤浩集眾會議，頤浩仍主張進兵，且語諸將道：「今朝廷雖已復辟，二賊猶握兵居內，事若不濟，必反加我等惡名。漢翟義、唐徐敬業故事，非即前鑑麼？」諸將齊聲道：「公言甚是，我等非入清君側，決不還師。」議既定，復驅軍直進，徑抵臨平。遙見苗翊、馬柔吉等，沿河扼守，負山面水，扎就好幾座營盤，中流密布鹿角，阻住行舟。韓世忠捨舟登陸，跨馬先驅，張俊、劉光世繼進，統是大刀闊斧的殺上前去。翊等見來勢甚猛，麾眾卻退，世忠復捨馬徒步，操戈誓師道：「今日當效死報國，將士如不用命，一概處斬！」於是人人奮勇，個個捨生，霎時間，馳入敵陣，翊引神臂弓，持滿待著，世忠瞋目大呼，萬眾辟易，連箭桿都不及發，相率奔竄。苗翊、馬柔吉禁遏不住，統行反走。各軍乘勝追入北關，苗傅、劉正彥方受賞鐵券，聞勤王兵殺至，急趨入都堂，將鐵券取出，擁精兵二千，夜開湧金門遁去。王世修正擬出奔，劈頭遇見韓世忠，被他一把抓住，牽付獄吏。張浚、呂頤浩並馬入城，即進謁高宗，伏地待罪。高宗問勞再三，且語浚道：「日前居睿聖宮，兩宮隔絕，一日啜羹，忽聞貶卿，不覺覆手。默唸卿若被謫，何人能當此任？」言畢，即解下所佩玉帶，賜給張浚。浚當然拜謝，韓世忠已剿除逆黨，隨即進見，高宗不待行禮，便下座握世忠手，涕泣與語道：「中軍統制吳湛，首先助逆，現尚在朕肘腋間，能替朕捕誅麼？」一逆都不能除，做什麼皇帝！世忠忙稱遵旨，待高宗釋手，即自去尋湛，巧適湛趨過關下，世忠佯與相見，趁勢牽住湛手。湛情急欲遁，怎禁得世忠力大，彼牽此扯，但聽得撲的一聲，吳湛中指已被折斷。湛痛不可耐，縮做一團，當被世忠擒付刑官，與王世修俱斬於市。逆黨王元佐、馬瑗、范仲容、時希孟等，貶謫有差。

高宗擬大加褒賞，朱勝非獨入見道：「臣昔遇變，義當即死，偷生至此，正為今日。現幸聖駕已安，臣情願退職。」高宗道：「朕知卿心，卿無

庸告辭。」勝非一再固辭，高宗道：「卿去，何人可代？」勝非道：「呂頤浩、張浚均可繼任。」高宗又問二人優劣如何？勝非道：「頤浩練事而暴，浚喜事而疏。」照此說來，都不及你。高宗復道：「浚年太少。」勝非道：「臣向被召，軍旅錢穀，都付諸浚，就是今日勤王，也是由浚創議，陛下莫謂浚年少呢。」高宗點首。待勝非退後，乃召呂頤浩為尚書右僕射，免勝非職，李邴為尚書右丞，鄭瑴簽書樞密院事，韓世忠、張浚為御前左右軍都統制，劉光世為御營副使，凡勤王僚屬將佐，各加秩進官，且禁內侍干預朝政，重正三省官名，詔左右僕射，並同中書門下平章事，改中書門下侍郎為參知政事、省尚書左右丞（錄此數語，似無關輕重，但後文除官拜爵，非經此揭出，不足劃清眉目）。

　　張浚等請高宗還蹕，高宗乃自杭州啟行，向江寧出發。臨行時，命韓世忠為浙江制置使，與劉光世追討苗、劉。及到了江寧，改江寧為建康府，暫行駐蹕，立子旉為皇太子，赦傅黨馬柔吉等罪名，許他自新。唯苗傅、劉正彥及傅弟翊、翊不赦。韓世忠既受命追討，即由杭州西進，道出衢信，南下至浦城縣內的魚梁驛，巧與苗傅、劉正彥遇著。世忠徒步直前，仗著一支戈矛，刺入賊壘，把賊眾劃開兩旁。賊眾望見世忠，統咋舌道：「這是韓將軍，我等快逃生罷！」當下左右分竄，轍亂旗靡。劉正彥尚不知死活，仗劍來敵世忠，兩人步戰數合，但聽世忠大喝一聲，已將正彥刺倒。苗翊漣忙趨救，已是不及，眼見正彥被他擒去。世忠見了苗翊，哪裡還肯罷手，乘勢用戈刺去。翊從旁一閃，那腰帶已被世忠牽著，順手一扯，翊已跌入世忠懷中，好似小兒吃奶一般，正好拿下。還有苗瑀，見兄弟被執，舞著大刀，來與世忠搏戰。世忠正欲與他交鋒，忽後面閃出一人道：「主帥少憩！這功勞且讓與末將罷。」道言未絕，已趨至世忠前面，往鬥苗瑀。世忠視之，乃是裨將王德，德與瑀交戰十合，也賣個破綻，將瑀

## 第六十六回　韓世忠力平首逆　金兀朮大舉南侵

擒住；又殺將進去，斫死了馬柔吉。苗傅見不可敵，早已三腳兩步的跑走了去。世忠追趕不上，擇地駐營，復傳檄各州縣，懸賞緝傅。不到數日，果有建陽縣人詹剽，將傅拿獲，解到軍前。世忠依著賞格，給付詹剽，遂把傅等押送行在。兄弟三人，同時正法。高宗親書「忠勇」二字，懸揭旗上，頒賜世忠。敘功從詳，亦無非表彰勳績。

　　天下事禍福相倚，憂喜交乘，首逆方慶駢誅，儲君偏遭夭逝。太子旉尚在保抱，從幸建康，途中免不得受了寒暑，致生瘧疾。偏宮人誤蹴地上金鑼，突然發響，驚動太子，遂致抽搐成痙，越宿而亡。高宗悲憤交加，謚旉為元懿太子，隨命將宮人杖斃，連保母也一併置死。宜乎後來無子。正愴悼間，忽由張浚入宮勸慰，乘便稟白密謀。高宗屏去左右，與浚談了多時，浚方辭出。看官道是何因？原來高宗即位，命懲僭偽，張邦昌等已伏罪，唯都巡檢范瓊，恃有部眾，出駐洪州。苗傅押送行在時，瓊自洪州入朝，乞貸苗傅死罪。高宗不從，把傅正法。瓊復入詰高宗，面色很是倨傲。高宗不禁色沮，只好賣他歡心，權授御營司提舉，暗中卻召張浚密議，囑令設法除奸。浚乃與樞密檢詳文字劉子羽商定祕計，潛命張俊率千人渡江，佯稱備禦他盜，均執械前來。浚即密報高宗，請召張俊、范瓊、劉光世等，同至都堂議事，就此執瓊。高宗遂命浚草詔召入，且預備罪瓊敕書，付浚攜出。浚先傳會議的詔旨，約翌日午前入議。到了次日，張俊、劉子羽先至，浚亦趨入，百官等相繼到來，范瓊恰慢騰騰的至晌午方到，該死的囚徒。都堂中特備午餐，大眾會食已畢，待議政務。忽由劉子羽持出黃紙，趨至瓊前道：「有敕下來，令將軍詣大理寺置對！」瓊驚愕道：「你說什麼？」語未畢，張俊已召衛士進來，將瓊擁挾出門，送至獄中。劉光世又出撫瓊部，略言：「瓊前時居圍城中，甘心附虜，劫二帝北狩，罪跡昭著，現奉御敕誅瓊，不及他人。汝等同受皇家俸祿，並非由瓊

豢養，概不連坐，各應還營待命！」大眾齊聲應諾，投刃而去。瓊下獄具服，即日賜死。子弟俱流嶺南。並有旨令瓊屬舊部，分隸御營各軍（瓊為罪魁，早應伏法，特志之以快人心）。

　　張浚既除了范瓊，又上書言中興要計，當自關、陝為始。關、陝盡失，東南亦不可保，臣願為陛下前驅，肅清關、陝，陛下可與呂頤浩同來武昌，以便相機趨陝云云。高宗點首稱善，遂命浚為川、陝、京、湖宣撫處置使，得便宜黜陟。浚既拜命，即與呂頤浩接洽，剋日啟行。誰料邊警復來，金兀朮大舉南侵，連破磁、單、密諸州，並陷入興仁府城了。高宗又不免驚懼，迭遣二使往金，一是徽猷閣待制洪皓，一是工部尚書崔縱。皓臨行，高宗令齎書貽粘沒喝，願去尊號，用金正朔，比諸藩衛。何甘心忍辱乃爾？及粘沒喝與皓相見，粘沒喝卻脅皓使降，皓不少屈，被流至冷山。崔縱至金請和，並通問二帝，金人傲不為禮。縱以大義相責，且欲將二帝迎還，遂至激怒金人，徙居窮荒。後來縱竟病死，皓至紹興十二年方歸，這且慢表。

　　單說呂頤浩送別張浚，本擬扈蹕至武昌，適聞金兵南來，遂變易前議，謂：「武昌道遠，饋餉難繼，不如留都東南。」滕康、張守等且言：「武昌有十害，決不可往。」高宗乃仍擬都杭，命升杭州為臨安府，先授李邴、滕康二人，權知三省樞密院事，奉隆裕太后往洪州。時東京留守杜充，因糧食將盡，即欲離任南行。岳飛入阻道：「中原土地，尺寸不應棄置，今一舉足，此地恐非我有，他日再欲取還，非勞師數十萬，不易得手了。」充不肯從，竟擅歸行在。高宗並未加罪，反令他入副樞密，失刑若是，何以馭將。另命郭仲荀、程昌寓、上官悟等，相繼代充，徒擁虛名，毫無能力。且復遣京東轉運判官杜時亮及修武郎宋汝為，同赴金都，申請緩兵，並再貽粘沒喝書，書中所陳，無一非哀求語，幾令人不忍寓目。小

## 第六十六回　韓世忠力平首逆　金兀朮大舉南侵

子但錄大略,已知高宗是沒有志節了。書云:

古之有國家而迫於危亡者,不過守與奔而已。今以守則無人,以奔則無地,所以鰓鰓然,唯冀閣下之見哀而已。故前者連奉書,願削去舊號,是天地之間,皆大金之國,而尊無二上,亦何必勞師遠涉而後快哉!聞此書,令人作三日嘔。

看官試想!從前太祖的時候,江南嘗乞請罷兵,太祖不許,且謂臥榻旁不容他人鼾睡,難道高宗不聞祖訓麼?況戎、狄、蠻、夷,唯力是視,有力足以制彼,無力必為彼制,徒欲痛哭虜廷,乞憐再四,他豈肯格外體恤,就此恩宥?這叫做妾婦行為,只可行於床笫,不能行於國際間呢。議論透澈。果然宋使屢次求和,金兵只管南下。起居郎胡寅,見高宗這般畏縮,竟放膽直陳,極言高宗從前的過失,並臚列七策,上請施行!

(一)罷和議而修策略。(二)置行臺以區別緩急之務。(三)務實效,去虛文。(四)大起天下之兵以圖自強。(五)都荊、襄以定根本。(六)選宗室賢才以備任使。(七)存紀綱以立國體。

統計一篇奏牘,約有數千言,直說得淋漓透澈,慷慨激昂。偏高宗不以為然,呂頤浩亦恨他切直,竟將胡寅外謫,免得多言。既而寇警益迫,風鶴驚心,高宗召集文武諸臣,會議駐蹕的地方。張浚、辛企宗請自鄂、岳幸長沙。韓世忠道:「國家已失河北、山東,若又棄江、淮,還有何地可以駐蹕?」呂頤浩道:「近來金人的謀畫,專伺皇上所至,為必爭地,今當且戰且避,奉皇上移就樂土,臣願留常潤死守。」且戰且避,試問將避至何地方為樂土?高宗道:「朕左右不可無相。呂卿應隨朕同行。江、淮一帶,付諸杜卿便了。」遂命杜充兼江、淮宣撫使,留守建康,王瓊為副。又用錯兩人。韓世忠為浙西制置使,守鎮江,劉光世為江東宣撫使,

守太平、池州，皆聽杜充節制，自啟蹕向臨安去了。

　　金兀朮聞高宗趨向臨安，遂大治舟師，將由海道窺浙，一面檄降將劉豫，攻宋南京。豫本宋臣，曾授知濟南府，金將撻懶（一作達齋）陷東平，進攻濟南，豫遣子麟出戰，為敵所圍，幸郡倅張東引兵來援，方將金兵擊退。撻懶招降劉豫，啗以富貴，豫竟舉城降金。撻懶令豫知東平府，豫子麟知濟南府，並令金界舊河以南，悉歸豫統轄，豫甚為得意。及接兀朮檄書，遂進破應天，知府凌唐佐被執，唐佐偽稱降金，由豫仍使為守。唐佐陰欲圖豫，用蠟書奏達朝廷，乞兵為援。不幸事機被洩，竟被豫捕戮境上，連家屬一併遇害。高宗得唐佐蠟書，還想去通好撻懶，令阻劉豫南來。故臣尚不可保，還慾望諸虜帥，真是愚不可及。遂派直龍圖閣張邵，赴撻懶軍，邵至濰州，與撻懶相遇，撻懶令邵拜謁，邵毅然道：「監軍與郡，同為南北使臣，彼此平等，哪有拜禮？況用兵不論強弱，須論曲直，天未厭宋，貴國乃納我叛臣劉豫，裂地分封，還要窮兵不已，若論起理來，何國為直，何國為曲，請監軍自思！」慨當以慷，南宋之不亡，還賴有三數直臣。撻懶語塞，但仗著強橫勢力，將邵押送密州，囚住祚山寨。還有故真定守臣李邈，被金人擄去，軟禁三年，金欲令知滄州，邈不從命。及是，由金主下詔，凡所有留金的宋臣，均易冠服。邈非但不從，反加詆罵。金人摑擊邈口，尚吮血四噴，旋為所害。總不肯漏一忠臣。高宗雖有所聞，心目中都只存著兩個字兒，一個是「和」字，一個是「避」字。先因兀朮有窺浙消息，詔韓世忠出守圌山、福山，並令兵部尚書周望，為兩浙、荊、湖宣撫使，統兵守平江。旋聞兀朮分兩路入寇，一路自滁、和入江東，一路自蘄、黃入江西，他恐隆裕太后在洪州受驚，又命劉光世移屯江州，作為封鎖，自己卻帶著呂頤浩等，竟至臨安。留居七日，寇警愈逼愈緊，復渡錢塘江至越州。你越逃得遠，寇越追得急。

## 第六十六回　韓世忠力平首逆　金兀朮大舉南侵

　　那金兀朮接得探報，知高宗越去越遠，一時飛不到浙東，不如向江西進兵，去逼隆裕太后。當下取壽春，掠光州，復陷黃州，殺死知州趙令峸，長驅過江，直薄江州城下。江州有劉光世移守，整日裡置酒高會，絕不注意兵事。至金兵已經薄城，方才覺著，他竟無心守禦，匆匆忙忙的開了後門，向南康遁去。知州韓相也樂得棄城出走，追步劉光世的後塵。金人入城，劫掠一空，再由大冶趨洪州，滕康、劉珏聞金兵趨至，亟奉太后出城。江西制置使王子獻，也棄城遁去。洪、撫、袁三州，相繼被陷。太后行次吉州，驚聞金兵又復追至，忙僱舟夜行。翌晨至太和縣，舟子景信又起了歹心，劫奪許多貨物，竟爾叛去。都指揮使楊維忠，本受命扈衛太后，部兵不下數千，亦頓時潰變。宮女或駭奔，或被劫，失去約二百名。滕康、劉珏二人也逃得無影無蹤。可憐太后身旁衛卒，不過數十，還算存些良心，保著太后及元懿太子母潘貴妃，自萬安陸行至虔州。也是他兩人命不該死。土豪陳新又率眾圍城，還虧楊維忠部將胡友自外來援，擊退陳新，太后才得少安。

　　金人入破吉州，還屠洪州。轉犯廬州、和州、無為軍。守臣非遁即降，勢如破竹。唯知徐州趙立方率兵三萬，擬趨至行在勤王。杜充獨留他知楚州，道過淮陰，適遇金兵大隊，蜂擁前來。立部下勸還徐州，立奮怒道：「回顧者斬！」遂率眾徑進與金人死鬥，轉戰四十里，得達楚州城下。立兩頰俱中流矢，口不能言，但用手指揮，忍痛不輟。及入城休息，然後拔鏃，金人頗憚他忠勇，不敢進逼，卻改道掠真州，破溧水縣，再從馬家渡過江，攻入太平。杜充職守江、淮，一任金人入寇，並未嘗發兵往援，統制岳飛泣諫不從。至太平失守，與建康相去不遠，乃遣副使王瓊，都統制陳淬，與岳飛等截擊金人。甫經交綏，瓊軍先遁，陳淬、岳飛相繼突入敵壘，淬竟戰死，獨岳飛挺槍躍馬，奮力衝突，金人不敢近身，只好

聽他馳驟。無如各軍已經敗潰，單靠岳飛一軍，究恐眾寡不敵，沒奈何麾眾殺出，擇險立營，為自保計（寫岳飛不肯下一直筆）。杜充聞諸軍敗潰，竟棄了建康，逃往真州。諸將怨充苛刻，擬乘機害充，充聞知消息，不敢還營，獨寓居長蘆寺。會接金兀朮來書，勸他降順，且言：「當封以中原，如張邦昌故事。」充大喜過望，遂潛還建康。巧值兀朮馳至城下，即與守臣陳邦光，戶部尚書李梲，開城迎降，拜謁道旁。兀朮既入城，官屬皆降，唯通判楊邦乂用指血大書襟上，有「寧作趙氏鬼，不為他邦臣」十字。金兵牽他至兀朮前，兀朮見他血書，心下恰是敬佩，唯婉言勸使歸降，不失官位。邦又大罵求死，兀朮不得已，將他殺害，事後尚嘉嘆不置。殺身成仁，也足愖強虜之膽。

　　高宗往還杭、越。忽擬親征，忽思他去。至聞杜充降金，不禁魂飛天外，忙召呂頤浩入議道：「奈何奈何？」頤浩道：「萬不得已，莫如航海。敵善乘馬，不慣乘舟，俟他退去，再還兩浙。彼出我入，彼入我出，也是兵家的奇計呢。」這還稱是奇計，果將誰欺？高宗即東奔明州。兀朮乘勝南驅，自建康趨廣德，發守臣周烈，馳越獨松關，見關內外並無一人，遂笑語部眾道：「南朝但用羸兵數百，扼守此關，我等即不能遽度了。」當下直抵臨安，寺臣康允之遁去。錢塘縣令朱蹕自盡。兀朮安心入城，即遣阿里蒲盧渾率兵渡浙，往追高宗。那時高宗無可抵敵，真個是要航海了。小子有詩嘆道：

　　未能戰守漫言和，大敵南來競棄戈。
　　不是廟謨輸一著，乘輿寧至涉洪波。

　　欲知高宗航海情形，且至下回再閱。

　　苗、劉之平，雖尚易事，然非韓世忠之奮往直前，則前此未必即能驅

## 第六十六回　韓世忠力平首逆　金兀朮大舉南侵

逆，後此亦未必即能擒渠。高宗既已知其忠勇，則鎮守江、淮之舉，曷不付諸世忠，而乃囑諸擅離東京，未戰先逃之杜充，果奚為者？況令韓世忠、劉光世諸人，均受杜充節制，置庸駑於天閒之內，良驥固未肯屈服，即老馬亦豈肯低首乎？彼江、淮諸將之聞風而逃，安知不怨高宗之未知任帥，而預為解體也！若夫呂頤浩、張浚同入勤王，頤浩之心術膽量，不逮張浚遠甚，而高宗又專相之。武昌之巡幸未成，而奔杭，而奔越，而奔明州，甚且以航海之說進，亦思我能往，寇亦能往，豈一經入海，便得為安樂窩乎？以頤浩為相，以杜充為將，此高宗之所以再三播越也。

# 第六十七回

巾幗英雄桴鼓助戰　鬚眉豪氣舞劍吟詞

## 第六十七回　巾幗英雄桴鼓助戰　鬚眉豪氣舞劍吟詞

　　卻說高宗聞金兵追至，亟乘樓船入海，留參知政事范宗尹，及御史中丞趙鼎，居守明州。適值張俊自越州到來，亦奉命為明州留守，且親付手札，內有「捍敵成功，當加王爵」等語。呂頤浩奏令從官以下，行止聽便。高宗道：「士大夫當知義理，豈可不扈朕同行？否則朕所到處，幾與盜寇相似了。」於是郎官以下，多半從衛。還有嬪御吳氏，亦戎服隨行。吳氏籍隸開封，父名近，嘗夢至一亭，匾額上有侍康二字，兩旁遍植芍藥，獨放一花，妍麗可愛，醒後未解何兆。至吳女生年十四，秀外慧中，高宗在康邸時，選充下陳，頗加愛寵。吳近亦得任官武翼郎，才識侍康的夢兆，確有徵驗。及高宗奔波江、浙，唯吳氏不離左右，居然介冑而馳，而且知書識字，過目不忘，好算是一個才貌雙全的淑女。至是隨高宗航海，先至定海縣，繼至昌國縣，途次有白魚入舟，吳氏指魚稱賀道：「這是周人白魚的祥瑞呢。」高宗大悅，面封吳氏為和義郡夫人。無非喜諛，但宮女中有此雅人，卻也難得（百忙中插敘此文，為後文立后張本）。未幾已是殘臘，接到越州被陷消息，不敢登陸，只好移避溫、臺，悶坐在舟中過年。到了建炎四年正月，復得張俊捷報，才敢移舟攏岸，暫泊臺州境內的章安鎮。過了十餘日，忽聞明州又被攻陷，急得高宗非常驚慌，連忙令水手啟椗，直向煙波浩渺間，飛逃去了。果得安樂否？

　　小子敘到此處，不得不將越州、明州陷沒情形，略略表明。自金將阿里蒲蘆渾帶領精騎，南追高宗，行至越州。宣撫使郭仲荀奔溫州，知府李鄴出降。蒲蘆渾留偏將琶八守城，自率兵再進。琶八送師出行，將要回城，忽有一大石飛來，與頭顱相距尺許。他急忙躲閃，倖免擊中。當下喝令軍士，拿住刺客。那刺客大聲呼道：「我大宋衛士唐琦也。如聞其聲。恨不能擊碎爾首，我今死，仍得為趙氏鬼。」琶八嘆道：「使人人似彼，趙氏何致如此？」嗣又問道：「李鄴為帥，尚舉城迎降，汝為何人，敢下

毒手？」琦厲聲道：「鄴為臣不忠，應碎屍萬段。」說至此，見鄴在旁，便怒目視鄴道：「我月受石米，不肯悖主，汝享國厚恩，甘心隆虜，尚算得是人類麼？」芭八令牽出斬首。琦至死，尚罵不絕口，不沒唐琦。這且按下。唯阿里蒲蘆渾既離越州，渡曹娥江，至明州西門，張俊使統制劉保出戰，敗還城中。再遣統制楊沂中，及知州劉洪道，水陸並擊，眾殊死戰，殺死金人數千名。是日正當除夕，沂中等既殺退敵兵，方入城會飲，聊賞殘年。翌日為元旦，西風大作，金兵又來攻城，仍不能下。次日，益兵猛撲，張俊、劉洪道登城督守，且遣兵掩擊，殺傷大半，餘兵敗竄餘姚，遣人向兀朮乞師。越四日，兀朮兵繼至，仍由阿里蒲蘆渾督率進攻。張俊竟膽怯起來，出城趨臺州，劉洪道亦遁，城中無主，當然被金兵攻入，大肆屠掠。又乘勝進破昌國縣，聞高宗在章安鎮，亟用舟師力追。行至三百餘里，未見高宗蹤跡，偏來了大舶數艘，趁著上風，來擊金兵。金兵舟小力弱，眼見得不能取勝，只好回舟逃逸，倒被那大舶中的宋軍，痛擊了一陣。看官欲問那舶中主帥，乃是提領海舟張公裕。公裕既擊退金兵，返報高宗，高宗始回泊溫州港口。

　　翰林學士汪藻，以諸將無功，請先斬王𤪺，以作士氣，此外量罪加貶，令他將功贖罪，高宗不從。幸兀朮已經飽欲，引兵還臨安，復縱火焚掠，將所有金帛財物，裝載了數百車，取道秀州，經過平江。留守周望奔入太湖，知府湯東野亦遁，兀朮大掠而去，徑趨常州、鎮江府。巧值浙西制置使韓世忠，在鎮江候著，專截兀朮歸路。兀朮見江上布滿戰船，料知不便徑渡，遂遣使至世忠處通問，且約戰期。世忠批准來書，即於明日決戰。是時梁夫人也在軍中，聞決戰有期，向世忠獻計道：「我兵不過八千人，敵兵卻不下十萬，若與他認真交戰，就是以一當十，也恐抵敵不住，妾身卻有一法，未知將軍肯見用否？」世忠道：「夫人如有妙計，如何不

## 第六十七回　巾幗英雄枹鼓助戰　鬚眉豪氣舞劍吟詞

從？」梁夫人道：「來朝交戰時，由妾管領中軍，專任守禦，只用炮弩等射住敵人，不與交鋒，將軍可領前後二隊，四面截殺，敵往東可向東截住，敵往西可向西截住，但看中軍旗鼓為號，妾願在樓櫓上面，豎旗擊鼓，將軍視旗所向，聞鼓進兵，若得就此掃蕩敵兵，免得他再窺江南了。」寫梁夫人。世忠道：「此計甚妙，但我也有一計在此。此間形勢，無過金山，山上有龍王廟，想兀朮必登山俯望，窺我虛實。我今日即遣將埋伏，如兀朮果中我計，便可將他擒來，不怕金兵不敗。」寫韓世忠。梁夫人喜道：「何不急行！」世忠遂召偏將蘇德，令帶了健卒二百名，登龍王廟，百人伏廟中，百人伏廟下岸側。俟聞江中鼓聲，岸兵先入，廟兵繼出，見敵即擒，不得有誤。蘇德領命去訖。世忠便親登船樓，置鼓坐旁，眼睜睜的望著山上，不消數時，果見有五騎登山，馳入廟中。他急用力擂鼓，聲應山谷。廟中伏兵先行殺出，敵騎忙即返馳，岸兵稍遲了一步，不及兜頭攔截，只好與廟兵一同追趕。五騎中僅獲二騎，餘三騎飛馬奔逃。一騎急奔被蹶，墜而復起，竟得逃脫。世忠望將過去，見此人穿著紅袍，繫著玉帶，料知定是兀朮，唯見他脫身而去，不禁長嘆道：「可惜可惜！」至蘇德將二騎牽來，果然是兀朮逃竄，愈覺嘆惜不止，唯婉責蘇德數語，便即罷事。

　　是夕，即依著梁夫人計議，安排停當，專待廝殺。詰朝由梁夫人統領中軍，自坐樓櫓，準備擊鼓。但見她頭戴雉尾，足踏蠻靴，滿身裹著金甲，好似出塞的昭君，投梭的龍女。煞是好看。兀朮領兵殺至，遙望中軍樓船，坐著一位女釵裙，也不知她是何等人物，已先驚詫得很。輾轉一想，管不得什麼好歹，且先殺將過去，再作計較。當下傳令攻擊，專從中軍殺入。哪知梆聲一響，萬道強弩，注射出來，又有轟天大砲，接連發聲，數十百斤的巨石，似飛而至，觸著處不是斃人，就是碎船，任你如何強兵銳卒，一些兒都用不著。兀朮忙下令轉船，從斜刺裡東走，又聽得鼓

聲大震，一彪水師突出中流，為首一員統帥，不是別人，正是威風凜凜的韓世忠。兀朮令他艦敵著，自己又轉舵西向，擬從西路過江，偏偏到了西邊，復有一員大將，領兵攔住，仔細一瞧，仍是那位韓元帥。用筆神妙。兀朮暗想道：「我今日見鬼了。那邊已派兵敵住了他，為何此處他又到來？」正在凝思的時候，旁邊閃出一人，大呼殺敵，仗著膽躍上船頭，去與世忠對仗。兀朮瞧著，乃是愛婿龍虎大王，忙欲叫他轉來，已是兩不相問，霎時間對面敵兵，統用長矛刺擊，帶戳帶鉤，把這位龍虎大王鉤下水去。兀朮急呼水手撈救，水手尚未泗江，那邊的水卒早已跳下水中，擒住龍虎大王，登船報功去了。兀朮又驚又憤，自欲督兵突路，哪禁得敵矛齊集，部眾紛紛落水，眼見得無隙可鑽，只好麾眾退去。

　　韓世忠追殺數里，聽鼓聲已經中止，才行收軍。返至樓船，見梁夫人已經下樓，不禁與她握手道：「夫人辛苦了！」梁夫人道：「為國忘勞，有什麼辛苦！唯有無敵酋拿住？」世忠道：「拿住一個。」夫人道：「將軍快去發落，妾身略去休息，恐兀朮復來，再要動兵。」有備無患，的是行軍要訣。言畢，自去船後。世忠即命將龍虎大王牽到，問了數語，知是兀朮愛婿，便將他一刀兩段，結果性命。只難為兀朮愛女。此外檢查軍士，沒甚死亡，不過傷了數名，統令他安心調治。忽有兀朮遣使致書，情願盡歸所掠，放他一條歸路。世忠不許，叱退來使。來使臨行時，又請添送名馬，世忠仍不許，來使只好自去。兀朮因世忠不肯假道，遂自鎮江泝流而上，世忠也趕緊開船。金兵沿南岸，宋軍沿北岸，夾江相對，一些兒不肯放鬆。就是夜間亦這般對駛，擊柝聲互相應和。到了黎明，金兵已入黃天蕩。這黃天蕩，是個斷港，只有進路，並無出路。兀朮不知路徑，掠得兩三個漁父，問明原委，才覺叫苦不迭，再四躊躇，只有懸賞求計。俗語說得好：「重賞之下，必有勇夫」，就是得一謀士，也藉千金招致。當下果然

## 第六十七回　巾幗英雄枹鼓助戰　鬚眉豪氣舞劍吟詞

有一土人獻策道：「此間望北十餘里，有老鸛河故道，不過日久淤塞，因此不通。若發兵開掘，便好通道秦、淮了。」此人貪金助虜，亦屬可恨。兀朮大喜，立畀千金，即令兵士往鑿。兵士都想逃命，一齊動手，即夕成渠，長約三十餘里，遂移船趨建康。薄暮到了牛頭山，忽然鼓角齊鳴，一彪軍攔住去路，兀朮還道是留駐的金兵，前來相接，因即拍馬當先，自去探望。遙見前面列著黑衣軍，又當天色蒼茫，辨不出是金軍，是宋軍，正遲疑間，突有鐵甲銀鍪的大將，挺槍躍馬，帶著百騎，如旋風般殺來。兀朮忙回入陣中，大呼道：「來將是宋人，須小心對敵。」部眾亟持械迎鬥，那大將已馳突入陣，憑著一桿丈八金槍，盤旋飛舞，幾似神出鬼沒，無人可當。金人被刺死無數，並因日色愈昏，弄得自相攻擊，伏屍滿途。兀朮忙策馬返奔，一口氣跑至新城，才敢轉身回顧，見逃來的統是本部敗兵，後面卻沒有宋軍追著，心下稍稍寬慰，便問部眾道：「來將是什麼人？有這等厲害！」有一卒脫口應道：「就是岳爺爺。」兀朮道：「莫非就是岳飛嗎？果然名不虛傳。」（從金人口中，敘出岳飛，力避常套。）是晚在新城紮營，命邏卒留心防守。兀朮也不敢安寢，待到夜靜更闌，方覺矇矓欲睡，夢中聞小校急報道：「岳家軍來了！」當即霍然躍起，披甲上馬，棄營急走。金兵也跟著奔潰。怎奈岳家軍力追不捨，慢一步的，都做了刀下鬼，唯腳生得長，腿跑得快，還算僥倖脫網，隨兀朮逃至龍灣。兀朮見岳軍已返，檢點兵士，十成中已傷亡三五成，忍不住長嘆道：「我軍在建康時，只防這岳飛截我後路，所以令偏將王權等，留駐廣德境內，倚作後援，難道王權等已經失敗麼？現在此路不得過去，如何是好？」將士等進言道：「我等不如回趨黃天蕩，再向原路渡江，想韓世忠疑我已去，不至照前預備哩。」兀朮沈吟半晌，方道：「除了此策，也沒有他法了。」遂自龍灣乘舟，再至黃天蕩。

小子須補敘數語，表明岳飛行蹤。岳飛自兀朮南行，曾令部軍在後追躡，行至廣德境內，可巧遇著金將王權，兩下交戰數次，王權哪裡敵得過岳飛，活活的被他拿去。還有首領四十餘，一併受擒。岳飛將王權斬首，餘眾殺了一半，留了一半；復縱火毀盡敵營，進軍鍾村，本思南下勤王，只因軍無現糧，不便遠涉，且料得兀朮不能持久，得了輜重，總要退歸原路，於是移駐牛頭山，專等兀朮回來，殺他一場爽快。至兀朮既經受創，仍逼還黃天蕩，又想江中有韓世忠守著，自己又帶著陸師，未合水戰，不如回攻建康，俟建康收復，再截兀朮未遲，於是自引兵向建康去了（是承上起下之筆，萬不可少）。

　　且說兀朮回走黃天蕩，只望韓世忠已經解嚴，好教他渡江北歸，好容易駛了數里，將出濜口，不意口外仍泊著一字兒戰船，旗纛上面，統是斗大的韓字，又忍不住叫起苦來。將士等恰都切齒道：「殿下不要過憂，我等拚命殺去，總可獲殿下過江，難道他們都不怕死嗎？」兀朮道：「但願如此，尚可生還，今且休息一宵，養足銳氣，明日併力殺出便了。」是夕兩軍相持不動，到了翌晨，金兵飽食一餐，便磨拳擦掌，鼓譟而出。那口外的戰船，果被衝開，分作兩道。金兵乘勢駛去，不料駛了一程，各戰船忽自繞漩渦，一艘一艘的沉向江底去了。怪極。看官道是何故？原來世忠知兀朮此來，必拚命爭道，他卻預備鐵縆，貫著大鉤，分授舟中壯士，但俟敵舟衝出，便用鐵鉤搭住敵舟，每一牽動，舟便沉下。金兵怎知此計，就是溺死以後，魂入水晶宮，還不曉得是若何致死。兀朮見前船被沉，急命後船退回，還得保全了好幾十艘，但心中已焦急的了不得，只好請韓元帥答話。世忠即登樓與語，兀朮哀求假道，誓不再犯。也有此日。世忠朗聲道：「還我兩宮，復我疆土，我當寬汝一線，令汝逃生。」兀朮語塞，轉舵退去。

　　會聞金將孛堇太一（一譯作貝勒搭葉）由撻懶遣來，率兵駐紮江北，

## 第六十七回　巾幗英雄桴鼓助戰　鬚眉豪氣舞劍吟詞

援應兀朮，兀朮遙見金幟，膽稍放壯，再求與韓元帥會敘。兩下答話時，兀朮仍請假道，世忠當然不從。兀朮道：「韓將軍你不要太輕視我！我總要設法渡江。他日整軍再來，當滅盡你宋室人民。」世忠不答，就從背後拈弓注矢欲射，畢竟兀朮乖巧，返入船內，連忙返棹。世忠一箭射去，只中著船篷罷了。兀朮退至黃天蕩，與諸將語道：「我看敵船甚大，恰來往如飛，差不多似使馬一般，奈何奈何？」諸將道：「前日鑿通老鸛河，是從懸賞得來，殿下何不再用此法？」兀朮道：「說得甚是。」遂又懸賞購募，求計破韓世忠。適有閩人王姓，登舟獻策，謂「應舟中載土，上鋪平板，並就船板鑿穴，當作划槳，俟風息乃出。海舟無風不能動，可用火箭射他箬篷，當不攻自破了。」又是一個漢奸。兀朮大喜，依計而行。韓世忠恰未曾預防，反與梁夫人坐船賞月，酌酒談心。兩下裡飲了數巡，梁夫人忽顰眉嘆道：「將軍不可因一時小勝，忘了大敵，我想兀朮是著名敵帥，倘若被他逃去，必來復仇，將軍未得成功，反致縱敵，豈不是轉功為罪麼？」世忠搖首道：「夫人也太多心了。兀朮已入死地，還有什麼生理，待他糧盡道窮，管教他授首與我哩。」梁夫人道：「江南、江北統是金營，將軍總應小心。」一再戒慎，是金玉良言。世忠道：「江北的金兵，乃是陸師，不能入江，有何可慮？」言訖乘著三分酒興，拔劍起舞，將軍有驕色了。口吟滿江紅一闋，詞曰：

萬里長江，淘不盡，壯懷秋色。漫說道，秦宮漢帳，瑤臺銀闕。長劍倚天氛霧外，寶光掛日煙塵側。向星辰拍袖整乾坤，消息歇。

龍虎嘯，風江泣，千古恨，憑誰說？對山河耿耿，淚沾襟血。汴水夜吹羌管笛，鸞輿步老遼陽幄。把唾壺敲碎，問蟾蜍，圓何缺？（此詞曾載《說岳全傳》。他書亦間或錄及，語語沈雄，確是好詞，因不忍割愛，故亦錄之。）

吟罷，梁夫人見他已饒酒興，即請返寢，自語諸將道：「今夜月明如畫，想敵虜不敢來犯，但寧可謹慎為是。汝等應多備小舟，徹夜巡邏，以防不測。」諸將聽命。梁夫人乃自還寢處去了。誰料金兵一方面已用了閩人計，安排妥當，由兀朮刑牲祭天，竟乘著參橫月落，浪息風平的時候，驅眾殺來。

　　正是：

瞬息軍機生鉅變，由來敗事出驕情。

　　畢竟勝負如何，且至下回續敘。

　　余少時閱《說岳全傳》，嘗喜其敘事之熱鬧。及長，得覽《宋史》，乃知《岳傳》中所載諸事，多半出諸臆造，並無確據，然猶謂小說性質，本與正史不同，非意外渲染，固不足醒閱者之目。迨閱及是編，載韓世忠、夫人與金兀朮交戰黃天蕩事，與《說岳傳》中相類。第彼則猶有增飾之詞，此則全從正史演出，而筆力之矯悍，獨出《說岳全傳》之上。乃知編著小說，不在偽飾，但能靠著一支筆力，縱橫鼓舞，即實事亦固具大觀也。人亦何苦為憑空架飾之小說，以愚人耳目乎？

第六十七回　巾幗英雄桴鼓助戰　鬚眉豪氣舞劍吟詞

# 第六十八回

## 趙立中炮失楚州　劉豫降虜稱齊帝

## 第六十八回　趙立中炮失楚州　劉豫降虜稱齊帝

　　卻說金兀朮驅眾殺出，時已天曉，韓世忠夫婦，早已起來，忙即戎裝披掛，準備迎敵。世忠已輕視兀朮，不甚注意，唯飭令各舟將士，照常截擊，看那敵舟往來，卻比前輕捷，才覺有些驚異。驀聞一聲胡哨，敵舟裡面，都跳出弓弩手，更迭注射。正想用盾遮蔽，怎奈射來的都是火箭，所有篷帆上面，一被射中，即嗶嗶剝剝的燃燒起來。此時防不勝防，救不勝救，更兼江上無風，各舟都不能行動，坐見得煙焰蔽天，欲逃無路。智者千慮，必有一失。虧得巡江各小舟，統已艤集，梁夫人忙語世忠道：「事急了，快下小船退走罷！」世忠也無法可施，只好依著妻言，跳下小舟，梁夫人亦柳腰一扭，竄入小舟中央，百忙中尚用風韻語。又有幾十個親兵，陸續跳下，你划槳，我鼓棹，向鎮江逃去。其餘將弁以下，有燒死的，有溺斃的，只有一小半得駕小舟，倉皇走脫。兀朮得了勝仗，自然安安穩穩的渡江北去。雖是人謀，恰寓天意。唯世忠奔至鎮江，懊悵欲絕，等到敗卒逃回，又知戰死了兩員副將，一是孫世詢，一是嚴允。看官你想！世忠到了此際，能不恨上加恨，悶上加悶麼？還是梁夫人從旁勸慰道：「事已如此，追悔也無及了。」世忠道：「連日接奉諭札，備極褒獎，此次驟然失敗，教我如何復奏？」梁夫人道：「妾身得受封安國時，曾入謝太后，見太后仁慈得很，對著妾身，已加寵眷，後來苗賊亂平，妾隨將軍同至建康，亦入謁數次，極蒙褒寵。現聞皇上已還越州，且向虔州迎還太后，妾當陳一密奏，形式上似彈劾將軍，實際上卻求免將軍，想太后顧念前功，當輔語皇上，豁免新罪哩。」（此為高宗及太后俱還越州，特借梁氏口中敘過。且稗乘中曾稱梁氏劾奏世忠，夫婦間寧有互劾之理，得此數語，方為情理兼到。）世忠道：「這卻甚好，但我亦須上章自劾哩。」當下命文牘員草了兩奏，由夫婦親加校正，遂錄好加封，遣使齎去。過了數天，即有欽使奉詔到來，詔中謂：「世忠僅八千人，拒金兵十萬眾，相持

至四十八日,數勝一敗,不足為罪。特拜檢校少保,兼武成感德詔節度使,以示勸勉」云云。世忠拜受詔命,即送使南歸,夫婦同一歡慰,不必細表。

且說金兀朮渡江北行,趨向建康,還道建康由金兵守住,徐徐的到了靜安鎮。甫到鎮上,遙見有旗幟飄揚,中書岳字,他不覺大驚,亟令退兵。兵未退盡,後面已連珠炮響,岳飛領大隊殺到,嚇得兀朮策馬飛奔,馳過宣化鎮,望六合縣遁去。到了六合,收集殘兵,又失去了許多輜重,及許多士卒,當下頓足嘆道:「前日遇著岳飛,被他殺敗,今日又遇著他,莫非建康已失去不成?」言甫畢,即接得撻懶軍報,說是:「建康被岳飛奪去,所有前時守兵,幸由孛堇太一救回。現我軍圍攻楚州,請乘便夾擊」等語(了過孛堇太一及建康事,簡而不漏)。兀朮想了一會,又問來人道:「楚州城果容易攻入否?」來人道:「楚州城不甚堅固,唯守將趙立很是能耐,所以屢攻不下。」兀朮道:「我現在急欲北歸,運還輜重,趙立欲許我假道,我也沒工夫擊他,否則就往去夾攻便了。」遂備了一角文書,遣使至楚州投遞,問他假道。待了三日,未見回來,還是撻懶著人走報,方聞去使已被斬訖,梟示城頭(統用簡文敘過)。兀朮不禁大怒道:「什麼趙立?敢斬我使人?此仇不可不報!」隨即遣還撻懶來使,並與語道:「欲破楚州,須先截他的糧道,我願擔當此任。城內無糧,不戰自潰,請轉告汝主帥便了。」來使領命自去。兀朮遂設南北兩屯,專截楚州餉道。楚州既被撻懶圍攻,又由兀朮截餉,當然危急萬分,任你守將趙立如何堅忍,也有些支持不住,不得不向行在告急。時御史中丞趙鼎,正與呂頤浩作死對頭,屢劾頤浩專權自恣,頤浩亦言鼎阻撓國政。詔改任鼎為翰林學士,鼎不拜,復改吏部尚書,又不拜,且極論頤浩過失至數千言。頤浩因求去,有詔罷頤浩為鎮南軍節度使,兼醴泉觀使,仍命鼎為中丞。尋又令

## 第六十八回　趙立中炮失楚州　劉豫降虜稱齊帝

鼎簽書樞密院事。鼎得趙立急報，擬遣張俊往援。俊與頤浩友善，不願受鼎派遣，遂固辭不行。乃改派劉光世，調集淮南諸鎮，往援楚州。看官閱過上文，應亦曉得劉光世的人品，他本不足勝方面的重任，除因人成事外，毫無能力。品評確當。部將如王德、酈瓊等皆不服命，就使奉命赴援，也未必足恃，況又聞得張俊不行，樂得看人模樣，逍遙江西。任用這等將軍，如何規復中原？高宗迭次下札，催促就道，他卻一味逗留，始終不進。那時楚州日圍日急，趙立尚晝夜防守，未嘗灰心。撻懶料他援絕糧窮，再四猛攻，立撤城內沿牆廢屋，掘一深坎，燃起火來，城上廣募壯士，令持長矛待著，每遇金人緣梯登城，即飭用矛鉤入，投擲火中，金人卻死了無數。撻懶又選死士穴城而入，亦被縛住，一一梟首。惹得撻懶性起，誓破此城，遂命兵士運到飛炮，向城轟擊。立隨缺隨補，仍然無隙可乘。又相持了數日，立聞東城炮聲隆隆，亟上登磴道，督兵防守，不意一石飛來，不偏不倚，正中立首。立血流滿面，尚是站著，左右忙去救他，立慨然道：「我已傷重，終不能為國殄賊了。」言訖而逝，唯身仍未倒。不愧其名。經左右舁下城中，與他殮葬。金兵疑立詐死，尚不敢登城，守兵亦感立忠勇，仍然照舊守禦。又越十日，糧食已盡，城始被陷。趙立，徐州人，性強毅，素不知書，忠義出自天性。恨金人切骨，所俘金人，立刻處死，未嘗獻馘計功。及死事後，為高宗所聞，追贈奉國節度使，賜諡忠烈。

　　岳飛方引兵赴援，至泰州，聞楚州已陷，不得已還軍。金兀朮聞楚州得手，北路已通，便整裝欲歸。忽聞京、湖、川、陝宣撫使張浚，自同州、鄜延出兵，將襲擊中途。因又變了歸計，擬轉趨陝西，為先發制人的計策。兀朮固是能軍。可巧金主亦有命令，調他入陝，遂自六合引兵西行。到了陝西，與婁室相會（回應六十五回）。婁室談及攻下各城，多被

張浚派兵奪去，心實不甘，所以請命主子，邀一臂助。兀朮道：「張浚也這般厲害嗎？待我軍與決一戰，再作區處。」原來張浚自建康啟行，直抵興元，適當金婁室攻陷鄜延及永興軍，關隴大震。浚招攬豪俊，修繕城湟，用劉子羽為參議，趙開為隨軍轉運使，曲端為都統制，吳璘、吳玠為副將，整軍防敵，日有起色。既而婁室攻陝州，知州李彥仙向浚求救。浚遣曲端往援，端不奉命，彥仙日戰金兵，卒因援師不至，城陷自殺。婁室入關攻環慶，吳玠迎擊得勝，且約端援應，端又不往。玠再戰敗績，退還興元，極言端失。浚本欲倚端自重，至是始疑端不忠；及聞兀朮入寇江、淮，意欲治軍入衛，偏端又從中作梗，但諉稱西北兵士，不習水戰。浚乃因疑生怒，罷端兵柄，再貶為海州團練副使，安置萬安軍，端實不端，加貶已遲。自督兵至房州，指日南下。一面遣趙哲復鄜州，吳玠復永興軍，復移檄被陷各州縣，勸令反正。各州縣頗多響應，再歸宋有。

　　至兀朮北歸，浚自還關、陝，調合五路大軍，分道出同州、鄜延，東拒婁室，南擊兀朮（是段補接六十六回中語）。兀朮因此赴陝，會婁室軍相偕西進。浚亟召集熙河經略劉錫，秦鳳經略孫偓，涇原經略劉錡，環慶經略趙哲，並及統制吳玠，合五路大兵，共四十萬人，馬七萬匹，與金兵決一大戰。當令劉錫為統帥，先驅出發，自率各軍為後應。統制王彥入諫道：「陝西兵將，不相聯絡，未便合作一氣，倘或並出，一有挫失，五路俱殆，不若令各路分屯要害，待敵入境，檄令來援，萬一不捷，尚未為大失哩。」浚未以為然。劉子羽又力言未可，浚慨然道：「我豈不知此理？但東南事尚在危急，不得已而出此。若此處擊退狡虜，將來西顧無憂，東南可專力禦寇了。」志固可嘉，勢卻不合。吳玠、郭浩又皆入諫，浚仍然不從，遂麾軍啟行。前隊進次富平，劉錫會集諸將，共議出戰方法。吳玠道：「兵以利動，此間一帶平原，容易為敵所乘，恐有害無利，應先據高

## 第六十八回　趙立中炮失楚州　劉豫降虜稱齊帝

阜，憑險為營，方保萬全。」各將多目為迂論，齊聲道：「我眾彼寡，又前阻葦澤，縱有鐵騎前來，也無從馳騁，何必轉徙高阜哩！」劉錫因眾議不同，亦未能定奪。諸將各是其是，統帥又胸無定見，安得不敗？偏婁室引兵驟至，部下皆輿柴囊土，搬投澤中，霎時間泥淖俱滿，與平地相似。胡馬縱轡而過，進逼宋將各營，兀朮也率眾趨到，與婁室為左右翼，列陣待戰。劉錫見敵已逼近，當命開營接仗。吳玠、劉錡等敵左，孫偓、趙哲等敵右，左翼為兀朮軍，經劉錡、吳玠兩人，身先士卒，鼓勇馳突，前披後靡。兀朮部眾，雖經過百戰，也不免少怯，漸漸退後，兀朮也捏了一把冷汗。唯婁室領著右翼，與孫偓、趙哲兩軍廝殺，孫偓尚親自指揮，不少退縮，偏趙哲膽小如鼠，躲在軍後，適被婁室看出破綻，竟領鐵騎直奔趙哲軍，哲慌忙馳去，部眾隨奔，孫軍也被牽動，不能支持，頓時俱潰。劉錡、吳玠兩軍，望見右邊塵起，已是驚心，怎禁得婁室殺敗孫、趙，又來援應兀朮。併力攻擊，於是劉錡、吳玠亦招抵不上，紛紛敗北。統帥劉錫見四路俱敗，還有何心戀戰，當然的退走了。一發牽動全域性，故師克在和，不在眾。

　　張浚駐節邠州，專聽消息，忽見敗兵陸續逃回，料知邠州亦立足不住，只好退保秦州，及會見劉錫，痛加責備。劉錫歸罪趙哲，乃召哲到來，數罪正法，並將錫謫竄，安置合州，飭劉錡等各還本鎮，上書行在，自請待罪。旋接高宗手詔，尚多慰勉語，浚益加憤激。怎奈各軍新敗，寇焰日張，涇原諸州軍，多被金兵攻陷，還有叛將慕洧，導金兵入環慶路，破德順軍，浚自顧手下，只有親兵一二千人，哪裡還好再戰？且警耗日至，連秦州也難保守，沒奈何再退至興州。或謂興州也是危地，不如徙入蜀境，就夔州駐節，才有險阻可恃，永保無虞。浚與劉子羽商議，子羽勃然道：「誰創此議，罪當斬首！四川全境，向稱富庶，金人非不垂涎，徒以川口有

鐵山，有棧道，未易入窺，且因陝西一帶，尚有我軍駐紮，更不能飛越入蜀。今棄陝不守，縱敵深入，我卻避居夔峽，與關中聲援兩不相聞，他時進退失計，悔將何及？今幸敵方肆掠，未逼近郡，宣司但當留駐興州，外繫關中人望，內安全蜀民心，並急遣官屬出關，呼召諸將，收集散亡，分布險要，堅壁以待，俟釁而動，庶尚可挽救前失，收效將來。」侃侃而談，無一非扼要語。浚起座道：「參軍所言甚是，我當立刻施行。」言下，即召諸參佐，命出關慰諭諸路將士。參佐均有難色，子羽竟挺身自請道：「子羽不才，願當此任。」浚大喜，令子羽速往。子羽單騎徑行，馳至秦州，檄召散亡各將士，將士因富平敗後，懼罪而逸，幾不知張浚所在。及奉命赦罪，仍復原職，自然接踵到來。不消數日，便集得十餘萬人，軍勢復振。子羽返報張浚，即請遣吳玠至鳳翔，扼守大散關東的和尚原；關師古等聚熙河兵，扼守岷州的大潭縣；孫偓、賈世方等，集涇原、鳳翔兵，扼守階、成、鳳三州。三路分屯，斷敵來路，金兵始不敢輕進。且因婁室病死，兀朮自覺勢孤，暫且擇地屯兵，俟養足銳氣，再圖進步，這且待後再表。

　　且說金撻懶略地山東，進陷楚州，且分兵攻破汴京，汴守上官悟出奔，為盜所殺。汴京係北宋都城，舊稱東京，河南府稱西京，大名府稱北京，應天府稱南京，至是盡為金有，金主晟本無意中原，從前遣粘沒喝等南侵，曾面諭諸將道：「若此去得平宋室，須援立藩輔，如張邦昌故事。中原地由中原人自治，較為妥當。」粘沒喝奉諭而出。及四京相繼入金，復提及前議。劉豫聞這消息，亟用重金餽獻撻懶，求他代為薦舉。撻懶得了重賂，頗也樂從，遂轉告粘沒喝，請立劉豫為藩王。粘沒喝不答。撻懶再致書高慶裔，令替劉豫作說客，慶裔受金命為大同尹，即就近至雲中，謁見粘沒喝道：「我朝舉兵，只欲取兩河，所以汴京既得，仍立張邦昌。今

## 第六十八回　趙立中炮失楚州　劉豫降虜稱齊帝

河南州郡，已歸我朝，官制尚是照舊，豈非欲仿張邦昌故事麼？元帥不早建議，乃令恩歸他人，竊為元帥不取呢。」粘沒喝聽了此言，不由的被他鬨動，遂轉達金主。金主即遣使至東平府，就劉豫部內，諮問軍民，應立何人？大眾俱未及對。獨豫同鄉人張浹，首請立豫。眾亦隨聲附和，因即定議，使人返報金主。撻懶亦據情上聞，金主遂遣大同尹、高慶裔，及知制誥韓昉，備璽綬寶冊，立劉豫為齊帝。豫拜受冊印，居然在大名府中，耀武揚威的做起大齊皇帝來了。

　　高宗建炎四年九月，即金主晟天會八年，大名府中，也築壇建幄，請出那位賣國求榮的劉豫，穿戴了不宋不金的衣冠，郊過天，祭過地，南面稱尊，即偽皇帝位，用張孝純為丞相，李孝揚為左丞，張柬為右丞，李儔為監察御史，鄭億為工部侍郎，王瓊為汴京留守，子麟為大中大夫，提領諸路兵馬，兼知濟南府事。張孝純嘗堅守太原，頗懷忠義，後因粘沒喝勸降，遂致失節。粘沒喝遣他助豫，豫因拜為丞相。豫升東平府為東京，改東京為汴京，降南京為歸德府，唯大名府仍稱北京，命弟益為北京留守，且自以為生長景州，出守濟南，節制東平，稱帝大名，就四郡間募集丁壯，得數千人，號為雲從子弟。尊母翟氏為太后，妾錢氏為皇后。錢氏本宣和宮人，頗有姿色，並習知宮掖禮節。豫乃捨妻立妾，格外加寵。君國可背，遑問妻室！即位時，奉金正朔，沿稱天會八年，且向金廷奉上誓表，世修子禮。嗣因金主許他改元，乃改次年為阜昌元年。嗣是事金甚恭，贈遺撻懶，歲時不絕。撻懶心下甚歡，尋又想了一法，特將一個軍府參謀，縱使南歸，令他主持和議，計害忠良，作了金邦的陪臣，宋朝的國賊。這人非別，就是遺臭萬年的秦檜（大忠大奸，必用特筆）。自徽、欽二帝被擄，檜亦從行，應六十二回。二帝輾轉遷徙，至韓州時，檜尚隨著。徽宗聞康王即位，作書貽粘沒喝，與約和議，曾命檜潤色書詞。

檜本擅長詞學，刪易數語，遂覺情文悽婉，詞致纏綿。及粘沒喝得了此書，轉獻金主，金主晟也加讚賞，因召檜入見，交與撻懶任用。撻懶本金主晟弟，頗握重權，及奉命南侵，遂任檜參謀軍事，兼隨軍轉運使。檜妻王氏，曾被金軍掠去，同檜北行。檜既得撻懶寵任，王氏自然隨侍軍中。或說王氏與撻懶私通，小子未得確證，不願形諸楮墨（《說岳全傳》中謂王氏與兀朮私通，尤屬大謬。秦檜夫婦，並不在兀朮軍中，何從與私？後人恨他們同害岳飛，姑作快論，但究不免虛誣耳），唯製造軍衣，充當廚役，王氏亦嘗在列。撻懶因秦檜夫婦，勤勞王事，格外優待。檜夫婦亦誓願報效，所以將前此拒立異姓的天良，已在幽、燕地方，拋棄得乾乾淨淨。撻懶相處已久，熟悉他兩口兒的性情，遂與他密約，縱使還南。檜遂挈妻王氏航海至越州，詐言殺死監守，奪舟回來。廷臣多半滋疑，謂檜自北至南，約數千里，途中豈無譏察？就使從軍撻懶縱令來歸，亦必拘質妻屬，怎得與王氏偕行？於是你推我測，莫名其妙。獨參知政事范宗尹，同知樞密院事李回，素與檜善，力為析疑，並薦檜忠誠可任。高宗乃召檜入對，檜即首奏所草與撻懶求和書，並勸高宗屈從和議，為迎還二帝，安息萬民地步。高宗甚喜，顧謂輔臣道：「檜樸忠過人，朕得檜很是欣慰。既得二帝母后消息，又得一佳士，豈非是一大幸事麼？」要他來誤國家，原是幸事。遂拜檜為禮部尚書，未幾即擢為參知政事。小子有詩嘆道：

圍城守義本成名，何意歸來志已更；
假使北遷身便死，有誰識是假忠貞？

檜既邀寵用，因請高宗定位東南。高宗升越州為紹興府，且詔令次年改元紹興，一切後事，詳見下回。

趙立為知州，而忠義若此，劉豫為知府，而僭逆若彼，兩相比較，愈

## 第六十八回　趙立中炮失楚州　劉豫降虜稱齊帝

見立之忠，與豫之逆。若張浚，若秦檜，亦足為比較之資。浚與趙立，名位不同，原其心，猶之立也，不得因其喪師，而遂目為不忠。檜與劉豫，行跡不同，原其心，猶之豫也，不得因無叛跡，而遂謂其非逆。故立與豫固本回之主也，而浚與檜亦本回之賓中主耳。一薰一蕕，十年尚猶有臭，不期於此回兩見之。

# 第六十九回

## 破劇盜將帥齊驅　敗強虜弟兄著績

## 第六十九回　破劇盜將帥齊驅　敗強虜弟兄著績

　　卻說建炎四年冬季，下詔改元，即以建炎五年，改為紹興元年。高宗因秦檜南歸，得知二帝消息，因於元旦清晨，率百官遙拜二帝，免朝賀禮。自從金人南下，騷擾中原，兵民困苦流離，多嘯聚為盜，迭經各路將帥，剿撫兼施，盜稍斂跡。唯尚有著名盜目，忽降忽叛，為地方患，宋廷復設法羈縻，令為各路鎮撫使，如翟興、薛慶、陳求道、李彥先等，既食宋祿，頗知效力王事，甘為國死。獨襄陽盜桑仲，江、淮盜戚方、劉忠、邵青，襄、漢盜張用，建州盜范汝為，未曾剿平。又有叛賊李成，本為江東捉殺使，建炎二年，叛據宿州，為劉光世所破，竄跡江、淮、湖、湘，橫行十數郡，勢最強橫，且多造符讖，煽惑中外。高宗特命呂頤浩為江東安撫制置使，令討李成，反為成部馬進所敗，且將江州奪去。頤浩實屬無能。時王彥破桑仲，岳飛破戚方，戚至張俊處乞降，俊拜表奏聞，高宗乃授俊江、淮招討使，岳飛為副，往討李成。俊遂約飛會師，飛尚未至，忽得筠州急報，州城被馬進破陷了。俊奮然道：「江、筠迭失，豫章危了，我不可不先往。」遂麾兵急赴，馳入豫章，自喜道：「我得入洪州，破賊不難了。」當下令軍士，堅壁清野，固守勿動。一面檄飛到洪州。馬進領著黨羽，乘勝進犯，連營南昌山，聲勢銳甚，俊並不發兵，但飭軍固守。相持旬餘，進致書約戰，書中字跡，寫得很大。俊偏用著蠅頭小楷，約略答覆，也未嘗說明戰期。進以為怯，殊不設備。可巧岳飛領兵到來，入城見俊，問及戰守情狀。俊與言大略，飛接口道：「現在卻不妨出戰了。賊勢雖眾，只顧前不顧後，若用奇兵，沿著江流截住生米渡，再用重兵潛出賊右，攻他無備，定可破賊。」俊極口稱善。飛因自請為先鋒，俊益大喜，遂令楊沂中帶精騎數千，往截生米渡，更遣飛自率所部，掩擊賊寨。

　　飛重鎧躍馬，直趨西山，行近賊營，便當先突入，部眾一齊隨上。馬進急出營抵敵，甫至門首，見岳飛已挺槍刺來，慌忙用刀招架，戰不數合，

即被飛殺敗，拖刀逃走。飛率眾追殺，但見得人仰馬翻，血飛屍積，不到一時，已將各座營盤，一律掃淨，化為平地。極寫岳飛。進奔還筠州。飛趕至城下，紮營城東，料進未敢出戰，遂想了一個誘敵的法兒，用紅羅為幟，中刺岳字，選騎兵二百人，擁幟巡行，自己卻伏在城隅，令騎兵誘進來追，然後殺出。進在城樓瞭望，見騎兵擁著岳字旗幟，往來城東，軍中又未見岳飛，還疑飛未曾親到，但遣騎兵揚旗示威，恐嚇城中，隨即引兵殺出。騎兵見進出城，立刻返奔，進策馬力追，馳過城隅，背後忽大呼道：「狗強盜往哪裡去？」進勒馬回顧，大呼的不是別人，正是岳飛。他已與飛交過了手，自知不敵，又因飛攔住歸路，不能回城，便棄城東走。飛復大呼道：「不願從賊的，快快坐著，我不殺汝。」賊眾聞言，多半棄械就坐，由飛按名錄簿，共得八萬人，好言慰諭，遣歸鄉里。復率軍追趕馬進。進拚命奔馳，不意張俊、楊沂中也領兵殺到，前後夾擊，把進困在垓心。進用盡氣力，才殺開一條血路，向南康急奔。張、楊兩軍剛欲追趕，乃值岳飛馳到，自願前驅，乃讓飛先行，兩軍隨後策應。飛貪夜追進，到了朱家山，與進後隊相遇，刺死賊目趙萬成，餘賊四竄。飛趁勢再追，到了樓子主，遙見塵頭大起，李成引賊十餘萬，蜂擁而來。飛毫不畏怯，但舞動一桿長槍，迎頭亂刺。霎時間，戳倒了數十人。賊眾從未見過這般猛將，都各顧生命，倒退下去，反致衝動自己的後隊，互相踐踏，亂個不休。李成見部眾搗亂，亟上前彈壓，恰巧碰著岳飛殺入，便抖擻精神，舞刀接仗。誰料岳飛這支槍桿，與尋常大不相同，僅三五合，殺得李成一身臭汗，看看要敗將下去，旁邊閃出一騎，竟掄刀相助，雙戰岳飛。飛左挑右撥，純任自然，三匹馬盤旋片時，那來騎手下略鬆，竟被飛刺落馬下。看官道是誰人？原來就是馬進。不肯使一直筆。進墜馬後，身尚未死，偏李成見他下馬，縱轡返奔，岳家軍隨著主帥，一擁而上，馬蹄雜沓，頓將馬

## 第六十九回　破劇盜將帥齊驅　敗強虜弟兄著績

進踏得稀爛，名足副實。

復追奔至十里外，斬馘至數千級，方下營待著後軍。

張俊與楊沂中馳到，見飛已得勝，自然歡慰。俊語飛道：「岳先鋒天生神力，無患不勝，但部眾未免勞苦，應休息為佳，待我等追殺一陣，何如？」飛乃讓兩軍前進，自就險要處駐營。俊與沂中引兵追成，約行十餘里，為河所阻，對岸恰遍立賊營，蟻屯蜂集。楊沂中語俊道：「賊勢尚眾，不應力敵，須用智取，今夜由沂中從上流渡河，繞繫賊後，制使可絕流徑渡，腹背夾攻，必勝無疑。」俊稱為妙計，當令沂中乘夜潛渡，越一二時，料知沂中已達對岸，也擊鼓渡河。李成聞有鼓聲，忙呼眾迎敵，正在交鋒，不防後面由沂中殺到，那賊眾多半烏合，統是勝不相讓，敗不相救，一遇危急時候，便四面亂竄；其實是竄得越慌，死得越快。看似俚語，實是名言。十多萬強盜，被張、楊二軍，首尾截殺，傷斃了三四萬，招降了兩三萬，逃去了一二萬，可憐李成數年的積聚，一旦抛盡，單剩了三五千人，越江遁去。張俊也逾江窮追，至蘄州、黃梅縣，得及李成，成眾看見張字旗號。好似老鼠遇貓，嚇得魂不附體，且走且呼道：「張鐵山到了！張鐵山到了！」俊面目黧黑，因呼他為張鐵山。成復經此創，已是不能成軍，只好走降劉豫。俊等乃還取江、筠諸州城，興國軍等處，伏盜聞風遠遁。

唯張用自襄、漢東下，再襲江西，被岳飛探悉。飛與用同籍相州，即致書諭用道：「我與汝同里，能戰即來，不能戰即降。」用得書，知飛不可敵，即復書願降。飛親往慰撫，用等皆喜服。自是江、淮悉平。俊表奏飛功第一，有詔進飛為右軍都統制，令屯洪州，彈壓餘賊。既而邵青為劉光世部將王德所擒，獻詣行在，奉旨特赦，編入御前忠銳軍。范汝為由韓世忠往剿，五日破滅，汝為自焚死，東南少定。可巧江東、陝西兩處，亦陸

續有捷報到來，江、浙益安。

金撻懶自攻陷楚州，進窺通、泰諸州，適有武功大夫張榮，在興化縮頭湖釁，聯舟作寨，為自守計。撻懶欲渡江南侵，擬先破榮寨，榮遂率舟師迎戰，見敵艦不多，但用小舟出擊。會值天旱水涸，敵艦為泥淖所阻，不能前進，榮分軍為二，一半用舟，一半登陸。舟師大呼前進，奮擊敵艦，敵艦不能行駛，禁不住榮兵四至，只好從舟中躍出，褰裳登岸，急不暇擇，腳忙手亂，往往溺斃水中，或陷入泥淖，不能自拔，即遭殺死。幸而得達彼岸，又被榮兵截住，亂殺亂剁，經撻懶指麾健卒，衝開血路，方才走脫。榮收軍回營，檢點俘馘，約五千餘人，遂奉表告捷。榮本梁山濼漁人，聚舟數百，專劫金人。杜充駐師江、淮，曾借補榮為武功大夫。金人屢攻不克，至是以殺敵報功，遂擢榮知泰州。

撻懶奔至楚州，聞劉光世引兵來攻，遂不敢逗留，退屯宿遷，未幾北去，光世遂進復楚州。正好去湊現成。高宗又欲起用汪伯彥，命為江東安撫大使，旋經侍御史沈與求論劾，才將他褫職，勒令回籍。江東已無金人，只有陝西一帶，尚為金兀朮所盤踞，連破鞏、河、樂、蘭、郭、積石、西寧諸州。熙河副總管劉唯輔被執，罵敵遇害。兀朮又進陷福津，蹂躪同谷，入逼興州。宣撫使張浚退保閬州，令張深為四川制置使，劉子羽同趨益、昌，王庶為利、夔制置使，節制陝西諸路，兼知興元府。尋復用吳玠為陝西都統制，且召曲端至閬州，仍欲重用。端與吳玠、王庶，均有宿嫌（迭見前文），玠遂入白張浚，謂端再起用，必與公不利。且在手中寫著「曲端謀反」四字，密示張浚。王庶亦上言譖端，謂端嘗作詩題柱，有「不向關中爭事業，卻來江上泛漁舟」兩語，意在指斥乘輿。浚乃逮端下恭州獄。適夔路提刑康健，曾因事忤端，被端鞭背，至此正好因公報私，命獄吏把端繫住，用紙糊埠，外爇以火。埠渴求飲，給以燒酒，遂致

## 第六十九回　破劇盜將帥齊驅　敗強虜弟兄著績

七竅流血，死於獄中。端有馬名鐵象，日馳四百里，豢愛如子息。及被逮下獄，聞康健提刑，呼天長嘆，自知必死，又連稱鐵象可惜。及端死，鐵象亦斃。端早有可誅之罪，唯浚不殺之於前時，獨殺之於此日，殊為非法。

時關、隴六路盡破，止餘階、成、岷、鳳、洪五州，及鳳翔境內的和尚原，隴州山內的方山原罷了。吳玠扼守和尚原，積粟繕兵，列柵固壘，為死守計。金兀朮遣部將沒立（一譯作默呼），自鳳翔出兵，烏勒摺合（一譯作額勒濟格）自大散關出兵，約會和尚原，夾攻吳玠。或勸玠退屯漢中，玠慨然道：「我在此，寇不敢越，保此地就是保蜀呢。」隨即蒐集兵甲，預備出師。旋有偵騎來報，金將烏勒摺合已到北山，玠整軍出發，嚴陣以待。烏勒摺合貽書請戰，玠不慌不忙，分軍為前後二隊，徑逼北山。金兵沿山列陣。見玠軍逼近，便麾眾出戰，玠怒馬突出，劈頭遇著金將，手起刀落，砍落馬下，金兵為之奪氣。玠率前隊軍殺入，與金兵鏖鬥一場，自巳至午，殺傷過當。兩軍俱回陣午餐，餐畢復戰。玠令前隊休息，將後隊抽出，與敵再鬥。金兵已覺力乏，怎禁得一支生力軍，殺將過來，頓時遮攔不住，逐步退後。玠督兵進逼，烏勒摺合料難抵擋，就回馬奔馳。主將一逃，無人不走，被吳玠驅殺數里，喪失無數。沒立方攻箭筈關，玠復遣將往擊，殺敗沒立。兩軍終不得合，急忙報知兀朮。兀朮大憤，會集諸將及兵卒十餘萬，親自督領，就渭水上築起浮梁，陸續渡兵，進抵寶雞。當從寶雞縣起，結連珠寨，壘石為城，夾澗與玠軍相拒，進薄和尚原。

玠聞金兵大至，恐部下駭愕，遂召齊將士，勉以忠義，並齧臂出血，與眾設誓。眾皆感泣，願盡死力。玠弟名璘，亦在軍中，玠與語道：「今日是我兄弟報國的日子，萬一兵敗，寧我兄弟先死，決不使將士先亡。」

璘奮然應諾，諸將亦齊聲道：「主將兄弟報國，我等亦願報主將。」可見用兵全在主帥，主帥致命，將士自然隨奮。玠大喜，遂與璘挑選勁弩，與諸將分番迭射，連發不絕，勢如雨注，號為駐隊矢，金兵少卻。玠又分遣諸將，從間道繞出，斷敵糧道，且令璘帶弓弩手三千，往伏神岔溝，自度敵眾，糧盡且走，竟縱兵夜擊，連破敵營十餘座，兀朮倉皇敗走，奔至神岔，一耳炮響，箭如飛蝗。兀朮抱頭前竄，身上還中了兩箭，耳中且聽得有人呼道：「兀朮休走！」此時天色未明，不辨左右，兀朮恐被敵認識，亟把鬚髯剃盡，飛馬遁去。

嗣是知陝西地不易攻守，竟命歸劉豫統轄，中原盡為豫有。豫遂於紹興二年，徙居汴京，尊祖考為帝，就宋太廟立主。忽然間，暴風捲入，屋瓦皆振。豫所懸大齊旗幟，盡被狂飆捲去，竿亦吹折，宋祖有靈，胡不威嚇金人，而獨威嚇劉豫耶？士民大懼，豫亦未免掃興。時襄陽盜桑仲已就撫為襄陽鎮撫使，上疏行在，請合諸鎮兵復中原。呂頤浩正敗賊饒州，進拜少保，入為尚書左僕射，見了仲奏，遂乞高宗準議，命仲節制軍馬，規復劉豫所置州郡，且令翟興、解潛、王彥、陳規、孔彥舟、王亨等諸鎮撫使，互為應援。仲受命後，至郢州調兵。知郢州霍明，疑仲有逆謀，誘他入門，擊碎仲首。仲將李橫，方任襄、鄧統制，聞仲死耗，便起兵擊明。明敗走，橫入郢州。既而河南鎮撫使翟興為裨將楊偉所戕，偉受豫重賂，因此殺興，攜首奔豫。橫承仲志，聞這消息，即進兵陽石，破劉豫軍，乘勝下汝州，破潁順軍，攻入潁昌府。豫接潁昌警報，遣降盜李成，率兵二萬往援，並向金乞援。金調兀朮救豫，兩軍同至牟駝岡，夾攻李橫。橫寡不敵眾，只好退走，潁昌復失。

先是兀朮在陝，因和尚原敗退，不敢再行問津，諸將群以為怯。至兀朮往援劉豫，吳玠聞信，留弟璘守和尚原，自率軍駐河池，一面檄熙河總

## 第六十九回　破劇盜將帥齊驅　敗強虜弟兄著績

管關師古收復熙、鞏諸州。金將撒離喝得報大怒，即命降將李彥琪駐秦州，窺仙人關，牽制吳玠，復令遊騎出熙河，牽制關師古，自統兵從商、於出發，直搗上津，攻金州。金、均、房三州鎮撫使王彥，迎戰敗績，退保石泉，三州均被陷沒。撒離喝乘勝而進，直趨洋漢。時劉子羽調知興元府，聞王彥敗退，急命田晟守饒鳳關，並遣人召吳玠入援。玠自河池馳救，日夜趨三百里，至饒鳳關，用黃柑遺金將，且致書道：「大軍遠來，聊用止渴。」撒離喝大驚，用杖擊道地：「爾來何速，真令人不解呢。」當下督軍仰攻，一人先登，二人擁後，前仆後繼，更番迭上。玠軍弓弩亂髮，兼用大石推壓，相持至六晝夜，屍如山積，關仍如舊。撒離喝更募死士，由間道出祖溪關，繞至玠後，乘高瞰饒鳳關，諸軍支持不住，相繼潰去，金兵入洋州，玠邀子羽同去，子羽恰留玠同守定軍山。玠以為難守，竟退保西縣。子羽亦不得已，焚去興元積貯，退屯三泉。撒離喝遂馳入興元，進兵金牛鎮，四川大震。子羽從兵不滿三百，糧食復盡，但與士卒取草芽木甲，權作充飢，一面遺玠書，誓死訣別。子羽係劉韐長子，韐為國殉忠，應有是跨灶兒。玠已往仙人關，得子羽書，尚無行意，愛將楊政大呼道：「節使不可負劉待制，否則政等亦捨去節使，自去逃生了。」義聲直達。玠乃從間道往會子羽，子羽因留玠共守三泉。玠答道：「關外為西蜀門戶，不應輕棄。」乃留兵千人，助劉子羽守三泉，自己仍回守仙人關。

子羽既與玠別，即巡閱形勢，設計保守。望見附近有潭毒山，峭壁鬥絕，上面卻寬平有水，乃督兵建設營壘。壘方築就，金兵大至，相隔只數里。子羽據著胡床，危坐壘口，並沒有慌張情狀。諸將俱泣告道：「這非待制坐處。」子羽道：「死生有命，子羽命中該死，就死在這裡，汝等不必驚慌，要死同死，或者倒未必死哩。」道言未絕，金兵蟻附而來，但仰見子羽戎服雍容，安然坐著，反令金人莫名其妙。撒離喝親出覘視，也疑

子羽是誘敵計，不敢近前，況又山勢陡絕，不便援登，就使用箭上射，也萬分吃力，未必能及，因即揮兵退去。子羽見金兵已退，方起兵回營。諸將均服他膽識，益加敬佩。撒離喝返至鳳翔，復遣使十人，往招子羽。子羽將九人斬首，獨放一人歸去，且明諭道：「歸語爾帥，欲來即來，我願與死戰，豈肯降汝？」使人嚇得心膽俱裂，抱頭馳還。撒離喝終不敢再進，並因餉運不繼，殺馬以食。子羽與玠復屢用遊兵四擾，弄得撒離喝寢食不安，只好還軍。子羽復約玠出師掩擊，金兵統有歸志，無心返戰，徒落得墮溪墜澗，喪斃無算，所有輜重，盡行棄去。王彥乘勢復金、均、房三州。

越年，金兀朮、撒離喝及劉豫部將劉夔，三路連合，攻破和尚原，轉趨仙人關，吳玠先命弟璘設寨關右，號為殺金平。金兵鑿崖開道，循嶺東下，誓破此關。吳玠守第一隘，吳璘守第二隘，金人用雲梯，用鐃鉤，用火箭，想盡突破瓶頸的法兒，始終不能破入，反死了若干士卒。玠與璘且帶領諸將，分紫白旗，擣入金營，金陣大亂。金將韓常被射中目，金人始宵遁。玠又遣王浚等埋伏河池，扼敵歸路，復得一回勝仗。那兀朮、撒離喝、劉夔等人，都垂頭喪氣，奔還鳳翔去了。小子有詩詠吳玠兄弟道：

一門竟出兩名臣，伯仲同心拒敵人。
莫怪蜀民崇食報，迄今廟貌尚如新（仙人關下有吳氏廟）。

吳氏兄弟，名揚隴蜀金、齊諸軍，始不敢再犯，有詔授玠為川、陝宣撫副使，璘為定國軍承宣使，此外一切詳情，容至下回續陳。

史稱南渡諸將，莫如張、韓、劉、岳。張即張俊，非張浚也。俊與岳飛，同剿李成，遇事與商，言必聽，計必從，同心破賊，讓功與飛，告捷之時，推為第一，向使不變成心，協圖恢復，無後來附檜之失，則名將之

## 第六十九回　破劇盜將帥齊驅　敗強虜弟兄著績

稱，尚屬無愧，惜乎其晚節不終也。韓世忠功雖遜岳，猶足副名，劉光世一庸將耳，毫不足道，或謂以劉錡當之，理或然歟？（錡事見後）唯吳玠兄弟，保守隴蜀，迭建奇功，乃不與韓、岳並稱，殊令後人無從索解。盡信書則不如無書，春秋以後，豈尚有董狐哉？

# 第七十回

## 岳家軍克復襄漢　韓太尉保障江淮

## 第七十回　岳家軍克復襄漢　韓太尉保障江淮

卻說張浚鎮守關、陝三年，因劉子羽及吳玠兄弟，贊襄軍務，雖未能規復關、陝，但全蜀賴以安堵；且以形勢牽制東南，江、淮亦少紓敵患。自呂頤浩入相後，與張浚雖無宿嫌，恰也不甚嘉許，更有參政秦檜，陰主和議，當然是反對張浚。檜平居嘗大言道：「我有二策，可安撫天下。」及問他何策，他又言：「未登相位，說亦無益。」高宗還道他果有奇謀，即拜為尚書右僕射。檜乃入陳二策，看官道是何計？他說是：「將河北人還金，中原人還劉豫。」這等計策，卻是言人所不敢言。高宗此時，還有些明白，卻駁斥道：「檜言南人歸南，北人歸北，朕係北人，當歸何處？」檜無詞可對，復易說以進道：「周宣王內修外攘，所以中興，今二相一同居內，如何對外？」此語是排擠呂頤浩。高宗乃命頤浩治外，秦檜治內。頤浩請高宗移趨臨安，自至鎮江開府，都督江、淮、荊、浙諸軍事。高宗准如所請，移蹕臨安。會召胡安國為中書舍人，兼官侍讀，專講《春秋》。秦檜欲延攬名士，布列清要，借作揄揚。既見安國入用，遂與他虛心論交。安國為所籠絡，竟極力稱檜，說他人品學術，在張浚諸人上。高宗亦頗信用。

會頤浩奉詔還臨安，薦朱勝非代任都督，高宗遂起用勝非。安國劾勝非，附和汪、黃，尊視張邦昌，及苗、劉肆逆，又貪生畏死，辱及君父，此人豈可再用？高宗乃收回成命，改任勝非為侍讀。安國復持詔不下。頤浩特命檢正黃龜年，另行草詔，頒示行闕。安國遂託疾求去。頤浩勸高宗降旨譴責安國，將他落職，只命提舉仙都觀。秦檜三上章，乞留安國，均不見報。侍御史江躋，左司諫吳表臣等二十餘人，上言勝非不可用，安國不當責，均坐檜黨落職，臺省為之一空。頤浩又暗使侍御史黃龜年等，劾秦檜專主和議，阻撓恢復遠圖，且植黨專權，罪應黜逐。乃罷檜相，榜示朝堂，永不復用。遂進朱勝非為右僕射，兼知樞密院事。勝非本與張浚有

宿憾，因日言浚短，高宗乃遣王似為川、陝宣撫處置副使，名為輔浚，實是監浚。浚始不安於位，上疏辭職，且言似不勝任。看官你想呂、朱兩相，左牽右掣，哪裡容得住張德遠（浚字德遠）？當下召浚至臨安，但說要他入任樞密，及浚既奉命南還，即由中丞辛炳，侍御史常同等，劾浚喪師失地，跋扈不臣諸罪，竟將浚落職，奉祠居住福州，並安置劉子羽於白州，張浚已枉，子羽尤枉。擢王似為宣撫使，盧法原為副使，與吳玠並鎮川、陝。既而辛炳、常同，又迭論頤浩過失，於是頤浩亦罷為鎮南節度使，提舉洞霄宮，命趙鼎參知政事，且授劉光世為江東、淮西宣撫使，屯兵池州，韓世忠為淮南東路宣撫使，屯兵鎮江，王璦為荊、湖制置使，屯兵鄂州，岳飛為江西南路制置使，屯兵江州。

適劉豫將董質，以虢州歸宋，由統制謝皋接收。劉豫復遣李成攻虢州，謝皋猝不及防，竟被執去。皋指腹示成道：「我腹中只有赤心，不似汝等鬼蜮哩。」言畢，自破心腹，腸出而死。李成進破鄧州、襄陽府，豫更派兵陷伊陽，並與金人合兵圖西北。熙河總管關師古拒戰敗績，竟舉洮、岷二州降豫。豫更聯絡洞庭湖賊楊么，令與李成合軍，自江西趨浙。岳飛聞警，即奏請規復襄陽六郡，除心膂大患，先逐李成，次平楊么，然後進圖中原。規劃秩然，不等空談。高宗語朱勝非、趙鼎，勝非言：「襄陽為江、浙上流，不可不急取。」鼎謂：「知上流厲害，無如岳飛，當令飛專任此事。」乃命飛兼荊南制置使，規復襄陽。飛既接詔，即日渡江，顧語僚屬道：「飛不擒賊，誓不返渡。」大有祖逖擊楫中流氣象。遂長驅至郢州。郢州已為劉豫所有，遣部將京超拒守。超有勇力，素號萬人敵，聞飛抵城下，登陴守禦，自恃勇力，不甚設備。飛下令道：「先登者賞，退後者斬！」部將王貴、牛皋等，奮勇登城，飛麾眾隨上，前仆後繼。霎時間拔去齊幟，換了宋幟。京超開城逃走，由飛遣將追躡，超投崖死，郢

## 第七十回　岳家軍克復襄漢　韓太尉保障江淮

州遂復。飛安民已畢，即進趨襄陽。李成率眾迎戰，分步騎為兩隊，步兵列平野，騎兵臨襄江。飛視後，微哂道：「步兵利險阻，騎兵利平曠，今李成乃適與相反，顯違兵法，雖有眾十萬，怕他什麼？」虜在目中，何妨笑視。遂從馬上舉鞭指示王貴道：「爾可用長槍步卒，擊他騎兵！」又指牛皋道：「爾可率騎兵，擊他步卒！」兩將奉令，分頭前進。王貴殺入敵騎陣內，專用長槍，刺他坐馬，馬中槍即墜，騎賊紛紛落馬，戳斃無數，餘騎多逼入江中，也多半溺死。牛皋殺入步兵隊裡，怒馬馳騁，銳不可當，步賊不遭刃斃，也被踏斃，又傷亡了無數。李成顧命要緊，也無心管及部下，只好飛馬逃去。飛遂克復襄陽。還有劉豫部將，駐紮新野，收成潰眾，準備再戰。飛派牛皋攻隨州，王貴攻唐州、鄧州，張憲攻信陽軍，自率裨將王萬，分作左右兩翼，掩擊新野賊兵。成眾已是虎口餘生，早知岳家軍厲害，一見岳字旗幟，早已魂膽飛揚，逃得不知去向，此外偽齊兵士，自覺形勢孤單，當然潰散。被岳飛、王萬兩翼，痛剿一陣，徒落得屍橫遍野，血流成渠。待岳飛回至襄陽，牛皋、王貴、張憲等，陸續報道勝仗，所有隨州、唐州、鄧州、信陽軍，一律收復。於是襄、漢悉平。飛移屯德安。軍聲大振，當即露布告捷。高宗聞報大喜道：「朕素聞飛行軍有律，不料他遽能破敵，竟成大功。」因下詔褒獎。飛疏陳恢復事宜，大旨略道：

　　金人所愛，唯子女玉帛，志已驕惰。劉豫僭偽，人心終不忘宋，如以精兵二十萬，直搗中原，恢復故疆，誠易為力。襄陽、隨、郢地皆膏腴，苟行營田，其利甚厚，臣候糧足，即過江北剿敵，以慰宸廑。謹聞！

　　高宗得奏，乃命趙鼎知樞密院事，兼都督川、陝、荊、襄諸軍事。鼎以不才辭，高宗面諭道：「四川全盛，財賦半天下，朕盡以付卿，可便宜黜陟，朕不遙制。」鼎乃條奏便宜行事等件，高宗頗欲聽從，偏朱勝非從

中阻抑，有意牽制。鼎復上書直陳，略云：

　　頃者陛下遣張浚出使川、陝，國勢百倍於今，浚有補天浴日之功，陛下有礪山帶河之誓，君臣相信，古今無二，而終致物議，以被竄逐。夫喪師失地，浚則有之，然未必如言者之甚也。大抵專黜陟之典，受不御之權，則小人不安其分，謂爵賞可以苟求，一不如意，便生觖望，是時蜀士，至於釀金募人，詣闕訟之，以無為有，何以自明？故有志之士，欲為國立事者，每以浚為戒。今臣無浚之功，當此重任，去朝廷遠，恐好惡是非，行復紛紛於闕廷之下矣。現臣所請兵，不滿數千，半皆老弱，所齎金帛至微，薦舉之人，除命甫下，彈墨已行，臣日侍宸衷，所陳已艱難，況在萬里之外乎？所望憫臣孤忠，使得展布四體，少寬陛下西顧之憂，則不勝幸甚！

　　疏入未報，會霪雨連綿，詔求直言，侍御史魏矴劾奏朱勝非，說他：「矇蔽主聰，致干天譴。」勝非亦自請去職，乃將勝非免官，左右兩相，次第罷職。高宗正擬擇人繼任，忽聞劉豫向金乞援，金遣訛里朵、撻懶、兀朮率兵五萬人應豫。豫令子麟、姪猊與金兵會，分道南侵，騎兵自泗攻滁，步兵自楚攻承州，大有吞視江南的氣象。高宗甚為焦急，適值趙鼎入朝辭行，擬赴川、陝。高宗道：「金、齊連寇，國勢阽危，卿豈可離朕遠去？當遂相卿。」鼎叩首而退。越日，即拜鼎尚書右僕射，兼知樞密院事，另命沈與求為參政。鼎決意主戰，與求亦與鼎同意。鼎乃勸高宗特頒手詔，促韓世忠進屯揚州。是時世忠正搜剿江湖劇盜，降曹成，斬劉忠，受爵太尉，功高望重，既接高宗手諭，便感泣道：「主憂如此，臣子何可貪生？」遂自鎮江濟師，進屯揚州，使統制解元守承州，禦金步卒，親提騎兵駐大儀，抵擋敵騎。且伐木為柵，自斷歸路，誓與金、齊決一死戰。會吏部員外郎魏良臣，奉使如金，途中與世忠相遇。世忠知良臣是主和派，

## 第七十回　岳家軍克復襄漢　韓太尉保障江淮

　　故意撤去炊爨，然後與良臣會敘。且偽言已經奉詔移屯平江，兵不厭詐，不得謂世忠無信。良臣領首，匆匆馳去。世忠待良臣出境，即奮然上馬，下令軍中道：「視吾手中鞭，鞭指何處，即向何處，不得稽遲！」將士應令，隨世忠出發。世忠相視形勢，隨地設伏，少約百人，多約千人，計自大儀以北，設伏二十餘處。自置營五座，令各伏兵，聞營中鼓聲，一同出擊，違令者斬！籌畫既定，專等金兵到來。是謂好謀而成。

　　金前將軍聶兒孛堇（一譯作聶呼貝勒）正擬遣派偵騎，探悉宋軍所向，巧值魏良臣馳至，即問明宋軍消息。良臣自述所見，孛堇大喜，急引兵至江口，距大儀不過數里。別將撻不野（一譯作託卜嘉）擁著鐵騎，驟馬向前，經過韓世忠五營東首。世忠早已瞧著，忙令營中擂鼓，鼓聲一響，伏兵四起，各奮力突入金兵陣中。撻不野雖然驍悍，怎奈一人不能四顧，東塞西決，南防北潰，霎時間四面八方，統夾入宋軍旗幟，幾乎目眩神迷，無從指揮。驀見有一隊健卒，橫入陣中，人持一斧，斧柄甚長，上掐人胸，下斫馬足，眼見得金兵大亂，人馬迭僕。撻不野到了此時，也顧不得許多了。三十六著，走為上著，也想覓路逃生，偏偏退了數步，竟陷入泥淖中，怎禁得宋軍四至，圍裏與鐵桶相似，所有騎士，統被擒去，撻不野也只好束手待斃，坐受捆縛罷了。世忠既擒住撻不野，再進軍攻金兵，一面遣偏將成閔，率騎卒數千，往援解元。解元到了承州，也是設伏待著，且決河阻住金兵。金兵涉水攻城，將至北門，解元即放起號炮，呼召伏兵，伏兵一齊殺出，金兵怯退。既而又至，再戰再卻，卻而又進，一日至十三次。解元也自覺疲乏，但總相持不退。總算勍敵。遙聽東北角上，鼓聲大震，一彪軍遠遠殺到，解元疑是金軍，卻也未免心驚，忽見金兵陣腳已動，似有慌亂的情狀。解元登高瞭望，見是韓字旗幟，便大呼道：「韓元帥到了！」大眾聞韓元帥三字，彷彿是天兵天將，前來相助，頓時精神

倍奮，統鼓勇殺上。金兵腹背受敵，當然支撐不住，一鬨兒逃走了。解元追將過去，正遇著前來的援師，仔細一瞧，乃是統領成閔，便問道：「韓元帥到未？」成閔道：「元帥已親追金兵去了，派我前來援應。」解元聽著，已知成閔一軍，是冒著韓字旗號，恐嚇金人，明人不消細說，遂與成閔合軍，追躡金兵。沿途俘獲甚多，直追到三十里外，方才回軍。

　　成閔自往世忠處報捷，世忠已至淮上，大敗金將聶兒孛堇等，金兵渡淮遁去。世忠得勝回營，見成閔進謁，方知承州並捷，遂將詳情奏報行在。群臣相率稱賀，高宗道：「世忠忠勇，朕知他必能成功。」沈與求奏道：「自建炎以來，我朝將士，未嘗與金人迎敵，今世忠連捷，功勳卓著，要算是中興第一功臣了。」高宗點首道：「朕當格外優獎，卿可為朕擬賞哩。」與求奉命，將應賜世忠帛馬及世忠部將解元、成閔等，俱一一加秩。高宗自然照行。趙鼎更勸高宗親征，借作士氣，高宗至此，也自覺膽大起來，居然下親征詔命，孟庾為行宮留守，指日督兵臨江。鼎退朝，僚屬喻樗語鼎道：「六龍臨江，兵氣百倍，但公自料此舉，果否萬全，還是孤注一擲呢？」鼎慨然道：「中國累年退避，士氣不振，敵情益驕，義不可以更屈，所以勸帝親征。成敗由天，非我所敢逆料。」樗答道：「據此說來，公應先籌歸路。張德遠有重望，若令宣撫江、淮、荊、浙、福建，募諸道兵赴闕，他的來路，就是朝廷歸路呢。」鼎不禁稱善，乃入白高宗，請起用張浚。高宗准奏，召浚為資政殿學士。浚奉旨入朝，高宗與語親征事，浚極力贊同，乃手詔為浚辯誣，覆命知樞密院事。浚拜命退朝，往見趙鼎，與鼎握手道：「此行舉措，頗合人心。」鼎笑道：「這是喻子才（喻樗字）的功勞，他尚思推賢任能，難道鼎敢矇蔽麼？」歸功喻樗，不愧相度。浚遜謝。鼎又道：「公既復任，應即執殳赴敵，為王前驅。」浚即答道：「明日即當陛辭，出赴江上。」鼎喜撫浚背道：「如此才可杜人口呢！」

## 第七十回　岳家軍克復襄漢　韓太尉保障江淮

浚遂告別。越宿入辭高宗，即赴江上視師。

高宗也啟蹕臨安，劉錫、楊沂中率禁兵扈駕，趙鼎當然隨行。途次飭劉光世移軍太平州，為韓世忠聲援。光世與世忠有私隙，不願移兵，且遣人諷鼎道：「相公既受命入蜀，何事為他人任患？」韓世忠也有傳言，謂趙丞相真是敢為。鼎聞韓、劉等言，請高宗即日遣使勸勉韓、劉，並面奏道：「陛下養兵千日，用兵一時，若少加退沮，人心立渙。長江雖險，不足恃了。」高宗乃命御史魏矼往諭韓、劉，劉光世乃移駐太平州，高宗亦進次平江，始下詔暴劉豫罪，整厲六師，且欲渡江決戰。鼎恐勝負難料，不堪一挫，乃諫阻高宗道：「敵眾遠來，利在速戰，驟與爭鋒，恐屬非計。且逆豫尚且遣子，陛下何必親自臨陣，但中途排程，已足宣告天討了。」高宗乃止。想是巴不得有此語。

會聞廬州告警，飛札令岳飛往援，岳飛提兵趨廬，命牛皋為先鋒，徐慶為副。皋至廬州城下，見偽齊兵已圍住城北，金兵且陸續繼至，便一馬當先，遙呼金將道：「敵將聽著！我乃岳元帥部下先鋒牛皋是也！能戰即來，可與我鬥三百合。」彷彿《三國演義》中張翼德口吻。金將聞聲相顧，果見岳字旗幟，飛揚城南，便語部眾道：「岳家軍不可犯，我等不如退回罷！」言已遂去。偽齊兵見金人退走，也不戰自潰。牛皋待岳飛到來，與飛相見。飛語皋道：「快快追去！我若不追，便自回軍，恐他又再來了。」皋乃追擊三十餘里，金、齊兩軍，還疑岳飛親自追到，慌忙潰退，互相踐踏，並被宋軍殺死，不可勝計。

金兵返屯泗州竹墩鎮。撻懶領泗州軍，兀朮領竹墩鎮軍，為韓世忠所扼，貽書幣約戰。世忠遣麾下王愈及兩伶人，報以橘茗，且傳言張樞密在鎮江，已頒下文事，命決戰期，兀朮道：「聞張樞密已貶嶺南，何從在此？你不要欺我！」愈持浚文書出示，兀朮不覺變色，半晌才答道：「汝國嘗

遣使議和,現在魏良臣方自北歸南,曾由我朝與約,擬在建州以南,封汝國為藩屬,免得爭戰不休,汝國尚以為未足,乃欲與我開戰,將來兵敗國亡,恐尺寸地,非汝有了。」(魏良臣使事,即借兀朮口中敘過)。愈答道:「我國非不願與貴國議和,但貴國逼我太甚,奪我兩河、三鎮,羈我二帝,尚欲逞兵江、淮,冊立叛逆,試問如何和得?自來國家存亡,半由天命,半由人事,人定亦能勝天,姑與貴國再決勝負,請看我朝,果毫無能為否?」理直氣壯。兀朮幾無詞可答,但說道:「要戰就戰,難道我朝怕汝不成?」言畢遣還王愈等,世忠得愈歸報,正擬調兵遣將,隔宿出發。到了翌晨,由偵卒來報,金兵已經夜遁,偽齊兵亦逃去了。世忠亟飭兵往追,途中只收得輜重若干,統是偽齊兵所棄,那人馬早已去遠,料知追趕不及,因即回營。看官道金、齊二軍,何故速退?原來是時為紹興四年暮冬,天大雨雪,餉道不通,軍中殺馬代糧,各有怨言,撻懶、兀朮見部眾已無鬥志,宋軍又防禦甚嚴,料知不能深入,且因金主病篤,不得不趕緊退回。金兵一退,劉麟、劉猊哪裡還敢獨留,連輜重都不及攜去,急急的遁走了。

　　世忠奏達平江,高宗喜語趙鼎道:「各路將士,翕然效命,所以得卻強敵,但皆由卿一人之力。」鼎拜謝道:「事出聖斷,臣何力可言?唯強寇今雖遁歸,他日未必不來,須博採群言,為善後計。」實是要著。高宗稱善。乃詔令宰執以下,會議攻戰備禦的方法。侍御史魏矼等,奏請罷「講和」二字,代以「攻守」,飭屬諸將,力圖攘敵。所以魏良臣持來金約,簡直不復,命韓世忠屯鎮江,劉光世屯太平,張俊屯建康,搜兵閱乘,協力防禦。召張浚還行在,扈蹕回臨安,進趙鼎、張浚為左右僕射,並同平章事,兼知樞密院事,都督各路軍馬,時在紹興五年二月(隨時點清年月,以清眉目)。小子有詩詠道:

## 第七十回　岳家軍克復襄漢　韓太尉保障江淮

　　將相同逢濟世才，六飛一出敵人回。
　　當年廟算能長定，大業胡為不再恢？

　　嗣聞金主晟已殂，兄孫亶繼立，免不得又要遣使了。欲知所使何人，待至下回再詳。

　　得趙鼎、張浚為相，得岳飛、韓世忠為將，此正天子高宗以恢復之機，令其北向以圖中原，不致終淪江左也。觀岳飛之一出襄、漢，而六郡即平，觀韓世忠之獨扼江、淮，而二寇屢敗，高宗亦嘗褒獎岳飛，嘉許韓世忠，似非不知韓、岳之忠勇者。迨下詔親征，出次平江，而金、齊二軍，又即遠颺，雖未必因戰敗而去，然亦可藉此以作士心，挽國脈，此後能決定廟謨，用賢禦寇，安知中原之不可復？詎必鰓鰓然議和為哉？本回所敘，實南宋轉捩之機關，宋之所以不即亡者，賴有此爾。一陽初長，剝極而復，奈何高宗之得此已足乎？

# 第七十一回

## 入洞庭擒渠掃穴　返廬山奉櫬奔喪

## 第七十一回　入洞庭擒渠掃穴　返廬山奉櫬奔喪

卻說紹興五年，金主晟病歿，金人稱他為太宗，當由粘沒喝、兀朮等，擁立金太祖孫合剌為主（合剌一作赫拉）。合剌易名為亶，繼立後，卻也沒甚變動。偏宋廷諸大臣以為金立新君，或肯許和，應遣使通問，借覘情勢。唯中書舍人胡寅，極力諫阻，高宗下詔襃諭。會張浚奏稱：「國家遣使，繫兵家機權，將來能闢地復土，終歸和好，未可遽絕。」乃遣忠訓郎何蘚使金。胡寅見所言不從，遂乞外調，因出知邵州。使臣非必不可通，但徒向虜廷乞和，殊屬無益。

時洞庭賊楊么異常猖獗，張浚以洞庭據長江上游，楊么為亂，不急討平，恐滋蔓為害，乃自請視師江上。高宗准奏，命浚出視師，先至潭州，次至醴陵。沿途稽查獄囚，多係楊么部下的偵探，浚一一釋出，好言撫慰，各給文牘，令他還招諸寨，各犯歡呼而去。自是賊寨，次第來降，唯楊么抗命如故。么本名太，係鼎州盜鍾相部黨，相嘗以左道惑眾，脅聚至數千人，自稱楚王，改元天載，嘗攻陷澧州，嗣被降盜孔彥舟所襲，把相擒住，並獲相子子昂，檻送行在，一律伏誅。獨楊太竟得漏網，收集散賊，盤踞龍陽，漸漸的鴟張起來。楚人向稱少年為麼，因呼楊太為楊么。太自恃剽悍，亦即以麼自號，立鍾相少子子儀為太子，令部眾臣事子儀，自己也算在子儀屬下，但僭稱大聖天王，一切兵權，掌在手中，他要做這樣，子儀只好依他這樣，他要做那樣，子儀也只好依他那樣，因此洞庭湖中，單曉得楊么，不曉得有鍾子儀。實是楊么使刁，看官莫說是戀情故主。高宗令都統制王䕫會兵往討，䕫本是個沒用人物，但遣忠銳軍統制崔增等，進攻楊么。崔增等一去不回，後來接得軍報，才知是全軍覆沒了。既而楊么乘著水漲，麾眾出來，攻破鼎州杜木寨，守將許筌戰死。

王䕫卻束手無策，不得已奏達敗仗。

高宗既遣張浚視師，復封岳飛為武昌郡開國侯，兼清遠軍節度使，代

王瓚招捕楊么。飛部下皆西北人，不慣水戰，至是奉命即發。且下令軍中道：「楊么據住洞庭湖，出沒水中，人家都說他厲害，不便往剿。其實用兵討寇，何分水陸？但教將帥得人，陸戰勝，水戰亦勝，本使自有良法，破這水寇，諸將士不用擔憂，總叫依我號令，齊心併力，看楊么能逃我手麼？」看得真，拿得穩，並非大言不慚。大眾被轄有年，早知岳元帥智勇，自然唯命是從。飛先遣使招諭么黨，旋接來使還報，黃佐願降。飛喜道：「佐係楊么謀士，得他來降，尚有何說！」言畢，遂欲起身往撫。牛皋、張憲等，俱勸阻道：「賊黨來降，恐有詭計，不可不防！」飛笑道：「古人有言，不入虎穴，焉得虎子？我欲破滅楊么，全在黃佐一人身上，難道真要用我陸師，攻他水寇麼？」當下命前使導著，竟單騎出營，去見黃佐，馳至佐寨，令前使傳語道：「岳制使來。」幾似郭子儀單騎見虜。黃佐問有若干人？去使道：「只有岳制使一人。」佐即召語部下道：「岳節使號令如山，若與他對敵，萬無生理，所以我擬往降。今岳節使單騎自來，誠信可知，必善待我等，我等開寨迎接便了。」部下都無異言，遂開門迎見岳元帥，執禮頗恭。岳飛亦下馬慰勞，且用手撫佐背道：「汝曉明順逆大義，深足嘉尚，此後誠能立功，封侯也是易事。」佐不待說畢，便道謝節使裁成，隨即引飛至寨，令部目一一進謁。飛溫言慰諭，眾皆悅服。飛復語佐道：「彼此俱中國臣民，並非金虜可比，我此來特宣示大義，俾大眾革面洗心，同衛王室，剿除異族。現擬遣汝至湖中，代達我意，可勸則勸，偕彼同來，視有才能，定當保薦。不可勸，勞汝設法擒捕，我回營後，即當拜本上奏，先請朝廷獎賞，借示鼓勵。」恩威並濟，何敵不克？佐不禁感泣，誓以死報，飛與佐握手為約，當即返營，立保佐為武義大夫，遣人報知，一面暫按兵不動，靜待黃佐消息。

　　會值張浚至潭州，參謀席益疑飛玩寇，入語張浚，請浚上疏劾飛。浚

## 第七十一回　入洞庭擒渠掃穴　返廬山奉櫬奔喪

搖首道：「岳侯忠孝兼全，怎得妄劾？汝疑他玩寇，他何至若是？兵有深機，非常人所能預測呢。」席益被浚駁斥，自覺懷慚，因即退出。隔了數天，飛往見張浚，述及戰事，且云：「黃佐已襲破周倫寨，把倫擊死，並擒偽統制陳貴等人，現已上表奏功，擬遷佐為武功大夫了。」浚答道：「智勇如公，何愁水寇？」相知有素。飛又道：「前統制任士安不服王瓊命令，因此致敗，如欲申明軍律，不能不加罪士安。」浚點首示意。飛又與浚密談數語，浚益大喜。飛即告別，還至營中，傳任士安入帳，詰責罪狀，加鞭三十；並指士安道：「限汝三日，便當平賊，否則斬首不貸。」士安唯唯而出，自率部下入湖，揚言岳家軍二十萬，朝夕可至。楊么素恃險固，嘗大言道：「官軍從陸路來，我可入湖，從水路來，我可登岸，欲要破我，除非飛來。」隱伏言讖。因此並不在意。部眾報岳軍進攻，乃調撥水兵數艘，出去迎敵。湖中遇著士安，不過數千兵士，便一擁上前，圍住士安戰船，併力猛攻。士安恐退後被誅，也拚命死戰。士安亦知拚命，無非憚岳忠勇，否則不幾降寇耶？正酣鬥間，東西兩面，俱有岳家軍殺到，賊舟大亂。士安趁勢殺出，與援兵會剿一陣，擊沉賊舟好幾艘，餘賊遁去。

　　岳軍與士安等回營報功，飛聞捷，即擬親搗賊巢，忽接到張浚手書，內言：「奉旨防秋，即日入覲，洞庭事暫且擱置，俟來年再議。」飛覽畢，忙馳見張浚，開口便道：「都督且少留，待飛八日，決可破敵。」浚微哂道：「恐沒有這般容易哩。」飛袖出小圖，指示張浚道：「這是黃佐獻來洞庭全勢，及楊么平素守禦，詳列無遺，按圖進攻，不出十日，可掃蕩賊巢了。」浚尚以水戰為難，飛答道：「王四廂（即王瓊）用王師攻水寇，所以難勝，飛用水寇攻水寇，自轉難為易。水戰我短彼長，我以短攻長，如何不難？若因敵將，用寇兵，蹶他手足，離他腹心，使他孤立無助，然後用王師搗入，一鼓可平，八日內當俘諸酋，獻諸帳下。」胸有成竹。浚半晌

才道：「既如此，我權留八日，八日後恕不相待了。」飛應諾而出，遂督兵赴鼎州。

可巧黃佐求見，立即召入。佐稟道：「現有楊欽願降，佐特與俱來，進謁節使。」飛喜道：「楊欽素稱驍悍，今亦前來效順，大事成了，快去引他進來！」佐領命召入楊欽。欽至案前下拜道：「欽慕元帥盛名，久思拜謁，只因族兄倡逆，恐罪及同族，未蒙相容，所以不敢徑投。今武功大夫黃佐，盛稱元帥厚恩，不追既往，用特登門請罪，還乞元帥寬恕！」岳飛親自下座，將欽扶起道：「朝廷定例，自首減等，況汝能先自振拔，不甘從逆，理應赦免前愆，本使還要特別保舉，表薦汝為武義大夫，汝可再歸湖中，招撫同儕，按功加賞。」欽歡躍而去，黃佐也即走了。

越兩日，欽引餘端、劉詵等來降，總道此次入見，定邀獎敘，哪知行近案前，仰見岳飛面上已帶怒容，真是摸不著頭緒，沒奈何對他行禮，詳稟招降情狀。忽聞驚堂木一拍，隨著厲聲道：「我叫你盡招諸酋，你為何止招兩三人，便來見我？顯見你是乖刁得很。左右快拖他下去，杖責五十！」令人怪極！楊欽尚思分說，已被帳下健卒，七手八腳的牽了出去，撳倒地上，杖責了五十下。欽連聲呼冤，那裡面又傳出號令，飭將士百人，押欽出湖，令他再往招撫。欽暗思岳飛如此糊塗，悔不該聽了黃佐，前來投降，今著將士押我返湖，我當誘他深入，殺他一個精光，方洩我恨，隨即與將士同行。已墮岳飛計中。時已天晚，湖上一帶，煙波浩淼，暝色蒼茫，更兼是仲夏天氣，湖水為暑氣所蒸，尤覺得煙霧迷濛，前後莫辨。岳飛既遣將士百名，押欽出湖，復囑令牛皋、王貴等，率兵數千，隨欽繼進。欽不顧後面，只管前進，曲曲折折的匯入深巢，有一絕大水寨，駐紮賊眾約數萬人，便傳一口號，當有巡賊，前來迎接。欽引將士百人，正要入寨，忽聽後面鼓角齊鳴，戰船叢集，不由的嚇一大驚，回頭

## 第七十一回　入洞庭擒渠掃穴　返廬山奉櫬奔喪

一望，見牛皋、王貴等，已從船頭躍上水寨，眼見得不能對敵，只好把胸中所有盤算，一齊拋向湖水中去，便招呼牛皋、王貴一同入寨。牛皋、王貴已受岳飛密囑，未敢造次隨入，即問欽道：「寨內人士，果盡降否？如欲不降，我等便當殺入了。」欽無可奈何，乃大聲呼道：「全寨兄弟們聽著！現岳元帥有數萬人來到此地，問你等願否歸降？願降大宋，請即迎謁，不願降，速即出戰！」看官！你想寨眾全未預備，如何可以出敵？況岳軍來勢甚盛，若要與戰，有死無生，大家顧命要緊，樂得應了一聲，保全性命。牛皋、王貴又令他全數投械，才引兵入寨，一面遣報岳飛。

飛遂航湖自至，見水寨正在君山腳下，甚得形勢，便登山四望，見湖右尚有賊舟，舟下有輪，鼓輪激水，行駛如飛。兩旁置有撞竿，所當輒碎，當下長嘆道：「怪不得前此官軍，常被撞沉呢。」隨命軍士，斬伐君山大木，穿成巨筏，塞諸港汊，又命用腐木亂草，乘上流浮下，擇水淺處，使兵士駕著小舟，前行誘敵，且行且罵。賊眾聽著罵聲，爭來追趕，那誘敵兵卻徐徐駛去。賊舟鼓輪撐篙，費盡氣力，偏偏駛不上去，好像膠住一般。原來舟輪都被敗草壅住，並有腐木攔著，處處都是窒礙，所以不便行駛。不料官軍這方面，恰有大股戰船，一齊殺到，連這位白袍銀鎧的岳元帥，也親自到來。賊眾未免喪膽，要想倒退，又是萬分為難，不得已奔至港中。及入港口，復連聲叫苦，見裡面都是巨筏塞住，筏上載著官軍，統躍上賊船，亂砍亂戳，港外又有官軍進來，正是啞子吃黃連，說不盡的苦楚。說時遲，那時快，賊眾正在危急，那楊么引兵來援，港口的官軍，又退去抵擋楊么，港內賊舟，總道有生路可望，也逃出港口。一到港外，見兩下正殺得厲害，官軍各張著牛皮，抵擋矢石，且舉巨木橫撞，把楊么的坐船，都撞成好幾個窟窿。俄聽得官軍大叫道：「逆渠楊么投水了！」俄又聽得官軍拍手道：「好好！逆渠受擒了。」賊眾探頭遙望，果然自己的大

聖天王被一黑面將軍從水中擒出，跳上岳元帥船中去了。從賊眾眼中，敘出楊么被擒，又是一種筆墨。賊眾愈覺慌忙，繼復聽得官軍大呼：「降者免死！」這時候除了此法，不能再活，自然口稱願降。岳飛派牛皋等收撫降眾，自率張憲突入賊巢。巢中尚有餘賊守著，聞岳飛猝至，群驚為神，俱開了寨門，挾著鍾子儀，迎拜馬前。飛親行諸寨，示以忠義，令老弱歸田，籍少壯為軍。除將楊么梟首外，餘皆赦免。當遣部將黃誠，攜楊么首，至張浚處報捷。

　　浚得捷報，屈指計算，適合八日期限，不禁驚嘆道：「岳侯真是神算，無人可及！」乃令黃誠返報，請飛屯兵荊、襄，北圖中原，自啟節由鄂、岳二州，轉入淮東，至行在覲見高宗。高宗召對便殿，浚奏事畢，復進《中興備覽》四十一篇，經高宗褒獎數語，命置座隅。浚又薦李綱忠誠可以重任，高宗乃命綱為江西安撫制置大使。綱自罷相落職，至紹興二年，曾起為湖廣宣撫使，兼知潭州。荊、湖、江、湘一帶，流民潰卒，不可勝數，聞綱就宣撫任，均附首帖耳，不敢為非。綱日思規復中原，迭陳大計，不下萬言，偏撫臣與他反對，竟說他空言無補，且在任所，不聞善狀，因又將他罷職，至是再命他安撫江西。綱入覲高宗，仍抱定規復宗旨，面陳金、齊兩寇，屢擾淮、泗，非出奇無以致勝，應速遣驍將，自淮南進兵，約岳飛為犄角，東西夾擊，方可成功。高宗頗為嘉許，綱告辭而去。

　　張浚因秋防緊要，擬再視師江、淮，銳圖大舉，當即入朝面請，且力保韓世忠、岳飛兩人，可倚大事，高宗又一一照准。浚尚未出，已得韓世忠軍報，略言：「在淮陽殺退金兵，唯城尚未下。」看官道這淮陽城是歸何國？原來是屬劉豫管轄。豫聚兵淮陽，為南侵計，世忠欲先發制人，竟引兵渡淮，直薄淮陽城下，適值金兀朮來會劉豫，世忠即督兵與戰。金先鋒

## 第七十一回　入洞庭擒渠掃穴　返廬山奉櫬奔喪

牙合孛堇（一譯作葉赫貝勒）恃勇前來，由世忠部將呼延通與他搏鬥，戰至數十合，未分勝負。兩人殺得性起，各將兵械棄去，徒手步戰，終被呼延通扼吭擒住。世忠乘勝掩擊，金人敗去。既而兀朮、劉猊復引兵來援，世忠向張浚求救，待久不至，世忠竟勒陣向敵，且遣人馳語道：「錦衣驄馬，兀立陣前，便是韓相公，汝等何人善戰，便即過來，一決雌雄！」一身都是膽。既而果有兩敵將衝來，世忠不待近身，奮戈直出，左右一揮，兩敵將死了一雙，餘兵怯退。世忠乃奏報行闕。高宗與張浚商議，浚言：「且會師鎮江，再作計較。」乃下詔令世忠還屯楚州。及浚至鎮江，諸將畢集，浚派張俊屯盱眙，韓世忠仍屯楚州，劉光世屯合肥，楊沂中為張俊後援，岳飛屯襄陽，令圖中原。

　　飛自戡定洞庭，還軍襄陽，每日枕戈待旦，以恢復中原為己任，自得張浚馳書獎勉，越發激昂鼓勵，銳圖恢復。未幾朝命又下，改授武勝定國軍節度使，兼宣撫副使，命置司襄陽，且往武昌調軍。飛即日部署，終朝畢事，越宿即趨往武昌。正在募兵集旅，忽接襄陽家報：「姚太夫人病逝了。」飛不禁變色，只叫了「母親」二字，便暈厥過去。左右忙將他掖住，齊聲號呼，好容易喚醒了他，但見他仰天大慟道：「上未能報國全忠，下未能事親盡孝，忠孝兩虧，如何為臣？如何為子？」左右竭力解勸，乃星夜奔喪，馳回襄陽。小子於岳飛履歷，第六十一回曾已略敘，此處更宜補述一段故事。飛幼失怙，全賴母親姚氏飲食教誨，始得成人。飛年漸長，事母至孝，但經母命，無一敢違。母嘗以忠義勖飛，且把飛背上，刺著「盡忠報國」四大字，深入膚理，用醋墨塗在字上，令他永久不變。所以飛一生記著，孝字以外，就是忠字。揭出忠孝，借古諷今。先是廬州解圍，飛得優敘，馳封母為太夫人。飛感朝廷恩遇，擬俟規復中原，辭官終養。廬州解圍，事見前回。經此驟聞母喪，如何不痛？既至襄陽，將母屍

棺殮，扶櫬至廬州守制，一面上報丁憂，且乞終喪。偏有詔令他墨絰從戎，起復為京、湖宣撫使。飛再四奏辭，未邀俞允，但責令移孝作忠。乃不得已，仍就原職。朝廷又命他宣撫河東，節制河北諸路。飛因遣牛皋復鎮汝軍，楊再興復河南長水縣，自督軍攻克蔡州。又飭王貴、郝政、董先等，復虢州及盧氏縣，獲糧十五萬石，降敵眾數萬，再進軍唐州，毀去劉豫兵營，於是慨然上表，請進軍恢復中原。小子有詩詠岳制使道：

一生繫念只君親，親歿唯存報主身。
願復國仇三上表，如公才不愧忠臣。

未知高宗曾否准奏，且看下回便知。

岳武穆之忠孝，備見本回，而智勇亦寓於其間。觀其入洞庭，擒楊么，預定期限，不愆時日，此非料敵如神，因寇制寇，烏能得此奇捷耶？楊么謂除非飛來，不意果有此飛將軍自天而下，恃險者卒以險亡，搗險者不以險怯，此可知世無不可平之巨寇，視我之有以制寇否也。岳母姚氏，抱飛免厄，事載《宋史》本傳，而背涅「盡忠報國」四字，見諸飛被誣對簿、裂裳示驗之時，史雖不詳為岳母所刺，而稗史所載，故老相傳，當非無稽，故本回亦錄及之。及母喪守制，屢詔起復，不得已墨絰從事，彼豈貪戀職位者比？殆激於忠義之忱，欲達恢復中原之本旨，因有此權宜之舉耳。張浚稱岳侯忠孝，誠然！

# 第七十一回　入洞庭擒渠掃穴　返廬山奉櫬奔喪

# 第七十二回

## 髯將軍敗敵揚威　愚參謀監軍遇害

## 第七十二回　髯將軍敗敵揚威　愚參謀監軍遇害

卻說岳飛奏請進取中原，詔飭從緩。飛乃召王貴等引還鄂州。張浚聞高宗未從飛奏，心甚怏怏，遂自淮上入觀，面請駕幸建康，獎勵三軍，力圖恢復。高宗意尚遲疑，會聞劉豫復欲南寇，浚申請益力。趙鼎亦勸高宗，進幸平江。高宗與張、趙二人，商議啟蹕，且欲用秦檜為行營留守。檜被斥後，本有永不復用的榜示，偏高宗是個沒有主張的主子，今日說他是惡人，明日又說他是善人。想是貴人善忘的緣故。因此罷檜踰年，又令他知溫州，尋復令知紹興府。檜性成奸詐，料知張、趙為相，和議必不可成，不若虛與周旋，暫將議和二字擱起，換了一副假面目，對待張浚、趙鼎。浚本戇直，遂以檜為可用，薦為醴泉觀使，兼官侍讀。至是高宗又欲留檜守臨安，浚當然贊成。鼎未以為然，因經浚力保，也不便多口，遂以檜為行營留守，孟庾為副，並准參決尚書省樞密院事。

高宗乃啟行至平江，浚先往江上，探察偽齊消息，諜報劉豫令子麟、姪猊，分道入寇，且有金人為助。浚半晌才道：「我料金人未必肯來，金人助豫數次，屢致失敗，難道還欲相助麼？」遂將此意入奏。嗣聞劉麟由壽春進犯合肥，劉猊由紫荊山出渦口，進犯定遠。還有反覆無常的孔彥舟，前已降宋，繼復降豫，也由光州進犯六安。張俊、劉光世俱張大敵勢，俊請益兵，光世欲退師，浚即貽書二將道：「賊豫以逆犯順，若不剿除，何以立國？朝廷養兵，正為今日，只宜進戰，不宜退保。」書發後，又接到趙鼎手書，令楊沂中急援張俊，同保合肥，於是促沂中趨濠州，與俊合兵，且特給手書道：「朝廷待統制甚厚，應及時立功，借報知遇。」這書發出，復接高宗手札，謂：「張俊、劉光世恐不足任，當令岳飛率兵東下，抵制逆豫。俊與光世等軍，不如命他退守江濱。」浚不禁憤嘆道：「這事怎可使得？趙丞相日侍帝側，難道亦不加諫阻麼？」遂援筆寫了數語，令文牘員裝著首尾，即遣參謀呂祉馳奏。看官道是何語？由小子節敘如下：

俊等渡江，則無淮南，而淮南之險，與賊共有。淮南之屯，正所以封鎖大江，使賊得淮南，因糧就運，以為久計，江南其可保乎？今正當合兵掩擊，可保必勝，若一有退意，則大事去矣。且岳飛一動，襄、漢有警，何所恃乎？願朝廷勿專制於中，使諸將有所觀望也。

奏入，又由廬州馳到軍報，劉光世已退趨採石了。浚頓足道：「光世這般畏怯，如何對敵？」道言未絕，正值呂祉馳回，入報浚道：「上已有旨，諸從公議，如各將有不用命，聽軍法從事。」浚大喜，便命呂祉馳往光世軍，傳達諭旨。祉亟往採石，截住光世，且厲聲語道：「詔命已下，如有一人渡江，即斬以徇。」光世不覺股慄，乃仍回廬州（逐節敘寫，見得軍務倥傯，非常危急，於此可窺筆法）。劉猊進軍淮東，為韓世忠所拒，轉趨定遠。劉麟從淮西架三浮橋，接連渡軍，進次濠州、壽春交界。張俊出兵抵禦，相持未決。劉猊自定遠趨宣化，欲寇建康，至越家坊，適與楊沂中相遇，正待整軍交鋒，不意沂中已奮殺過來，連迎戰都屬無暇。猊料不可當，忙麾軍退去，改向合肥出發，意欲與麟合兵，集眾後進。甫抵藕塘，望見前面有官軍攔住，大纛上書一楊字，猊驚忿道：「莫非又是這髯將軍麼？」原來沂中擊退劉猊，料知猊軍必趨合肥，遂從間道進軍，趕過劉猊前面，立營待著。沂中多髯，猊因呼為髯將軍，當下劉猊據山列陣，命騎士挽弓注射，矢下如雨。沂中令統制吳錫，率勁兵五千，先行突陣，自率大軍為後應。吳錫奉令登山，前隊多中箭倒退。錫怒馬突出，左持刀，右執盾，飛步上岡，部兵見主將前進，也不管死活，拚命隨上。猊眾不及攔阻，陣勢稍動。沂中縱軍四擊，並自麾精騎，橫衝猊軍，且大呼道：「賊破了！」猊不覺駭顧，部下亦錯愕失色，頓時潰亂。可巧統制張宗顏，亦奉到張浚檄文，自泗州來援合肥，正當猊眾背後，乘勢夾攻，猊眾大敗，被殺無算。猊奔至李家灣，又值張俊統兵殺來，猊嚇得魂膽飛揚，

## 第七十二回　髯將軍敗敵揚威　愚參謀監軍遇害

忙向前奪路，專想逃生。偏張俊不肯放他過去，指揮兵士，把他困住。猊左衝右突，不能脫身，虧得謀士李愕令猊卸甲棄盔，鑽入步兵隊裡，方免官軍注目，從斜刺裡溜出重圍，才得走脫。猊與愕狂奔數里，四顧無人，方敢少憩。事後愈覺惶，不由的痛哭起來，且用首觸愕道：「不意此次用兵，遇著一個髯將軍，真正晦氣，害得我全軍覆沒，真好苦呢！」愕問是何人？猊帶哭帶語道：「聞官軍稱他為楊殿前，大約是楊沂中哩。他真是厲害，銳不可當。」愕也自覺沒顏，只好勸慰數語，猊才止哭。俄見有敗軍數十人，騎馬逃來，已是盔甲不全，狼狽得很，喘息片刻，方語猊道：「此處非休息的地方，恐追兵又要到來了。」猊慌忙起立，向騎兵中牽得一馬，揚鞭遁去。愕亦借馬走脫。騎卒無馬可乘，不免落後，嗣經楊沂中追到，大聲呼叱，遂投械請降。沂中復趕了一程，不見劉猊，始收軍退回。為這一役，把猊眾殺死了好幾萬，收降了好幾萬，偽齊大為奪氣。劉麟聞猊初敗，已退軍數十里，不敢與張俊相持，所以俊得轉攻劉猊。至是聞猊眾盡沒，越覺喪膽，因即回去。孔彥舟也撤光州圍，引眾亟還。

　　是時金兀朮亦屯兵黎陽，作壁上觀，未嘗進援，看官道是何故？先是劉豫發兵南侵，曾向金乞師，金主亶召群臣會議，太宗長子蒲盧虎（蒲盧虎一作博郭勒）道：「先帝前日立豫，無非欲借作屏藩，使為宋害，今豫進不能取，退不能守，兵連禍結，無日休息，若屢從豫請，得一勝仗，唯豫收利，不幸致敗，我且受弊。況前年因豫出師，已遭挫損，難道尚可許他麼？」金主亶因不肯發兵，但遣兀朮駐兵黎陽，坐觀成敗。至麟、猊等敗還，且遣使詰責，說他無能。至是劉豫進退兩難，漸失金人歡心了。

　　張浚因劉豫各兵俱已敗退，請乘勢攻河南，且乞車駕速幸建康。偏趙鼎謂不如回蹕臨安。看官試想！高宗果欲圖恢復，理應北進，不應南退，鼎亦南宋名相，與浚協力圖功，為何浚請高宗幸建康，鼎反請回臨安呢？

這其間也有一段隱情。自浚視師江上，嘗遣參謀呂祉奏事。祉與鼎言，即極力誇張，鼎不免沮抑。及返報浚時，每言鼎有意牽掣，浚信以為真，將所有憤懣，形諸奏牘。高宗嘗語鼎道：「他日張浚與鼎不和，必出自呂祉一人，卿不可不防！」鼎答道：「臣與浚本如兄弟，毫無嫌怨，今既由呂祉離間，致啟浚嫌，不若留浚專政，俾得盡展才具，臣願告退。」高宗道：「俟浚歸再議。」浚與鼎俱抱公忠，既知由呂祉啟嫌，鼎何勿推誠相與？為高宗計，亦應剴切下諭，調和兩相，乃鼎告退，高宗即有再議之言，君臣兩失之矣。既而浚至平江，面請高宗進趨建康。又言：「劉光世驕惰不戰，請罷免軍政。」時鼎亦在旁，奏言：「光世累代為將，無端罷免，恐將士離心，反滋不安。」浚奮然道：「朝廷方日圖恢復，尚可令驕帥逍遙，自由往返麼？現應嚴申賞罰，振作士氣，庶可入攻河南，討平逆豫。」鼎又答辯道：「河南非不可取，但得取河南，能保金人不內侵麼？平豫尚易，敵金實難。」趙鼎兩番奏辯，俱屬未當，彼因與浚有嫌，故如是云云。浚復作色道：「逆豫不平，是多一重寇敵，且株守東南，金虜亦未必不來，試思近年以來，陛下一再臨江，士氣百倍，成效已經卓著，尚可退然自沮麼？」高宗顧浚道：「卿言甚是，朕當從卿。」浚乃趨退。鼎遂力求解職，因罷為觀文殿大學士，知紹興府。越年為紹興七年，詔命陳與義參知政事，沈與求同知樞密院事。張浚復欲視師，不告與求，既得旨，與求嘆息道：「這是軍國大事，我不得與聞，如何備位？」乃乞請辭官。高宗不許，未幾病歿。與求遇事敢言，朝右頗倚以為重。病歿後，上下咸哀。

越數日，忠訓郎何蘚自金歸來，報稱道君皇帝及鄭太后相繼告崩，高宗不禁大慟道：「隆祐太后愛朕如己出，不幸前已崩逝（就高宗口中，補敘隆祐之崩，亦一銷納筆法），所望太上帝后，得迎奉還朝，借盡人子孝思，哪知復崩逝異域，抱痛何如？」遂命持服守制。百官七上表，請以日

## 第七十二回　髯將軍敗敵揚威　愚參謀監軍遇害

易月,知嚴州胡寅,獨請服喪三年,衣墨臨戎,以化天下。高宗因欲行三年之喪,會張浚奏言:「天子孝思,與士庶不同,當思所以奉宗廟社稷,不在縞素虛文。今梓宮未還,天下塗炭,願陛下揮淚而起,斂發而趨,一怒以安天下,方為真盡孝道。」高宗乃命浚草詔,告諭群臣。外朝勉從眾請,宮中仍服喪三年。看官聽著！隆祐太后孟氏,崩逝在紹興元年四月間,享年五十九,喪祭用母后臨朝禮,所以追上尊諡,也用四字稱為昭慈獻烈皇太后。後來復改獻烈為聖獻,至道君皇帝去世,實在紹興五年四月,鄭太后去世,距道君只隔數月,年五十二,兩人俱死於五國城。高宗服孟后喪,是臨時即服的。服生父嫡母喪,直待何蘚南歸,才得聞知,因此距喪期已隔二年。當下追尊太上皇道君尊號曰徽宗,鄭太后尊諡曰顯肅。唯高宗生母韋賢妃,也從徽宗北徙,建炎初年,曾遙尊為宣和皇后。至是因鄭太后已歿,又遙尊為皇太后。本文連類並敘,故於先後夾寫中,仍標清年限。高宗且諭左右道:「宣和太后春秋已高,朕日夜記念,不遑安處,屢欲屈己講和,以便迎養,怎奈金人不許,令朕無法可施。今上皇太后梓宮未歸,不得不遣使奉迎,如金人肯歸我梓宮,並宣和太后等,朕亦何妨少屈呢！」言已,遂召王倫入朝,命為奉迎梓宮使,且語倫道:「現在金邦執政,聞由撻懶等專權,卿可轉告撻懶,還我梓宮,歸我母后,當不惜屈己修和。且河南一帶,與其付諸劉豫,不若仍舊還我,卿其善言,毋廢朕命！」倫唯唯而出,即日北去。張浚聞高宗又欲議和,即入見高宗,請命諸大將,率三軍發哀成衣,北向復仇。高宗默然不答。浚退朝後,復上疏道:

　　陛下思慕兩宮,憂勞百姓,臣之至愚,獲遭任用,臣每感慨自期,誓殲敵仇,十年之間,親養闕然,爰及妻孥,莫之私顧。其意亦欲遂陛下孝養之心,拯生民於塗炭。昊天不弔,禍變忽生,使陛下抱無窮之痛,罪將

誰執？念昔陝、蜀之行，陛下命臣曰：「我有大隙於此，刷此至恥，唯爾是屬。」而臣終驟成功，使敵無憚。今日之禍，端自臣致，乞賜罷黜，以正臣罪，臣不勝惶恐待命之至！

這疏上呈，高宗乃下詔慰留。浚再疏待罪，高宗仍不許。浚乃請乘輿發平江至建康，隨行奏對，始終不離「國恥」二字，高宗亦嘗改容流涕。既至建康，申奏劉光世沉湎酒色，不恤國事，乃下詔罷光世為萬壽觀使，令部兵改隸都督府。浚命參謀呂祉，赴廬州節制劉軍，樞密副使張守諫浚道：「光世既罷，軍士未免觖望，必得一聞望素高，足以制服輿情，方可遣往，呂祉恐不可用呢。」浚不以為然。會飛自鄂入覲，高宗從容問道：「卿得良馬否？」飛答道：「臣本有二馬，材足致遠，不幸相繼以死，今所乘馬，日行只百里，已力竭汗喘，實屬駑鈍無用。可見良材是不易得呢！」高宗稱善，面授太尉，繼除宣撫使，命王德、酈瓊兩軍，受飛節制，且諭德、瓊道：「聽飛號令，如朕親行。」飛又手疏，論規復大略，最關緊要的數語，節錄如下：

金人所以立劉豫於江南，蓋欲荼毒中原，以中國攻中國，粘罕（即粘沒喝）因得休兵觀釁。臣欲陛下假臣日月，便則提兵趨京、洛，據河陽、陝府、潼關，以號召五路判將，判將既還，遣王師前進，彼必棄汴而走河北，京畿、陝右可以盡復，然後分兵浚、滑，經略兩河，如此則劉豫成擒，金人可滅，社稷長久之計，實在此舉。

高宗覽奏，便批答道：「卿能如此，朕復何憂？一切進止，朕不遙制。」繼復召飛至寢閣，殷勤面諭道：「中興事一以委卿。」飛感謝而出，擬圖大舉。偏秦檜暗中忌飛，多方讒間，張浚又欲令王德、酈瓊兩人，往撫淮西，節制前時劉光世部軍。高宗自覺為難，只得令飛詣都督府議事。於此可見高宗之庸。飛奉命見浚，浚與語道：「王德為淮西軍所服，浚欲任他為

## 第七十二回　髯將軍敗敵揚威　愚參謀監軍遇害

都統，再命呂祉以督府參謀，助德管轄，太尉以為何如？」飛應聲道：「德與酈瓊素不相下，一旦德出瓊上，定致相爭。呂參謀未習軍旅，恐不足服眾。」浚又道：「張俊何如？」飛復道：「張宣撫係飛舊帥，飛本不敢多口，但為國家計，恐張宣撫暴急寡謀，尤為瓊所不服。」浚面色少變，徐徐答道：「楊沂中當高出二人。」飛又道：「沂中雖勇，與王德相等，亦怎能控馭此軍？」浚不禁冷笑道：「我固知非太尉不可。」飛正色道：「都督以正道問飛，不敢不直陳所見，飛何嘗欲得此軍哩！」浚終心存芥蒂，面上露著慢色。飛立刻辭出，即日上章告假，乞終喪服，令張憲暫攝軍事，自己竟步歸廬山，至母墓旁，築廬守制去了。浚固不能無私，飛亦未免率真。

浚聞飛去，恨上加恨，竟命張宗元權宣撫判官，監製岳軍，一面令王德為淮西都統，酈瓊為副，呂祉為淮西軍統制。王德等甫至任所，酈瓊即與德齟齬，呂祉不能調和，便即還朝。德與瓊各自列狀交訴都督府及御史臺，浚無可奈何，召德還建康，命祉復赴廬州，別命楊沂中為淮西置制使，劉錡為副，就廬州駐紮。祉先至廬州，瓊又向祉訟德，祉語瓊道：「張丞相但喜人向前，倘能立功，雖大過且不計較，況小小嫌疑呢？祉當為諸公力辯，保無他虞。」瓊聞言感泣，軍事少定。祉見軍心已靖，恰密請罷瓊等兵權。奏疏方發，偏有書吏漏口語瓊。瓊即令人遮祉所遣郵置，得祉奏摺，果如書吏所言，遂大加忿恨。會聞朝廷已命楊沂中為制置使，且召己赴行在，又覺驚懼交乘，左思右想，只有謀叛一法。越宿，諸將謁祉，瓊亦在列，亟從袖中取出呂祉奏牘，示中軍統制張璟道：「諸軍官有何罪狀？瓊亦自想無他，呂統制乃無端誣人，奏白朝廷，令人不解。」祉聞聲欲走，被瓊搶上數步，將祉握住兩手，且喝令左右縛祉。張璟看不過去曰：「凡事總可妥商，奈何擅執命官？」瓊厲聲道：「朝廷如此糊塗，我還要在此何為？汝等欲死中求生，快隨我投劉豫去！」璟叱道：「你降劉豫，

便是叛賊！」統制劉永衡，及兵馬鈐轄喬仲福等，大呼道：「叛臣賊子，人人得誅，我等應為國討賊。」言未畢，瓊已拔劍出鞘，指令軍士來殺張璟等人。張璟、劉永衡、喬仲福也拔劍奮鬥，畢竟寡不敵眾，鬥了片刻，三人相繼畢命。不愧為忠。瓊遂率全軍四萬人，挾著呂祉，北趨至淮。祉抗聲語瓊道：「劉豫逆賊，我豈可往見？」瓊眾牽祉前行，祉怒罵道：「叛奴！我死就死，不願北渡。」瓊尚不欲殺祉，祉又大聲諭眾道：「劉豫逆臣，何人不曉？爾軍中豈無英雄，乃願隨酈瓊去麼？」眾頗感動，有千餘人環立不行。瓊恐搖動軍心，竟用刀刺殺呂祉，策馬先渡，竟投劉豫去了。祉死後，地上遺落括髮帛，有人拾得，歸至吳中，交付祉妻吳氏。吳氏向西慟哭一番，竟持帛自縊。小子有詩嘆道：

寧死江頭不渡淮，報君甘擲罪臣骸！
原心略跡應堪恕，難得閨魂亦與偕。

張浚聞呂祉被害，方悔不信岳飛，致有此變，乃引咎自劾。究竟高宗是否允准，待小子下回陳明。

將相和則士心附，此古今不易之至言。趙鼎、張浚為左右相，鼎居內，實握相權，浚居外，相而兼將者也。觀劉豫之分道入寇，而鼎、浚二人，內外同心，因得奏績，此非將相二人和衷之效乎？厥後以呂祉之讒間，即至成隙，鼎固失之，而浚亦未為得也。高宗因父母之喪，復欲議和，浚請舉哀北向，誓報國仇，其志可嘉。劉光世軍無紀律，遇敵不前，罷之亦非過甚。唯必欲重用呂祉，及擢王德統淮西軍，良言不用，反且遷怒，何其昧於知人，愚而自用若此。酈瓊謀叛，呂祉遇害，祉雖不失為忠，然激變之咎，祉實階之，而浚亦與有過焉。要之私心一起，無事可成，鼎與浚為宋良臣，猶蹈此失，此宋之所以終南也。

第七十二回　髯將軍敗敵揚威　愚參謀監軍遇害

# 第七十三回

## 撤藩封偽主被縶　拒和議忠諫留名

## 第七十三回　撤藩封偽主被縶　拒和議忠諫留名

卻說張浚因酈瓊叛逆，引咎自劾，力求去職。高宗問道：「卿去後，秦檜可否繼任？」浚答道：「臣前日嘗以檜為才，近與共事，方知檜實闇昧。」高宗道：「既如此，不若再任趙鼎。」浚叩首道：「陛下明鑑，可謂得人。」及浚退朝，即下詔命趙鼎為尚書左僕射，兼樞密使，罷浚為觀文殿學士，提舉江州太平興國宮，且撤除都督府。唯秦檜本望入相，偏經張浚奏阻，如何不惱？遂唆使言官，交章論浚。高宗又為所惑，擬加竄謫。會趙鼎乞降詔安撫淮西，高宗道：「俟行遣張浚，朕當下罪己詔。」鼎即對道：「浚母已老，且浚有勤王功。」高宗不待說完，便艴然道：「功罪自不相掩，朕唯知有功當賞，有罪當罰罷了。」恐未能如此。至鼎退後，竟由內旨批出，謫浚嶺南。鼎持批不下，並約同僚奏解。翌晨入朝，即為浚辯白。高宗怒尚未息，鼎頓首道：「浚罪不過失策，天下無論何人，所有計慮，總想萬全，若一挫失，便置諸死地，他人將視為畏途。即有奇謀祕計，誰復敢言？此事關係大局，並非臣獨私浚呢。」浚薦鼎，鼎亦救浚，兩人不念夙嫌，可謂觀過知仁。張守亦代為乞免，乃只降浚為祕書少監，分司西京，居住永州。李綱再上疏營救，不復見答。

唯浚既去位，高宗復念及岳飛，促召還職。飛力辭，不許，乃趨朝待罪。高宗慰諭有加，命飛出駐江州，為淮、浙援。飛抵任，想了一條反間計，使金人廢去劉豫，然後上疏請復中原。看官欲知飛策，待小子詳細敘明。從前金立劉豫，係由撻懶運動粘沒喝，因得成事。粘沒喝嘗駐守雲中，及金主亶立，召入為相，高慶裔亦隨他入朝，得為尚書左丞相。獨蒲盧虎與二人未協，屢欲加害。高慶裔窺透隱情，勸粘沒喝乘機篡立，兼除蒲盧虎，粘沒喝憚不敢發。既而高慶裔犯貪贓罪，被逮下獄，粘沒喝乞免高為庶人，貸他一死，金主不許。及高臨刑，粘沒喝親至法場，與他訣別，高慶裔哭道：「公若早聽我言，豈有今日？」粘沒喝亦相對嗚咽。轉

瞬間高已梟首，粘沒喝泣歸。金主又將粘沒喝黨羽加罪數人，粘沒喝恚悶得很，遂絕食縱飲而死。既有今日，何不當初寬宋一線？劉豫失一外援，並因藕塘敗後，為金人所厭棄，金人已有廢豫的意思，岳飛探得消息，正想設法除豫，湊巧獲得金諜，飛強指為齊使，佯叱道：「汝主曾有書約我，誘殺金邦四太子，奈何到今未見施行？今貸汝死，為我致書汝主，不得再延！」金使顧著性命，樂得將錯便錯，答應下去。飛遂付與蠟書，令還報劉豫，且戒他勿洩。裝得像。金諜得了此書，忙馳報兀朮。兀朮覽書，大驚又急，返白金主。適劉豫遣使至金，請立麟為太子，並乞師南侵。金主因與兀朮定謀，偽稱濟師，長驅到汴。將抵城下，先遣人召劉麟議事。麟至軍，兀朮即指揮騎士，將麟擒住，隨即率輕騎馳入汴城。豫尚率兵習射講武殿，兀朮已突入東華門，下馬呼豫。豫出殿相見，被兀朮扯至宣德門，喝令左右，將他擁出，囚住金明池。翌日，集百官宣詔廢豫，改置行臺尚書省，命張孝純權行臺左丞相，胡沙虎為汴京留守，李儔為副，諸軍悉令歸農，聽宮人出嫁，且縱鐵騎數千，圍住偽宮，抄掠一空。撻懶亦率兵繼至，豫向撻懶乞哀，撻懶責豫道：「昔趙氏少帝出京，百姓燃頂煉臂，號泣盈途，今汝被廢，並無一人垂憐，汝試自想，可為汴京的主子麼？」豫無詞可對，只俯首涕泣罷了。福已享盡，勢已行盡。兀朮遂逼劉豫家屬徙居臨潢。

　　岳飛聞金已中計，即約韓世忠同時上疏，請乘機北征。哪知高宗此時，已受著秦檜的矇蔽，一意主和，還想什麼北伐。可巧王倫自金歸南，入報高宗，謂金人許還梓宮及韋太后，且許歸河南地。高宗大喜道：「若金人能從朕所求，此外均無容計較哩。」已甘心臣虜了。越五日，復遣倫至金，奉迎梓宮，一面議還都臨安。張守上言道：「建康為六朝舊都，氣象雄偉，可以北控中原，況有長江天塹，足以捍禦強虜，陛下席未及暖，又

## 第七十三回　撤藩封偽主被縶　拒和議忠諫留名

擬南幸，百司六軍，不免勤動，民力國用，共滋煩擾，不如就此少安，足繫中原民望」等語。看官！你想秦檜得志，高宗著迷，哪裡還肯聽信忠言？當下自建康啟蹕，還都臨安。首相趙鼎也受秦檜籠絡，謂檜可大任，薦為右相。張守見朝局愈非，力求去職，竟出知婺州。秦檜居然得任尚書右僕射，兼樞密院使，吏部侍郎晏敦復道：「奸人入相，恢復無望了。」朝士尚謂敦復失言，不料檜一入相，竟將和議二字，老老實實的抬了出來。趙鼎初時，曾說秦檜奸邪，後來檜入樞密，唯鼎言是從，鼎遂深信不疑，極力舉薦。檜既與鼎並肩，遂改了面目，與鼎齟齬。既而王倫偕金使南來，高宗命吏部侍郎魏矼館待金使，矼見秦檜，極言敵情狡獪，不宜輕信。檜語道：「公以智料敵，檜以誠待敵。」矼冷笑道：「但恐敵不以誠待相公，奈何？」檜恨他切直，竟改命吳表臣為館伴，導金使至臨安，入見高宗，備述金願修好，歸還河南、陝西。高宗大悅，慰勞甚殷。

及金使已退，召諭群臣道：「先帝梓宮，果有還期，稍遲尚屬不妨。唯母后春秋已高，朕急欲迎歸，所以不憚屈己，期得速和。」廷臣多以和議為非，高宗不覺動怒，趙鼎進奏道：「陛下與金人，所謂君父之仇，不共戴天，今欲屈己講和，無非為梓宮及母后起見，唯群臣憤懣情詞，亦由愛君所致，不可為罪。陛下如將此意明諭，自可少息眾議了。」高宗乃從鼎言，剴切下諭，廷臣才無異詞。但鼎意是不願主和，參知政事劉大中，亦與鼎同意。秦檜欲排擠二人，特薦蕭振為侍御史，令劾大中，高宗竟將大中免職。鼎語同僚道：「振意並不在大中，但借大中開手呢。」振聞鼎言，亦語人道：「趙丞相可謂知幾，不待論劾，便自審去就，豈非一智士麼？」未幾，殿中侍御史張戒，彈劾給事中勾濤。濤上疏自辯，內言張戒劾臣，由趙鼎主使，且詆鼎內結臺諫，外連諸將，意不可測。鼎遂引疾求罷，高宗竟從所請，命為忠武軍節度使，出知紹興。檜率僚屬餞行，鼎不

與為禮，一揖而去。

檜益憾鼎，極力反鼎所為，決計主和。其實尚不止此，無非受撻懶囑託耳。每當入朝，群臣皆退，檜獨留對，嘗言：「臣僚首鼠兩端，不足與議，若陛下果欲講和，乞專與臣議，勿許群臣預聞。」高宗便道：「朕獨委卿何如？」檜復道：「臣恐不便，望陛下三思！」越三日，檜復留身奏對，高宗仍主前說。檜答言如故。又三日，檜再留身奏對，高宗始終不變，乃始出文字，乞決和議。要結主心，一至於此。中書舍人勾龍如淵獻策語檜道：「相公為天下大計，偏中外不察，異議朋興，為相公計，何不擇人為臺諫，令盡擊去異黨？那時眾論一致，和議自可就緒了。」檜大喜，即保薦如淵為中丞，遇有異議，立上彈章。又引孫近參知政事，近一一承檜意旨，差不多與孝子順孫一般。

會金主遣張通古、蕭哲為江南招諭使，許歸河南、陝西地，與倫偕來。既至泗州，傳語州縣須出城拜謁，知平江府向子諲不肯出拜，且奏言不應議和，竟乞致仕。及通古至臨安，提出要求，須由高宗待以客禮，方宣布國書。檜疑國書中有冊封語，勸高宗屈己聽受。高宗道：「朕嗣太祖、太宗基業，豈可受金人封冊？」初意原有一隙之明。檜亦語塞。嗣由勾龍如淵想了一法，擬與金使婉商，將金書納入禁中，免得宣布。給事中樓炤復舉古人諒陰三年事，推秦檜攝行塚宰，詣館受封。檜依計而行。通古尚欲百官備禮，檜乃使省吏朝服至館，引金使納書禁中，方模模糊糊的混了過去。掩耳盜鈴。檜又令禮部侍郎兼直學士院曾開，草答國書，體制與藩屬相似。開不肯起草，檜婉語道：「主上虛執政待君，君儘可擬草。」開答道：「開只知有義，不知有利，敢問我朝對待金人，果用何禮？」檜語道：「如高麗待遇本朝。」開正色道：「主上以盛德當大位，公應強兵富國，尊主庇民，奈何忍恥若此？」真是無恥。檜勃然怒道：「聖意已定，還

## 第七十三回　撤藩封偽主被縶　拒和議忠諫留名

有何言！公自取盛名而去。檜但欲息境安民，他非所計。」開始終不肯草詔，自請罷職，且與同僚張燾、晏敦復、魏矼、李彌遜、尹焞、梁汝嘉、樓炤、蘇符、薛徽言，御史方廷實，館職胡珵、朱松、張擴、凌景、夏常明、范如珪、馮時中、許忻、趙雍等，聯名具疏，極言不可和。又有樞密院編修胡銓，且請斬王倫、秦檜、孫近等，語尤激烈，時人稱為名言。連金人都出千金買稿，真是南宋史上一篇大文章。曾記疏中有云：

　　臣謹按，王倫本一狎邪小人，市井無賴。頃緣宰相無識，舉以使虜，專務詐誕，欺罔天聽，驟得美官，天下之人，切齒唾罵。今者無故誘致虜使，以招諭江南為名，是欲劉豫我也。劉豫臣事醜虜，南面稱王，自以為子孫帝王萬世不拔之業，一旦豺狼致慮，捽而縛之，父子為虜。商鑑不遠，而倫又欲陛下效之。

　　夫天下者陛下之天下也。陛下所居之位，祖宗之位也。奈何以祖宗之天下，為金虜之天下，以祖宗之位，為金虜藩臣之位？陛下一屈膝，則祖宗廟社之靈，盡汙夷狄，祖宗數百年之赤子，盡為左衽，朝廷宰執，盡為陪臣，天下士大夫，皆當裂冠毀冕，變為胡服，異時豺狼無厭之求，安知不加我以無禮如劉豫也哉！夫三尺童子，至無識也，指犬豕而使之拜，則怫然怒；今醜虜則犬豕也，堂堂大國，相率而拜犬豕，曾童孺之所羞，而陛下忍為之耶？倫之議乃曰：「我一屈膝，則梓宮可還，太后可復，淵聖可歸，中原可得。」嗚呼！自變故以來，主和議者，誰不以此說陛下哉？然而卒無一驗，則虜之情偽，已可知矣。而陛下尚不覺悟，竭民膏血而不惜，忘國大仇而不報，含垢忍恥，舉天下而臣之甘心焉。就令虜決可和，盡如倫議，天下後世，謂陛下何如主？況醜虜變詐百出，而倫又以奸邪濟之，梓宮決不可還，太后決不可復，淵聖決不可歸，中原決不可得，而此膝一屈，不可復伸，國勢凌夷，不可復振，可謂痛哭長太息矣。曏者，陛

下間關海道，危如累卵，當時尚不忍北面稱臣，況今國勢稍張，諸將盡銳，士卒思奮，只如頃者，醜虜陸梁，偽豫入寇，固嘗敗之於襄陽，敗之於淮上，敗之於渦口，敗之於淮陰，較之往時蹈海之危，固已萬萬。倘不得已而至於用兵，則豈遽出虜人下哉？今無故而反臣之，欲屈萬乘之尊，下穹廬之拜，三軍之士，不戰而氣已索，此魯仲連所以義不帝秦，非惜夫帝秦之虛名，惜天下大勢有所不可也。

今內而百官，外而軍民，萬口一談，皆欲食倫之肉，謗議洶洶，陛下不聞，正恐一旦變作，禍且不測，臣竊謂不斬王倫，國之存亡，未可知也。雖然，倫不足道也，秦檜以腹心大臣，而亦為之，陛下有堯、舜之資，檜不能致君如唐虞，而欲導陛下為石晉，孫近傅會檜議，遂得參知政事，天下望治，有如飢渴，而近伴食中書，不敢可否，檜曰虜可和，近亦曰可和，檜曰天子當拜，近亦曰當拜，臣嘗至參事堂三發問，而近不答，但曰：「已令臺諫侍從議矣。」嗚呼！參贊大政，徒取充位如此，有如虜騎長驅，尚能折衝禦侮耶？臣竊謂秦檜、孫近亦可斬也。臣備員樞屬，義不與檜等共戴天，區區之心，願斷三人頭，竿之藁街，然後羈留虜使，責以無禮，徐興問罪之師，則三軍之士，不戰而氣自倍。不然，臣有赴東海而死耳，寧能處小朝廷而求活耶？冒死瀆陳，伏維垂鑑。

看官！你想秦檜看到此奏，能不怵目驚心，倍增忿恨。當下劾銓狂妄凶悖，鼓眾劫持，應置重典。高宗下詔，除銓名，編管昭州。給舍臺諫，多上章救解，檜亦為公論所迫，乃改銓監廣州鹽倉。宜興進士吳師古，鋟行銓疏，為檜所聞，坐流袁州。曾開也因是罷官。統制王庶，言金不可和，迭上七疏，且面陳六次，嗣因與檜辯論，笑語檜道：「公不記東都抗節，力存趙宗時麼？」檜且怒且慚。庶因累疏求去，遂罷為資政殿大學士，出知潭州。李綱在福州，張浚在永州，先後上疏，請拒絕和議，均不

## 第七十三回　撤藩封偽主被繫　拒和議忠諫留名

見報。時岳飛已奉詔還鄂，上言：「金人不足信，和議不足恃，相臣謀國不臧，恐貽譏後世。」這語是明明指斥秦檜，檜當然引為恨事。未幾為紹興九年正月，和議已成，布詔大赦，赦文到鄂，飛又上疏力諫，中有「願策全勝，收地兩河，唾手燕、雲，終欲復仇報國，誓心天地，尚令稽首稱藩」云云。檜益加憤恨，遂與飛成仇隙（為矯詔殺飛伏筆）。高宗進飛開府儀同三司，飛固辭，至獎勉再三，方才受命。史館校勘范如珪，因金人已歸河南地，疏請速派謁陵使，上慰祖靈。高宗乃遣判大宗正事士褭（宗正一職，屬諸皇室，故不書趙姓）及兵部侍郎張燾，赴河南修奉陵寢。秦檜以如珪不先白己，將他罷免，命王倫為東京留守，周聿為陝西宣諭使，方庭實為三京宣諭使。倫至汴，金人歸河南、陝西地，由倫接收。庭實至西京，見先朝陵寢，皆被發掘，哲宗陵且至暴露，北宋之亡，禍啟哲宗，宜其暴露。庭實解衣覆蓋，還白高宗。檜亦因此嫉庭實，另派路允迪為南京留守，孟庾兼東京留守，李利用權留守西京。權吏部尚書晏敦復，與檜反對，檜以利祿為餌，敦復道：「性同薑桂，到老愈辣，請勿復言。」檜竟入白高宗，將他出知衢州。

　　會岳飛因士褭謁陵，路過鄂州，請自率輕騎，隨從灑掃。檜料飛有他謀，請旨駁斥。士褭出蔡穎，河南百姓，夾道歡迎，且喜且泣道：「久隔王化，不圖今日，復為宋民。」士褭沿途慰諭。既至柏城披歷榛莽，隨宜葺治，遂向諸陵，一一祭謁，禮畢乃還。張燾亦隨返入朝覆命，燾面奏道：「金人入寇，禍及山陵，就使他日滅金，尚未足雪此仇恥，願陛下勿持和議，遂忘國仇。」高宗問諸陵寢，有無損動？燾叩首不答，但言萬世不可忘此仇。不言甚於明言。高宗默然。秦檜又恨他激直，出燾知成都府。既而吳玠卒於蜀，李綱卒於福州，皆追贈少師。玠疾亟時，任四川宣撫使，扶拜受命，未幾去世。蜀人因保土有功，立祠祭享。綱忠義凜然，

名聞遐邇，每有宋使至金，金人必問他安否？終以讒間見疏，齎恨以終。著有文章歌詩及奏議百餘卷，無非光明磊落，慷慨激昂。高宗亦嘗稱他有大臣風度，但罷相以後，終未聞召置殿庭，這真所謂見賢而不能舉呢。一言斷盡。金人既歸還三京，要索日甚。議久未決，乃再遣王倫如金議事。權刑部侍郎陳橐，又疏駁和議，致遭罷斥。秦檜方得君專政，意氣揚揚，但望梓宮太后歸還，便算大功告成，可以受封拜爵。誰料一聲霹靂，驚動奸魂。那位和事老王倫，竟被金人拿住，只遣副使藍公佐回來。正是：

奸相主和甘賣國，強鄰變計又生波。

欲知王倫被執情由，俟至下回再表。

金立劉豫，非有愛於豫也，借豫以制南宋耳。豫每寇宋，卒皆敗北，金知其不可恃，乃從而廢之，假使從岳飛、韓世忠之謀，乘間以擣中原，收復汴都，何難之有？高宗不信忠言，反從賊檜，甚至詔諭使自北而南，盈廷皆議拒絕，獨檜勸高宗屈己聽受，此可忍，孰不可忍乎？胡銓一疏，直足怵奸賊之膽，雖未邀聽信，反遭貶謫，而正氣自昭於天壤，南宋之不即亡，賴有此人，亦賴有此疏，讀此可以起懦而警頑，令人浮一大白。

# 第七十三回　撤藩封偽主被繫　拒和議忠諫留名

# 第七十四回

## 劉錡力捍順昌城　岳飛奏捷朱仙鎮

## 第七十四回　劉錡力捍順昌城　岳飛奏捷朱仙鎮

卻說王倫赴金議事，正值金蒲盧虎等謀反的時期，蒲盧虎自以太宗長子，跋扈日甚，遂與撻懶密謀篡弒，不幸事洩。蒲盧虎伏誅，撻懶以位處尊親，更立有大功，特置不問，命為行臺左丞相，杜充為行臺右丞相。撻懶奮然道：「我是開國功臣，奈何使與降臣為伍？」遂復謀反。先是與宋議和，許割河南、陝西地，多出撻懶、蒲盧虎主張，至是金主亶疑他陰結宋朝，故有此議，遂命捕誅撻懶。撻懶南走，為追兵所及，將他殺死，於是並執住王倫，令宣勘官耶律紹文審問私通情弊。倫答言無有。紹文復問及來意，倫答道：「前貴使蕭哲曾以國書南來，許歸梓宮及河南地，天下皆知。倫特來通好申議，有什麼別情？」紹文道：「你但知有元帥，尚知有上國麼？」遂將倫拘住河間，但遣副使藍公佐還，議歲貢正朔誓命等事。時高宗皇后邢氏，亦病歿五國城，金人亦祕不使聞。藍公佐返報高宗，高宗用秦檜言，再擢檜黨莫將為工部侍郎，充迎護梓官，及奉迎兩宮使。

莫將方行，哪知金兀朮、撒離喝已分道入寇。兀朮自黎陽趨河南，勢如破竹，連陷各州縣，東京留守孟庾，南京留守路允迪，不戰即降。權西京留守李利用棄城遁回，河南復為金有。撒離喝自河中趨陝西，入同州，降永興軍，陝西州縣，亦相繼淪陷，金兵遂進據鳳翔。警耗迭傳，遠近大震。宋廷方遣胡世將為四川宣撫使，世將至河池，聞金人已入鳳翔，忙召諸將會議。吳璘、孫偓、楊政、田晟等相繼到會，偓言河池不可守，政與晟亦請退守險要。璘厲聲道：「懦語沮軍，罪當斬首！璘願誓死破敵。」吳氏兄弟，迥異尋常。世將起座，指帳下道：「世將亦願誓死守此。」好世將。遂遣諸將分守渭南。尋接朝廷詔命，飭世將移屯蜀口，以璘同節制陝西諸路軍馬。璘既得節制全權，即令統制姚仲等，進兵至石壁寨，與金兵相遇。仲麾旗猛進，將士都冒死直前，立將金兵擊退。撒離喝復使鶻眼郎君率精騎三千，從間道趨入，來擊璘軍。璘早令統制李師顏在途候著，

見鶻眼郎君到來，突然殺出，鶻眼郎君猝不及防，竟被師顏軍衝入隊中，分作數橛，眼見得不能取勝，只好且戰且逃，拋下許多兵杖，一溜煙的走了。撒離喝連緣敗報，頓時大怒，自督兵至百通坊，與姚仲等戰了一仗，又是不利，只好退回。金人先在扶風，築城設兵駐守，覆被璘軍攻入，擒住三將，及隊目百餘人。撒離喝自此奪氣，仍返鳳翔，不敢越隴行軍了。了過陝西一方面。

　　只有河南一方面，金兀朮已據東京，且派兵南下，適劉錡奉命為東京副留守，行至渦口，方會食，忽西北角上刮到一陣暴風，把坐帳都吹了開去，軍士皆驚。錡從容道：「這風主有暴兵，係賊寇將來的預兆，我等快前去抵禦便了。」不識天文者不可為將。遂下令兼程前進，至順昌城下，知府陳規出迎，且言金兵將至。錡即問道：「城中有糧食否？」規答言：「有米數萬斛。」錡喜道：「有米可食，便足戰守。」遂偕規入城，為守禦計，檢點城中守備，一無可恃，諸部將相率怯顧，多說應遷移老稚，退保江南。惟一將姓許名清，綽號夜叉，挺身出語道：「太尉奉命副守汴京，軍士扶攜老幼而來，一旦退避，欲棄父母妻孥，情有不忍，欲挈眷偕逃，易為敵乘，不如努力一戰，尚可死中求生。」錡大悅道：「我意亦是如此，敢言退者斬！」原來劉錡曾受爵太尉，部下多是王彥八字軍，因往守東京，所以俱攜帶家屬，連劉錡亦挈眷同行。錡既決計守城，遂命將原來的各舟，擊沉江底，示無去意；並就寺中置居家屬，用薪積門，預戒守吏道：「脫有不利，即焚吾家屬，無污敵手。」於是軍士爭奮，男子備戰守，婦人礪刀劍，各踴躍奮呼道：「平時人欺我八字軍，看我此番殺賊哩。」行軍全在作氣。錡取得偽齊所造痴車，以輪轅埋城上，又撤民戶扉作為封鎖，焚去城外民廬數千家，免為敵有。

　　閱六日，整繕粗竣，便有敵騎馳至。錡預設伏兵，驟然突出，獲住騎

## 第七十四回　劉錡力捍順昌城　岳飛奏捷朱仙鎮

士二人，當由劉錡訊問，一不肯答，為錡所殺，剩下一人，叫做阿黑（一譯作阿哈），見同黨被戮，不敢不據實相告。但說韓將軍駐營白沙窩，距城三十里。看官道韓將軍為誰？便是金將韓常。錡即夜遣銳卒千人，往搗韓營。韓常倉猝拒戰，禁不住來軍勇猛，更兼月黑燈昏，自相攻擊，冤冤枉枉的死了數百人，不得已退兵數里。那來軍卻得著勝仗，全師自歸，韓常只好自認晦氣。涉筆成趣。既而金三路都統葛王烏祿率兵三萬，與龍虎大王（又出一個龍虎大王，未知是否前時龍虎大王之子）合兵薄城。錡卻大開城門，似迎接一般，烏祿等反不敢進城，猛聞城樓上一聲梆響，箭似飛蝗般射來。金兵多中箭落馬，漸漸退走。錡親督步兵，從城中殺出。可憐金兵落荒而逃，被錡軍蹙至河邊，溺斃無數。錡回軍入城，休息二日，聞金兵又進駐東村，距城二十里，乃復遣部將閻充募敢死士五百人，乘夜襲敵。可巧是夕天雨，電光四閃，閻充領壯士突入金營。從電光影下，見有辮髮兵，立即殺斃，金兵又駭退。錡聞閻充獲勝，又募百人往追，每人各給一嗶（同叫），如市中兒戲的叫子，作為口號，且囑他見電起擊，電止四匿，百人受計而去。金兵正被閻充擊卻，退走十五里，正思下寨，驀聽得嗶聲四起，不由地慌亂起來，那電光忽明忽滅，電光一明，便有刀光過來，颼颼地好幾聲，有幾個好頭顱，被它斫去，電光一滅，刀光也沒有了，頭顱也不動了。金兵疑神疑鬼，起初尚不敢妄動，等到隊中兵士，多做作無頭鬼，忍不住奮起亂擊。哪知擊了一陣，統是自家人相殺，並沒有宋軍在內。統將命各爇火炬，偏是大風亂吹，隨點隨熄。俄頃嗶聲又起，飛刀復至，害得金兵擾亂終宵，神情恍惚，自思站留不住，再退至老婆灣。錡軍百人，一個兒也不少，金兵卻積屍盈野，多向枉死城中叫冤去了。閻羅王恐也不管。

兀朮在汴，屢得敗警，即率兵十萬來援，錡又會諸將計議，或云今已

屢捷，可全師南歸。陳規道：「朝廷養兵十年，正所以備緩急，況已挫敵鋒，軍聲少振，就使寡不敵眾，也當有進無退。」錡接入道：「府公是個文人，尚誓死守，況汝等本為將士呢？試思敵營甚邇，兀朮又來，若我軍一動，為敵所追，反致前功盡廢，金虜得侵軼兩淮，震驚江浙，我輩報國忠誠，豈不是變成誤國大罪麼？」將士聞言，方齊聲道：「唯太尉命！」於是軍心復固，專待兀朮到來。兀朮抵城下，嚴責部將喪師，大眾俱答道：「南朝用兵，非前日比，元帥臨城，自知厲害。」兀朮不信，適錡遣耿訓約戰，兀朮怒道：「劉錡怎敢與我戰？我視此城，一靴尖便可趯倒呢。」兀朮亦成驕帥。訓微哂道：「太尉不但請戰，且謂四太子必不敢渡河，願獻浮橋五座，令貴軍南渡，然後接戰。」兀朮獰笑道：「我豈畏劉錡麼？你回去報知劉錡，休得誤約！」耿訓自回。錡即於夜間，使人至潁，置毒潁水上流，及水濱草際，戒軍士毋得飲水。待至黎明，竟就潁水上築五座浮橋，令敵得渡。時當盛夏，天氣酷暑，兀朮率兵渡潁，人馬多渴，免不得飲水食草，人中毒輒病，馬中毒輒死，兀朮尚未知中計，渡潁薄城，列陣以待。錡以逸待勞，按兵不動。至日已過午，天氣少涼，乃遣數百人出西門，與敵對仗。兀朮見錡兵甚少。毫不在意，但令前軍接戰。錡軍統制趙搏、韓直麾兵奮鬥，身中數矢，並不少卻。兀朮再遣兵助陣，把趙、韓兩將圍住。誰知城內發出一彪人馬，從南門殺來，口中並沒有呼喊聲，但持巨斧亂斫，將金兵衝作數截。兀朮見不可擋，親督長勝軍前進。什麼叫做長勝軍？軍士皆著鐵甲，戴鐵鍪，三人為伍，貫以韋索，每進一步，即用拒馬隨上，可進不可退，以示必死。兀朮屢恃此得勝，此次復用出故技來鬥錡軍。錡早已預備，即率長槍手、刀斧手兩大隊，親自督戰。長槍手在前，亂挑金兵所戴的鐵鍪，刀斧手繼進，用大斧猛劈，不是截臂，就是碎首。兀朮復縱出鐵騎，分左右翼，號為枴子馬，前來抵敵。錡仍命長槍

## 第七十四回　劉錡力捍順昌城　岳飛奏捷朱仙鎮

大斧，驅殺過去，枴子馬雖然強健，也有些抵擋不住，逐步倒退。忽然大風四起，斜日無光，錡恐為金軍所乘，亟用拒馬木為障，阻住敵騎，且高呼兀朮道：「金太子兀朮聽著！兩軍已鬥了半日，想爾軍亦應飢餒，不如彼此少休，各進宵夜，再行廝殺！」兀朮也自覺腹飢，巴不得有此一語，遂應聲允諾。錡即命軍士入城擔飯，須臾持至飯羹，分餉軍士。錡亦下馬進餐，從容如平時。是謂好整以暇。兀朮也命部眾飽食乾糧，兩下食竟，風勢稍減，錡軍復乘著上風，撤去拒馬木，再行接仗。錡見兀搐身披白袍，騎馬督陣，便奮呼道：「擒賊先擒王，何不往擒兀朮？」軍士聞命，都拚命上前，向兀朮立刻處殺入。兀朮手下的親兵，不及攔阻，只好擁著兀朮，倒退下去，為這一退，陣勢隨動，頓時大亂，遂四散奔竄，兀朮亦即退走。劉錡乘勢追殺，但見道旁棄屍斃馬，血肉枕藉，車旗器甲，積如山阜，好容易搬徙兩旁，金兵已逃得很遠，料知追趕無益，樂得將道旁棄物，搬湊數車，打著得勝鼓回城。是夕，大雨如注，平地水深尺餘，兀朮退軍二十里外，仍然立足不住，竟率敗軍回汴去了。錡報稱大捷，高宗甚喜，授錡武泰軍節度使，兼沿淮置制使，將士等亦賞賚有差。了過順昌戰事。

　　岳飛聞劉錡奏捷，遂遣王貴、牛皋、楊再興、李寶等經略西京，及汝、鄭、穎昌、陳、曹、光、蔡諸州郡，又命梁興渡河，糾合河北忠義社，分徇州縣，一面上表密奏，請長驅以圖中原。高宗進飛少保銜，授河南府路兼陝西，河東北招討使，且傳命道：「設施之方，一以委卿，朕不遙度。」尋復改授河南北諸路招討使。飛遂誓師大舉，進兵蔡州，一鼓入城。再遣張憲往穎昌，擊敗金將韓常，收復淮寧府，郝聶復鄭州，張應、韓清復西京，楊遇復南城軍，喬握堅復趙州，他將所至，無不得利。河南兵馬鈐轄李興，也糾眾應飛，收復伊陽等八縣，並及汝州。金河南尹李

成，棄城遁去。飛遂薦興知河南府，且遣張應會興復永安軍。捷報屢達臨安，秦檜反引為深憂。既而韓世忠又收復海州，張俊部將王德又收復宿州、亳州，金人大震，募死士致書秦檜，責他負約。檜益愧恨。得勝而忿，不知是何肺腸？先是金人敗盟，檜恐為高宗所責，私諭給事中馮檝，令他密探上意。檝入奏道：「金人長驅犯順，勢必興師，為國家計，不如起用張浚，付以兵權。」高宗正色道：「朕寧覆國，不用此人。」請問與浚挾何深仇？檝退報秦檜，檜竊自喜，自是又嗾中丞王次翁等誣劾趙鼎罪狀，鼎被貶為清遠軍節度副使，安置潮州。檜因引次翁為參政，次翁乘間入奏道：「前日國是，初無主議，事有小變，改用他相，恐後來繼任，未必皆賢。且將排黜異黨，紛更朝局，靖康已事，可為殷鑑，願陛下引為至戒！」高宗頓首稱善，因此任檜益堅。

　　檜遂復主和議，遣司農少卿李若虛馳抵飛營，勸他班師。看官！你想這赤膽忠心的岳少保，正當逐節進攻，逐節得勝的時候，肯半途回軍麼？當下謝絕若虛，一意進剿，留大軍駐守潁昌，命諸將分道出戰，自率輕騎赴郾城。兵勢銳甚，兀朮大懼，召集諸將擬併力一戰。飛聞報大喜道：「越來得多，越是好的，我能乘此殺敗了他，免得他再覷中原。」正說著，又有欽使到營，傳讀諭旨，令飛自行審處，不得輕進。飛受詔後，語欽使道：「金人伎倆已窮，飛自足破敵，請欽使回奏皇上，保毋他虞。」欽使自去。飛遂令游擊日出挑戰，兼加痛罵，兀朮大怒，即會集龍虎大王、蓋天大王及將軍韓常等兵，直逼郾城。飛召子岳雲入帳，囑使出戰，且與語道：「如若不勝，先當斬汝！」雲領命而退，便領精騎數千，出城搦戰。從前雲年十二，已從張憲出征，手握兩鐵錘，重八十斤，所向無前，輒立戰功，軍中呼為贏官人，至是又越十年，受官防禦使，嘗統數千騎兵，自成一隊（敘岳雲履歷，亦萬不可少）。至是開城出鬥，突入金兵陣內，鏖

## 第七十四回　劉錡力捍順昌城　岳飛奏捷朱仙鎮

戰數十合，殺傷甚眾。兀朮見岳雲這般厲害，便又放出枴子馬來，抵禦岳雲。這回的枴子馬，約有一萬五千騎，互相鉤連，逐排馳驟，馬上騎士，俱著重鎧，連面上亦用鐵皮為罩，只露出一雙眼睛，所有刀劍等械，不能刺入，他卻手執利器，隨心刺擊，這是兀朮手下最強的雄兵，一向橫行中原，沒人敢擋。只潁昌一戰，為劉錡所敗，但當時尚只有數千騎，面上且不罩假面，但戴著鐵胄，所以被錡軍槍挑斧斫，轉致挫失。此次越加精練，補隙增兵，竟在郾城濠外，一齊驅出來困岳雲。雲也不管死活，抖擻精神，與他廝殺，復衝突了一小時，身上已中數創，尚是勉力支撐。兀朮見岳雲被圍，心下大喜，忽城中衝出一隊藤牌軍，到了陣前，左手用藤牌蔽體，右手各執麻札刀，蹲身向地，專斫馬足。枴子馬互為連貫，一馬倒僕，二馬不能行，霎時間，人仰馬翻，一萬五千騎枴子馬，都變做四分五裂，七顛八倒。實在是笨東西。岳雲乘勢殺出，岳飛又縱軍奮擊，殺得金兵大敗虧輸，向北遁去。兀朮逃了一程，見岳軍收回，方敢下營，忍不住大慟道：「我自海上起兵，均賴枴子馬得勝，今被岳飛破滅，從此休了。」韓常等勸解數語，乃轉悲為恨道：「我再添兵與戰，誓決雌雄。」於是收集敗兵，再從汴京調到生力軍，復來決戰。飛止率四千騎士，出摩敵壘，又將兀朮殺敗。兀朮憤甚，復會師十二萬眾，轉趨臨、潁。楊再興正率騎兵三百，巡至此地，望見金兵到來，也不顧敵多我少，即突入敵陣，左挑右撥，殺死金兵二千人，及金萬戶撒八孛堇千戶百人，兀朮見來勢甚猛，麾兵佯退，誘再興至小商橋，一陣亂箭，將再興射死。再興本劇盜曹成部將，歸降岳飛，屢破寇虜，及射死小商河，張憲馳救不及，但將兀朮擊走，覓得再興屍骸，檢拔箭鏃，共得二升，不覺為之淚下，馳報岳飛。飛亦悲悼不已，止哀後，見岳雲在側，忙與語道：「兀朮雖敗，必還攻潁昌，那邊只有王貴一人把守，恐遭挫衄，汝可速往援應！」雲應聲即行，甫抵

穎昌，果見金兵大至，雲與王貴左右夾擊，十蕩十決。兀朮婿夏金吾握刃相迎，戰未數合，被岳雲一錘打死，金兵又駭奔十五里。雲與貴既得全勝，方才收兵。

會太行忠義兩河豪傑，與岳飛部將梁興，連敗金兵，奪回懷、衛諸州，太行道絕，金人大恐。飛遂進軍朱仙鎮，距汴四十五裡，與兀朮對壘列陣。飛但遣背嵬軍五百騎，北人呼酒瓶為嵬，大將之酒瓶，必令親信人負之，故韓、岳皆取為親隨軍之名。先驅殺入，已將兀朮陣勢衝動，再經岳飛挺槍躍馬，馳入陣內，眾將各奮勇向前，任你兀朮是百戰強寇，到此也沒法遮攔，真個似猛虎入山，犬羊立靡，神龍攪海，蝦蟹當災。金兵十斃六七，兀朮亦幾乎喪命，幸虧轉身得快，一口氣跑回汴京，才得保全性命。岳飛遣使修治諸陵，一面聯絡河北義士李通等，剋日會師，直搗黃龍，小子有詩詠岳武穆道：

丹忱誓欲保王家，忠勇完名震邇遐。
十萬虜兵齊棄甲，千秋誰似岳爺爺。

岳飛正擬掃北，兀朮意欲逃歸，偏奸相秦檜，私通金虜，竟請旨促飛班師。究竟班師與否，下回再行敘明。

劉錡、岳飛，忠勇相似，錡力守順昌，連敗金兵，飛進軍郾城，直抵朱仙鎮，又連敗金兵，是時金將之能軍者，莫如兀朮，兀朮既不能敵錡，復不能敵飛，得毋所謂強弩之末，不能穿魯縞者耶？況有韓世忠等之為後勁，克復中原，不啻反手，設無賊檜，中興自肇，安見梓宮之不可還，韋后之不復歸也？本回前半敘劉錡之戰，後半敘岳飛之戰，寫得奕奕有光，正為宋室恢復之兆。尤妙在演寫正史，並無一語虛誣，然則作歷史小說者，就事敘事，何嘗不令人刮目，豈必憑空架造為哉？

第七十四回　劉錡力捍順昌城　岳飛奏捷朱仙鎮

# 第七十五回

## 傳偽詔連促班師　設毒謀構成冤獄

## 第七十五回　傳偽詔連促班師　設毒謀構成冤獄

卻說兀朮敗回汴京，再議整軍迎敵，偏諸將垂頭喪氣，莫敢言戰。兀朮復傳檄河北，調集諸路兵士，亦沒人到來。是時中原一帶，如磁、湘、澤、潞、晉、泽、汾、隰諸境，多響應岳家軍，遍懸岳字旗幟，父老百姓，爭備糗糧，饋送義軍。就是金陵將烏陵噶思謀及統制王鎮，統領崔慶，偏將李凱、崔虎、葉旺等，俱有意降宋。還有龍虎大王以下的將官忔查（一譯作噶克察），千戶高勇等，亦密受飛旗榜，連韓常也欲率眾內附。兀朮自知危急，便長嘆道：「我自帶兵以來，從未有這等敗衄，今已至此，還有何言！」隨即帶領親卒，乘馬欲奔；方擬出城，忽有一書生，叩馬諫道：「太子毋走！岳少保且退！」兀朮在馬上答道：「岳少保只用五百騎，能破我兵十萬，汴京人士，日夕望他到來，我難道坐待俘囚，不管生死麼？」書生笑道：「太子說錯了。從古未有權臣在內，大將能立功於外。岳少保尚且不免，怎得成功哩？」這書生不知誰氏，可惜姓名不傳。這數語，提醒兀朮，便返轡回入，仍留汴京。

那時氣吞金虜的岳元帥，正召諭諸將，整裝出發，且傳語道：「直抵黃龍府，與諸君痛飲。」言未已，忽有朝使到來，促飛班師。飛問朝使道：「這是何故？」朝使答道：「秦丞相與金議和，已有頭緒，所以請少保還朝。」飛憤然道：「恢復中原，十得七八，奈何中道班師？」朝使默然而去。飛即日上疏，略言：「金人喪膽，盡棄輜重，疾走渡河，現在豪傑向風，士卒用命，正當猛進圖功，時不再來，機難輕失」云云。檜得飛奏，非常懊惱，他想了一個釜底抽薪的計策，先致書張俊、楊沂中等，令他速回，然後上言：「飛只孤軍，不應久留。」高宗也糊糊塗塗的應了一聲。檜遂連下十二道金牌，催飛速歸。看官道什麼叫做金牌？乃係牌上寫著金字，凡遇緊急命令，即用此牌。飛一日接奉金牌十二道，不覺悲憤交集，向東再拜道：「十載功勞，一旦廢棄，奈何奈何？」拜畢泣下，閱至此，令

人亦廢書三嘆。遂下令班師。百姓遮馬挽留，且泣且訴道：「我等戴香盆，運糧草，迎接官軍，金人早已知曉。相公若去，我輩無噍類了。」飛亦悲泣，取金牌指示道：「我食君祿，盡君事，既奉君命，不敢擅留。」百姓聽了飛言，頓時哭聲震野。飛乃下令道：「願從我去，速即整裝，我當再待五日。」大眾齊聲應命。飛復下馬暫留，至五日期滿，因即啟程。百姓隨軍南行，彷彿如市。飛亟從途次拜本，請將漢上六郡閒田，俾民暫住，總算復旨允准。

兀朮聞飛已退軍，復分道出兵，把江南新復州郡，盡行奪去。及飛至鄂，聞知寇警，越加憤悒，因奏請罷免兵權，高宗不許。嗣由廬州入覲，經高宗問及戰狀，兼慰諭數語。飛唯叩頭拜謝，並不道及自己戰功。退朝後，仍靜待後命。秦檜復遣使諭韓世忠等，罷兵還鎮，且貶祕閣修撰張九成等官階。九成素不主和議，至是與同僚喻樗、陳剛中、凌景夏、樊光遠、毛叔度、元盥等六人，一同降黜，專意與金人議和。偏金兀朮留屯京亳，出入許、鄭各州，調集兩河軍與舊部，凡十餘萬，再圖大舉。撒離喝攻涇州不克，轉破慶陽、河東。經略使王忠植率兵往援，為叛將趙唯清所執，送至金軍，忠植不屈遇害。兀朮聞慶陽得手，也南向出師，攻陷壽春，且渡淮入廬州。有詔令張俊、楊沂中馳救淮西，岳飛進駐江州，且飭韓世忠、劉錡亦督兵出援。既招之來，胡為麾之使去？張俊部將王德，聞兀朮前鋒已至歷陽，將到江上，急率所部渡採石磯，夜入和州。俊督軍繼進，兀朮退保昭關，尋復來爭和州，為俊所敗。王德又追擊兀朮，連獲勝仗，收復含山及昭關。時劉錡亦自太平渡江，與張俊、楊沂中會議，謀復廬州。錡先引兵出清溪，兩戰皆捷。兀朮率騎兵十萬，駐紮柘皋，柘皋地面廣坦，利於馳驟，所以兀朮駐著，專待宋師。錡進兵石梁河，與兀朮夾水列陣，河通巢湖，廣約二丈，錡命曳薪壘橋，頃刻即成，遂遣甲士數

## 第七十五回　傳偽詔連促班師　設毒謀構成冤獄

隊，逾橋臥槍而坐。且遣使促張俊、楊沂中，趕即進軍。翌日，楊沂中及王德、田師中等，率軍馳至，唯俊獨後期。錡與諸將分軍為三，渡河擊敵，師中欲俟俊至，德奮然道：「事當乘機，何必再待！」當下與錡上馬臨河，沂中繼進。兀朮將騎兵分為兩翼，夾道而陣，德語錡道：「敵騎右陣較堅，我獨先擊敵右。」遂麾軍徑渡，首犯敵鋒。一敵將被甲躍馬，出迎王德，德引弓注射，一發即斃，因大呼直前，衝入敵陣。諸軍亦鼓譟而進，敵眾辟易。兀朮復用柺子馬來戰，不怕前時麻札刀耶？德率眾鏖鬥，沂中道：「虜恃弓矢，我有一法，可以制敵。」因令萬人各持長斧，排列如牆，一鼓齊上，各斫馬足。敵騎東倒西歪，當然不能成列，便即潰亂。錡、德、沂中三路並擊，殺得金人積屍如山，流血成渠。金兵潰至東山，正思小憩，忽後面追兵又至，回頭一瞧，乃是劉字及王字旗號，不禁大驚道：「這是順昌旗幟，還有王夜叉同來，如何可當？快避走罷！」隨即退保紫金山。

　　看官閱過上文，應知劉錡力衛順昌，殺敗金兵，應為金人所懼，如何復夾出王夜叉來？原來王德在欽宗時，曾領十六騎，入隆德府，縛獻金守臣姚太師。姚謂就縛時，只見夜叉，因此軍中呼王德為王夜叉，連金人也聞他大名。嗣兀朮復迎戰店步，又為楊沂中所敗，捷聞於朝。高宗急欲退敵，復札飭岳飛即日進兵。前日何故，召他回朝？飛方苦寒嗽，力疾啟行。將至廬州，兀朮正為沂中所窘，又聞岳家軍到，便棄城遁去。飛乃回駐舒城，高宗以飛小心恭謹，國爾忘身，一再褒獎。獨秦檜硬欲講和，復促張俊、楊沂中、劉錡等班師。張俊首先退兵，楊沂中、劉錡亦只得退還，行才數里，諜報金人出攻濠州。俊駐軍黃連鎮，不敢往援。沂中進薄城下，遇伏敗還，濠城被陷。高宗又促岳飛應援，飛至濠州，兀朮又遁，渡淮北去。檜用給事中范同言，乘敵退還，召韓世忠、張俊、岳飛入朝，

只說是柘皋得勝，論功行賞。於是世忠、俊同時入覲，獨飛後至。檜又請旨敦促，及飛到來，遂拜世忠、俊為樞密使，飛為副使，各至樞密府治事，加楊沂中開府儀同三司，賜名存中。王德為清遠軍節度使。看官道是何意？無非是陽示推崇，隱奪兵柄，免得他在外作梗，好一心一意地與金議和了。一語道破。

　　岳飛在諸將中，年齡最少，三十歲即統領一軍，獨當方面，且累立戰功，諸將多積不能平。張俊初時，頗盛稱飛勇，及飛與並肩，也陰懷猜忌，淮西一役，即上文廬、濠二州戰事。張俊曾逐步緩進，每戰愆期，回朝後，反誣飛逗留中道，託詞乏餉，有觀望意。飛雖聞知，也不與計較。及既入樞密，俊與飛奉詔至楚州閱軍，乘便撫韓世忠舊部。俊欲分韓背嵬軍，飛顧友誼，不肯從俊，俊尤失望。會世忠軍吏景著與總領胡昉言：「二樞密若分世忠軍，恐致生事。」俊以告檜，檜因世忠不從和議，本與有隙，至是捕著下大理獄，將假謀變二大字，中傷世忠。飛得信，馳書向世忠報知，世忠即入白高宗，自明心跡，檜計因是不行，唯恨飛益甚。兀朮復私遺檜書道：「汝朝夕請和，奈何令岳飛掌兵，日圖河北？汝必殺飛，然後可和。」檜至是極力營謀，必欲置飛死地，乃償私願，試問汝何德於金？何仇於宋？遂諷中丞何鑄，侍御史羅汝楫，諫議大夫萬俟卨，交章論飛，劾他「逗留舒州，不援淮西，近與張俊視兵淮上，復欲棄去山陽，居心殆不可問」云云。這種彈文，若經那明眼人瞭著，早知是挾嫌誣奏，應該反坐，偏高宗心地糊塗，瞧了這種奏章，又有些疑惑起來。岳飛滿腔忠義，動遭讒謗，如何忍得下去？便累表請罷樞柄，高宗居然准奏，罷飛為萬壽觀使，出奉朝請。

　　檜因初次下手，即已得利，索性得步進步，陷飛至死，好拔去那眼中釘。當下與張俊密謀，誘飛部曲能告飛過，優與重賞。怎奈此令一出，沒

## 第七十五回　傳偽詔連促班師　設毒謀構成冤獄

人應命。俊聞飛嘗欲斬統制王貴，且屢加刑杖，乃誘貴訐飛罪狀。貴搖首道：「大將手握兵權，總不免以賞罰使人，若以此為怨，將怨不勝怨了。」言之甚是。俊以私事劫貴，貴不禁膽怯，勉強相從。是何私事？甘心從賊。檜又聞飛部將王俊，綽號雕兒，素性奸貪，屢受張憲抑制，遂陰加嗾使，令他告訐。張俊自為訐狀，交給王俊，王俊即向樞密府投訴。兩俊相耦，飛命終矣。那狀中捏造呈詞，只說是：「副都制張憲，謀據襄陽，還飛兵柄。」俊收了訐狀，即遣王貴捕憲，親行鞫煉。屬吏王應求白俊，謂樞院無審訊權，俊叱退應求，竟高坐堂上，傳憲對簿。憲極口呼冤，俊拍案罵道：「飛子雲與汝手書！教汝謀變，為飛圖復兵權，汝尚得抵賴麼？」憲答道：「雲書何在？」俊叱道：「雲書交與汝手，汝何故不先自首，反向我索書麼？」憲抗聲道：「何人見有岳雲的手書？」俊獰笑道：「我料汝不受刑，汝亦未肯實供。」遂喝左右，先杖五十。左右一聲吆喝，便將張憲拖了下去，重杖五十，打得鮮血淋漓，仍叫他上堂供狀。憲大呼道：「憲寧受死，不敢虛供。」俊又命重杖五十，左右照前動手，這次更是厲害，可憐憲身無完膚，已死復醒，仍然不肯伏罪。俊械憲入大理獄，自己捏造一紙口供，送交秦檜。張俊何苦？檜即入朝請旨，乞召飛父子，證明憲事。高宗道：「刑以止亂，倘妄加追證，反至搖動人心。」檜默然趨出，竟假傳詔旨，逮飛父子下獄，立命中丞何鑄，大理卿周三畏訊問。飛見二人，便道：「皇天后土，可表此心。」言畢，即解衣露背，請何、周兩人審視。兩人望將過去，乃是「盡忠報國」四大字，深入膚理。周三畏不覺起敬，就是與檜同黨的何鑄，也居然良心發現，說了一個「好」字，當下命飛還獄，即往白秦檜，言飛無辜。檜只搖首徐語道：「這是上意。」吾誰欺，欺天呼？鑄即接口道：「鑄亦何敢左袒岳飛，不過強敵未滅，無故戮一大將，恐士卒離心，非國家福。」檜亦不能答，支吾了一會，鑄乃退

出。周三畏掛冠自去。

　　檜遂命諫議大夫萬俟卨，辦理此案。卨素與飛有隙，審問數次，也經過幾番拷訊，害得岳飛死去活來，始終不肯承認。萬俟卨也自作供狀，誣飛曾令于鵬、孫革致書張憲、王貴，令虛報敵至，聳動朝廷。雲亦與憲通書，令憲設法，還飛兵柄。且云：「書已被焚，無從勘證，應再求證人，以便讞獄。」檜又懸賞募集人證，懸宕了兩個月，並無人出證飛罪。檜也沒法，只好責成萬俟卨。卨多方商榷，有人與卨定計，謂不如將淮西逗留事，作為證據。卨遂白檜，向飛家搜查得所賜御札，與往來道途日月，皆歷歷登入，並無逗留事蹟。檜竟將御札等件盡行藏匿，為滅跡計，一面使于鵬、孫革證飛受詔逗留，且令評事元龜年取行軍時日，顛倒竄改，附會成獄。那時惱了一班朝右忠臣，如大理卿薛仁輔，寺丞李若樸、何彥猷等，均為飛呼屈。判宗正寺士，且願以百口保飛，並言：「中原未靖，禍及忠義，是不欲中原恢復，二聖重還，如何使得？」偏這人面獸心的賊檜，除飛死二字外，沒一語不是逆耳。韓世忠心懷不平，向檜詰問飛罪。檜答道：「飛子雲與張憲書，雖未得實據，恐怕是莫須有的事情。」世忠忿然道：「『莫須有』三字，奈何服天下？丞相須審慎為是。」檜不與再言。

　　世忠還第，尚帶怒容，梁夫人問著何事？世忠為述飛冤，梁夫人道：「奸臣當道，尚有何幸？妾為相公計，不如見機而作，明哲保身罷！」好智婦。世忠道：「我亦早有此意，只因受國厚恩，不忍遽去，目今朝局益紊，徒死無益，也只得歸休了。」隨即上書辭職。初不見允，及再表乞休，乃罷為醴泉觀使，封福國公。自是世忠杜門謝客，絕口不言兵事，有時跨驢攜酒，帶著一二奚童，縱遊西湖，在家與梁夫人小飲談心，自得樂趣，這真所謂優遊卒歲，安享餘生了。算是有福。

　　唯岳飛自紹興十一年十月被繫，遷延到了年底，尚未決案。十二月

## 第七十五回　傳偽詔連促班師　設毒謀構成冤獄

二十九日，檜偕妻王氏在東窗下，圍爐飲酒，忽由門卒傳進一書，檜瞧著書面，乃是萬俟卨投來，啟封諦視，係由建州布衣劉允升，彙集士民，上訟飛冤。卨恐久懸未決，反生他變，特請示辦法等語。檜眉頭一皺，似覺愁煩。王氏驚問何故？檜將原書遞交王氏閱看，王氏笑道：「這有什麼要緊？索性除滅了他，免得多口。」世間最毒婦人心。檜尚在沈吟，王氏復道：「縛虎容易縱虎難。」檜聞此言，私計遂決，當即取過紙筆，寫了數語，折成方勝，遣幹僕密付獄吏。是夕，即報飛死，或雲被獄吏勒斃風波亭，或雲由獄吏佯請飛浴，拉脅而殂，享年三十九歲。岳雲、張憲同時畢命。獄卒隗順，痛飛無罪致死，負屍出葬棲霞嶺下。

飛家無姬妾，亦乏產業，吳玠素來敬飛，願與交歡，曾飾名姝以進。飛怫然道：「主上宵旰焦勞，難道是大將安樂時麼？」即令來使挈還名姝，玠益敬服。高宗欲為飛營第，飛辭謝道：「金虜未滅，何以家為？」或問天下何時太平？飛答道：「文官不愛錢，武官不惜死，天下自然太平。」名論不刊。平時待馭軍士，嚴而有恩，部兵或取民束芻，立斬以殉。兵有疾苦，親為調藥，諸將遠戍，嘗遣妻慰問家屬。朝廷頒給犒賞，立刻分給，秋毫不私。遇有將士死事，必替他撫孤育雛。因此軍心愛戴，遇敵不撓。敵常為之語道：「撼山易，撼岳家軍難。」張俊嘗問以用兵要術，飛謂：「仁、信、智、勇、嚴，闕一不可。」自飛統軍後，無戰不勝，上章報捷，輒歸功將士。子雲因功受賞，屢次乞辭，雲以左武大夫終身，死時僅二十三歲。餘四子雷、霖、震、霆均被竄嶺南。有女痛父冤，抱銀瓶投井自盡，後人因呼為銀瓶小姐，號井為孝娥井。秦檜且遣吏抄沒岳家，只得金玉犀帶數條，及鎖鎧兜鍪，南蠻銅弩，鑌刀弓劍鞍轡，及布絹若干匹，粟麥若干斛罷了。直至孝宗嗣立，詔復飛官，以禮改葬，相傳尚屍色如生，還可更殮禮服，這也是忠魂未散的憑證。至淳熙六年，追諡武穆，

嘉定四年，追封鄂王，曾記清人袁子才有岳王墓弔古詩數首，小子節錄二絕云：

靈旗風捲陣雲涼，萬里長城一夜霜。
天意小朝廷已定，豈容公作郭汾陽？
遠寄金環望九哥（事見後文），一朝兵到又回戈。
定知五國城中淚，更比朱仙鎮上多。

岳飛已死，還有代飛訴冤的人物，也一律坐罪，待小子下回報明。

岳飛奉詔班師，而中原無恢復之期，人皆惜之，至有以不能達權病飛者，是實不然。飛若孤軍深入，內外乏援，亦安能長保必勝？知難而退，實飛之不得已耳。唯飛既明知秦檜專政，勢無可為，何不效韓蘄王之乘時謝職，口不談兵，免致奸黨側目？且年甫強壯，來日方長，或者天意祚宋，煬蔽無人，再出而圖恢復，亦未為晚。乃見機不早，坐墮奸謀，忠有餘而智未足，此則不能不為岳武穆惜也。若夫凶狡如秦檜，黨惡如張俊、萬俟卨等，皆不足誅，而高宗構固識飛忠，固不欲妄加追證者，胡飛死而並未聞詰及賊臣，為飛誅賊也？王之不明，豈足福哉？觀此回而不禁長太息矣。

# 宋史演義——從毒死輔臣至構成冤獄

| 作　　者：蔡東藩 | 國家圖書館出版品預行編目資料 |
|---|---|
| 發 行 人：黃振庭 | |
| 出 版 者：複刻文化事業有限公司 | 宋史演義——從毒死輔臣至構成冤獄 / 蔡東藩 著 . -- 第一版 . |
| 發 行 者：複刻文化事業有限公司 | -- 臺北市：複刻文化事業有限 |
| E-mail：sonbookservice@gmail.com | 公司 , 2024.10 |
| | 面；　公分 |
| 粉 絲 頁：https://www.facebook.com/sonbookss/ | POD 版 |
| | ISBN 978-626-7595-06-0( 平裝 ) |
| 網　　址：https://sonbook.net/ | 857.4551　　　113014722 |
| 地　　址：台北市中正區重慶南路一段 61 號 8 樓 | |

8F., No.61, Sec. 1, Chongqing S. Rd., Zhongzheng Dist., Taipei City 100, Taiwan

電　　話：(02)2370-3310
傳　　真：(02)2388-1990
印　　刷：京峯數位服務有限公司
律師顧問：廣華律師事務所 張珮琦律師
定　　價：350 元
發行日期：2024 年 10 月第一版
◎本書以 POD 印製

電子書購買

爽讀 APP　　臉書